KB008442

로크미디어가
유혹하는
재미있는 세상

달빛
조각사

달빛 조각사 51

2017년 8월 28일 초판 1쇄 인쇄
2017년 8월 31일 초판 1쇄 발행

지은이 남희성
발행인 이종주

기획 팀 이기헌 왕소현
책임 편집 이세종

발행처 (주)로크미디어
출판등록 2003년 3월 24일
주소 서울시 마포구 성암로 330 DMC첨단산업센터 3층 314호
Tel (02)3273-5135 Fax (02)3273-5134
홈페이지 rokmedia.com E-mail rokmedia@empas.com

© 남희성, 2007

값 8,000원

ISBN 979-11-294-0978-2 (51권)
ISBN 978-89-5857-902-1 04810 (세트)

달빛 조각사 51

남희성 게임 판타지 소설

차례

팔랑카의 별

베르사 대륙의 가장 치열했던 전장 중 하나인 팔랑카 전투.

무려 7개의 왕국과 이종족, 몬스터가 대륙의 주도권을 놓고 다툰 전투였다.

위드는 전투 공적을 채우기 위해 투신 바탈리에 의해 이 역사적인 전장으로 소환되었다.

"죽여라!"

"이 더러운 놈들! 브롬바 왕국의 쓰레기들을 처단하라!"

"마폰 왕국의 정예병들이여! 싸워서 승리를 쟁취하자."

"여왕 폐하께 영광을!"

전쟁터답게 사방에서 고함과 무기 부딪는 소리, 비명이 울렸다.

"죽을 고생도 자주 하니 적응이 다 되어 버렸군."

반지하지만 누우면 편안했던 옛집이 절로 떠올랐다.

전쟁터도 다닐 만큼 다녀 봐서, 웬만한 몬스터는 물론이고 거인이나 비행 생명체에도 익숙해졌다.

본 드래곤은 부하 직원, 데스 나이트는 알바생 정도다.

그저 회사에 출근하는 느낌이라고 할까.

"마폰 왕국의 용사들이여! 지옥 훈련을 받으며 피와 땀을 흘린 대가를 적들에게서 받아 내자!"

"우리의 검에 자비란 없다. 켈튼의 기사도를 보여라!"

"브롬바, 그 영원한 이름으로!"

브롬바 왕국과 마폰 왕국을 비롯하여 여러 나라의 군대가 뒤섞여서 전투를 벌인다.

기사단이 말발굽으로 땅을 울리며 돌진하고, 눈먼 화살이 4~5미터 앞을 핑핑 소리를 내며 날아다녔다.

위드가 있는 곳은 전장의 한복판!

7개 왕국의 군대 너머에는 바바리안과 엘프를 중심으로 한 이종족 군단이 있으리라. 그 뒤로는 몬스터들이 끝도 없이 몰려드는 중일 테고!

'팔랑카 전투라… 이번에는 기왕이면 성공시켜야 되겠군.'

위드의 곁에는 지난번과 마찬가지로 지켜야 할 사람도 있었다.

"기사님, 제가 믿을 사람은 당신뿐이에요. 저를 안전한 곳까지 데려다주세요."

백마를 타고 있는 아름다운 공주가 부탁했다.

띠링!

위드가 퀘스트와 사냥을 실패한 경우는 몇 번 되지 않았다.

과거에는 영웅의 탑 도중에 목숨을 잃어서 해골 기사로 되살아났었다. 팔랑카 전투를 치르기는 했지만, 레벨과 실력 부족으로 실컷 싸우다가 전장에서 쓰러지고 말았다.

위드가 가만히 있으니 레미 공주의 붉은 입술이 다시 열렸다.

"저에게는 기사님밖에 없어요. 드높은 명예와 긍지를 가지신 분. 저는 알 수 있답니다, 기사님이 저를 도와줄 것이라는 사실을요."

퀘스트의 강제 수락.

위드는 레미 공주가 타고 있는 백마의 앞자리에 올라탔다.

"어머나!"

"공주님, 제가 지켜 드릴 테니 떨어지지 마십시오."

"네, 알겠어요. 기사님만 믿겠어요."

각 왕국의 군대들이 대대적으로 싸우면서 도주로가 막혔다. 하늘에도 드레이크들이 날아다니며 마구잡이로 불을 내뿜어 지상을 공격하고 있었다.

난전.

여러 개의 세력들이 뒤엉켜서 싸우는 중이다.

이 장소를 빠져나가고 난 다음에도 이종족과 레벨 300~400 정도 되는 몬스터 무리를 돌파해야만 한다.

'성공 가능성을 높이기 위해서는 엘프들의 진영으로 가는 게 맞는 방향이지.'

엘프들은 성향이 악하지 않다. 위드가 사정을 설명하고 이해를 구한다면 공격하진 않으리라. 적절한 아부가 곁들여진다면 더 유리하다.

엘프들에게 섞여 있다가 기회가 생기면 몬스터들을 벗어나서 전장을 이탈하면 된다.

합리적이고, 성공 가능성이 높은 방법.

'그런데 너무 쉽겠군.'

과거에 위드가 팔랑카 전투를 치르던 시절의 레벨은 354.

현재는 508이나 되었으며 조각술의 비기를 비롯하여 강력한 스킬들을 많이 배웠다. 퀘스트와 더 좋은 장비, 꾸준히 높여 온 스텟으로 전투력을 비교하는 자체가 무리일 지경이었다.

소환할 수 있는 언데드까지 감안하면 전투력의 격차는 자전거와 비행기 정도의 차이라고 할 수 있으리라.

"흠, 어떻게 박살을 내 주어야 할까."

위드는 날카로운 눈빛으로 주위를 살피며 전장을 넓게 관찰했다.

레벨이 높아질수록 기본적으로 보이는 것이 다르다. 병사들의 싸우는 모습이나 장비들이 우선 눈에 띈다.

'쓸 만하지만 조잡한 수준. 좀비들만 일으켜도 쓸어버릴 수 있겠어.'

기사들도 현재의 위드에게는 논밭에 세워 놓은 허수아비나 마찬가지였다.

사막의 대제왕 시절처럼 압도적인 강함을 발휘할 기회!

"수확의 시간이다."

위드는 백마의 고삐를 잡아채서 전방으로 달리게 했다.

다그닥! 다그닥!

브롬바 왕국군의 진영을 향해 백마가 질주했다.

'거친 바람의 창술!'

위드는 선더 스피어를 뽑아 공중에서 휘둘렀다. 그러자 창에서 맹렬한 바람이 일어나 병사들을 강타했다.

"쿠엑!"

"으아아악!"

"저, 적이다."

공격에 맞은 병사들이 수십 미터씩 날아가더니 그대로 회색빛으로 변해서 사라졌다.

전쟁의 시대에 일반 징집병들의 경우에는 레벨이 50 이하인 경우도 많았으니 광역 스킬에도 간단히 죽어 버린 것이다.

쿠르르릉!

선더 스피어의 추가적인 효과로 천둥 벼락이 떨어졌다.

벼락과 함께 강렬한 충격파가 전장에 작렬했다.

인근의 병사들 수십 명도 떼죽음을 당했다.

'역시 이런 맛이지.'

강해진 후에 아낌없이 해 대는 힘 자랑!

위드의 눈에 죽은 병사들이 떨어뜨린 전리품이 보였다.

끝이 뭉툭한 바늘, 부러진 양초, 해진 밧줄.

잡다한 물품들 사이에서 간신히 허름한 가죽 갑옷을 찾았다. 오래되어 변색되고, 구멍이 뚫리고, 방어력도 낮은 상태.

"수리! 방어구 닦기!"

그래도 스킬을 쓰자 반짝반짝 빛나는 새것처럼 변했다.

방어력이야 16밖에 되지 않지만 그래도 최대 체력이 1,850이나 붙었다.

"공주님, 이걸 입으십시오."

위드가 굳이 수리를 한 이유는 레미 공주에게 입히기 위해서.

"꼭 입어야 하나요? 갑옷에서 땀 냄새가 심하게 나요."

"살려면 입어야 합니다."

"너무 크고 불편해 보이는데……."

"아, 악마!"

"강자다. 놈의 발을 묶는 동안 기사단을 불러야 한다."

위드가 가죽 갑옷을 챙기는 사이, 주변의 브롬바 왕국군 병사들이 창과 방패를 앞세우고 포위망을 갖춰 왔다.

딱히 눈여겨볼 만한 적은 없었기에 내버려 두다가 그들이 가까이 오자 전투를 시작했다.

"뇌격 파동!"

파지지직!

선더 스피어가 가진 전격 스킬로 공격 범위에 든 병사들을 통째로 날려 버렸다.

마나 소모가 큰 광역 스킬은 전투 중에 잘 쓰지 않는 편이었지만, 약한 병사들을 하나씩 공격하는 것이 더 시간 낭비에 가까웠던 것이다.

"뇌격 파동!"

다시금 전격 스킬!

"으으아아악!"

접근하던 병사들이 죽거나 기절했다.

"무, 무서워요."

그 광경을 보고 뒤에 타고 있던 레미 공주가 몸을 떨었다.

"여긴 전쟁터입니다. 가죽 갑옷을 입어야 합니다."

"하지만 갑옷을 입는다고 확실히 살 수 있는 것도 아니잖아요. 저는 기사님을 믿고 있어요."

위드는 백마를 몰아서 브롬바 왕국의 진영으로 돌진했다.

"뇌격 파동!"

쿠르르르릉!

"뇌격의 비상!"

선더 스피어에 봉인된 광역 스킬을 마구 사용했다.

군대 한복판에서 마구잡이로 백마를 몰면서 공격 스킬 난사!

"꺄아아악, 입을게요! 입으면 되잖아요!"

레미 공주에게는 위드가 기사의 역할을 맡은 것이 불행이라고 할 수도 있었다. 자상하고 따뜻한 면이 있긴 하지만, 그건 어디까지나 가족들에 한정되었다.

레미 공주가 미녀라고는 하지만, 위드의 눈높이가 어느새 서윤을 기준으로 변해 있었으니 별 감흥도 없었다.

서윤의 곁에 있으면 누구라도 해산물로 변해 버리고 마는 것!

"이, 입었어요."

레미 공주가 병사들이 입던 가죽 갑옷을 드레스 위에 걸치자 위드는 가죽 망토까지 주워서 하나 씌워 주었다.

"궁수 부대, 쏴라!"

그때 브롬바 왕국의 궁수대 2,000여 명이 위드와 레미 공주를 노리고 활시위를 놓았다.

하늘을 새까맣게 뒤덮으며 화살들이 일제히 쇄도해 왔다.

"화살이에요! 꺄아아악!"

레미 공주의 찢어지는 듯한 비명.

위드는 선더 스피어를 고속으로 회전시켰다.

오른손을 내밀고 손등으로만 창을 회전시키는 고난이도 기술.

워리어에게 방패 돌리기 같은 방어 스킬이 있긴 하지만, 위드는 배운 적이 없다. 스킬을 강제적으로 몸으로 구현시켜 버린 것이다.

파파파팡!

창이 둥글게 돌면서 바람을 가른다.

위드와 레미 공주를 노리고 날아오던 화살은 대부분 창대에 맞아서 튕겨 나갔다. 몇몇 개 뚫고 들어오기도 했지만 막아 내는 존재가 있었다.

"씽씽아, 일해라!"

"예, 주인님! 저를 불러 주셔서 영광입니다. 부지런히 쉬지 않고 일해서 주인님을 편하게 해 드리겠습니다."

노예처럼 성실한 바람의 정령을 소환하여 화살을 약하게 만들었다.

파비오의 중갑옷에 바르칸의 지옥 망토까지 착용해서 화살 공격에 거의 피해를 입지 않았다. 위드가 몸으로 막아 주었으니 뒤에 앉은 레미 공주 또한 당연히 털끝 하나 다치지 않고 안전했다.

"화살을 쏴도 전혀 안 통해!"

"상상을 넘어서는 강자다!"

"하늘에서 내린 영웅인가. 어떻게 저런 기사가……."

브롬바 왕국군의 궁수들이 경악하는 모습이 보였다.

위드의 입가에 사악한 미소가 맺혔다.

솔직히 화살 공격 같은 건 씽씽이를 더 많이 소환하거나 마법으로 막아 내도 된다. 투쟁의 길이 끝난 이상 네크로맨서 스킬을 쓸 수도 있고, 본 쉴드를 시전하면 뼈의 장벽을 치는 것도 가능했다.

애초에 궁수 부대가 활약 자체를 하지 못하게 하는 수단도 있었지만, 화살을 쏘도록 기다려 주고 멋진 장면을 연출해 냈다.

'이게 바로 겉멋이라고나 할까.'

시청률을 의식하는 프로 방송인다운 태도였다.

KMC미디어에서는 위드가 고급 수련관을 돌파하는 영상을 중계했다.

"부장님, 순간 시청률이 44%를 넘었습니다."

"방금 또 한 번의 전투가 끝났잖아. 빨리 가르나프 평원으로 화면 전환해. 유저들이 환호하는 광경을 보여 주자고."

로열 로드의 거의 모든 유저들이 이 순간 위드의 고급 수련관 도전을 지켜보고 있었다. 생중계를 하는 각 방송국마다 사상 최고의 시청률을 기록하고 있을 정도였다.

학교, 회사, 관공서 업무가 일시 마비되고, 피자집·치킨집에서는 인류 역사상 최고의 신기록까지 세우는 중이었다.

-양념 하나, 프라이드 하나, 파닭 하나요.

"손님! 주문이 밀려서 5시간은 기다리셔야 되는데 괜찮겠어요?"

-그 정도야 기다려야죠.

전화기를 내려놓기 무섭게 새로운 주문이 들어왔다.

치킨집마다 가르나프 전투를 위해서 냉장고에 최소 500마리씩은 저장해 놓았다. 그렇지만 위드의 고급 수련관 도전에 몽땅 소진될 지경이었다.

"사장님, 오늘 치킨 주문한 사람들은 내일은 안 먹겠죠?"

"아마도 그렇겠지."

치킨집마다 딱 하루만 고생하자고 각오를 다졌다.

따르릉!

-내일 저녁에 뼈 있는 반반으로 5마리 예약 가능할까요?

그러나 방심은 금물, 내일 치 예약 주문 전화까지 밀려왔다.

로열 로드가 히트를 치면서, 위드의 영상이 중계되는 날이면 치킨을 먹고 맥주를 마시는 문화가 전 세계에 퍼졌다. 지금의 현상은 전 세계에서 밤낮을 가리지 않고 벌어지는 일이었다.

KMC미디어의 스튜디오에 있는 오주완과 도찬미도 신이 나서 방송을 이어 갔다.

"예, 집계를 해 보니 위드가 헤라임 검술을 일흔세 번이나 성공시켰습니다. 파클레스 님, 이거 새로운 기록 아닌가요?"

"……."

"파클레스 님, 대답 좀 부탁드려요."

파클레스를 비롯한 패널들은 1부 내내 말이 없어서 시청자들의 질타를 실컷 받았다. 제작진으로부터도 단단히 주의를 받았기에, 정신을 차리고 입을 열었다.

"크흠! 예, 뭐 횟수가 대단하긴 하지만, 몬스터들을 맞춰 잡으면 되는 단순한 전투였습니다."

"그래도 기록 아닌가요?"

"기록은 기록일 뿐입니다. 다른 누군가가 또 깨겠죠."

파클레스는 말을 마치고 고개를 푹 숙였다.

오랜만의 방송 출연이라서 기분이 좋았는데, 이토록 비참하고 한심한 말이나 늘어놓게 될 줄이야.

"네그라트 님, 헤라임 검술이 이렇게 강할 줄은 몰랐는데요. 검술 위력에 대해서 어떻게 생각하십니까?"

"납득이 안 갈 정도의 위력입니다. 연속 공격으로 대미지가 누적된다지만 검술 자체가 강하다기보다는 위드가 사기…아니, 커험! 투쟁의 길이라서 가능한 겁니다."

"투쟁의 길이라서요?"

"적이 밀집해 있는 일직선의 통로가 있어야 헤라임 검술에 유리하니까요."

"투쟁의 길에서 헤라임 검술의 활용법을 찾아낸 건 나름 비법이라고 할 수 있지 않을까요?"

"조금은 인정해 줄 수 있겠죠. 그렇지만 누가 먼저 하느냐 정도의 차이라고 봅니다. 그리고 저런 방법을 쓴다면 누구든 투쟁의 길 돌파가 가능할 것입니다."

이후 시청자 게시판은 폭주했다.

-캬하하하학! 웃겨서 죽기 직전이다. 올해의 개그인 듯.

-누구나 다 한다고? 혹시 조각술 마스터하고 검술은 랭커들도 씹어 먹을 정도는 되어야 평균이라는 소린가?

-솔직히 자신 없다. 맹혹의 투견 5마리가 동시에 뛰어드는데 그

사이에서 움직이면서 검 휘두르는 게… 자동 공격이나 회피 스킬이 아니었다고? 말이 됨?

　─미친 움직임. 파티 사냥에서 한번 하면 바로 영웅 되죠.

　─다들 이해가 안 가서 멍하니 구경하기 바쁠 겁니다.

　─스킬 안 쓰고 장비발도 없이 똑같이 장검 한 자루만 가지고 싸우면 위드 이길 사람 거의 없을 듯.

　─미리 위드를 거세게 비난하고 싶다. 앞으로 헤라임 검술 비법 찾아냈다고 고급 수련관 도전해서 죽을 사람만 최소 100명.

　─난 솔직히 파클레스 말이 더 웃김. 저 기록을 누군가 또 깰 거라고? 아무것도 아니라고?

　─지들은 좋은 무기와 방어구에 파티원도 잔뜩 데리고 가서 간신히 깼으면서 깎아내리는 거 보소.

　─본래 헤르메스 길드는 염치가 없습니다.

　시청자 게시판은 출연자들과 헤르메스 길드 비방으로 여념이 없었다.

　가끔 레벨 450 이상의 고레벨 유저임을 인증하고 글을 쓰는 유저들도 있었다.

　─직접 무기를 휘두르며 전투를 하는 정신적인 피로도는요, 축구 선수가 결승전에서 90분 경기를 뛰는 것과 마찬가지일 겁니다.

　─판단력, 전투 감각은 제쳐 놓더라도… 인간이 어떻게 저렇게

오랫동안 계속 집중하면서 싸울 수 있음?

　-위드가 마법의 대륙에서 어땠는지 모르세요? 204시간 동안 연속 사냥을 한 노가다 괴물입니다. 그 시절을 제대로 아는 사람들이면 지금까지 로열 로드에서 오히려 심하게 저평가되었음을 알 수 있음.

　-위드를 우리랑 같은 인종이라고 생각하지 맙시다. 그러면 편한 게 아니라… 사실이에요.

　-마법의 대륙에서는 위드가 접속하자마자 인근 유저들이 다 접속 종료했죠. 도망갔어요.

　-진짜 마법의 대륙에서 위드가 폭군이었나요?

　-악마죠. 최종 보스, 그 이상?

　-수틀리면 다 죽였음. 1명이 잘못해도 집단 전체가 망함.

　-도시 하나 멸망시킨 적도 있어요. 아예 지도에서 지워 버림.

　-강변의 도시 아링깃 말씀하시는 거죠?

　-위드가 했다니… 왠지 인기 있는 관광지 느낌인데요?

　-거기 그 이후에 위드가 강물 넘치게 해서 싹 다 잠기게 했어요. 이제 없음.

　마법의 대륙 시절의 이야기도 오랜만에 시청자 게시판에서 크게 화제가 되었다. 뒤늦게 로열 로드에 빠져든 유저들은 모르고 있던 이야기들이었다.

-위드가 그 정도의 폭군이었다면 비난을 받아야 마땅하지 않나요?

-헛소문일 듯. 제가 본 위드 님은 그럴 분이 아닙니다.

-진짜예요. 마법의 대륙을 경험해 본 유저들은 다 알걸요.

-악명이 진짜… 모르는 사람이 없었어요. 위드의 무자비한 학살이라는 이름으로 동영상도 많아요.

-무자비한 학살자, 전쟁의 신으로 유명했죠.

-마법의 대륙을 겪어 본 유저들은 다 비슷하게 생각할 겁니다. 위드가 조각사라서 강한 게 아닙니다. 위드가 조각사를 했기 때문에 그나마 헤르메스 길드가 지금 숨을 쉬고 있는 거예요.

가르나프 평원!

축제와 조각상 건설이 공존하는 이곳에서 위드의 고급 수련관 도전 영상을 안 보고 있는 유저는 거의 없었다.

"만세! 해냈다!"

"저, 정말 혼자서 극복해 낸 거야?"

"와… 대박이다, 정말."

불안해하던 1억 명의 유저들을 열광하게 만드는 영상이었다.

투쟁의 길을 끝까지 간 것도 대단하지만, 혼자서 37시간을 연속으로 싸운 것도 엄청나다.

지치지도 않고 신기에 가까운 움직임으로 전투를 치렀다.

그 체력에 대해서 어딘가 특별한 비결이 있다고 느끼는 유저들도 많았지만, 장면 그 자체에 빠져들게 하는 힘이 더 컸다.

모든 힘을 다해서 앞을 막는 적들을 부수고 나아간다.

그들이 로열 로드를 시작하며 꿈꾸던 진정한 전사의 모습.

가르나프 평원에 모여 있던 유저들의 심장을 거칠게 뛰게 하는 장면이었다.

"싸우자!"

"헤르메스 길드 따윈 아무것도 아냐!"

머리에 풀을 꽂고 있는 북부 유저들은 환호성을 질렀다.

위드는 주위를 둘러보면서 먹잇감을 찾았다.

브롬바 왕국의 전쟁 영웅 바이스는 레벨 400이 넘는 실력자였다. 100명의 흑마를 탄 기사단을 지휘하며 마폰 왕국의 병력과 한창 싸우고 있었다.

"맛 좋은 먹이로군."

위드는 로아의 명검과 선더 스피어를 양손에 든 채로 백마를 몰아 달려갔다.

"놈이 돌격해 온다!"

"방패병! 중장갑 보병과 함께 막아라앗!"

왕국군 지휘관의 명령에 따라 보병들이 움직였다.

레벨 500대가 넘는 몬스터나 마수에 비하면 어설픈 수준!

"으랴앗!"

위드의 검과 창이 휘둘릴 때마다 병사들이 사방으로 날아다녔다.

말과 하나가 되어 강력한 위력으로 호쾌하게 적진을 꿰뚫는다!

위드의 등을 레미 공주가 꽉 껴안았다.

"저 무, 무서워요!"

아름다운 공주와 기사라면 로맨스의 단골 곰탕 같은 소재다. 한 필의 백마를 함께 타고 미녀와 전장을 활보하다니, 얼마나 극적인 순간이란 말인가.

위드는 잠시 고민했다.

'무기 휘두르는 데 조금 방해가 되는군. 죽지만 않으면 되는데, 잠시 기절시킬까?'

뒤통수를 쳐서 기절시켜 놓는 게 더 편할 것 같다는 생각이 들었다.

그렇지만 방송을 보게 될 시청자들이 발목을 잡았다.

'일단은 놔두자. 아니다 싶으면 화면에 안 보이게 뒤통수 치고.'

위드는 달빛 조각 검술로 가볍게 지휘관 하나를 베며 말했다.

"공주님, 꼭, 무조건, 반드시! 이곳을 뚫어야만 살아남을 수 있습니다."

"다른 길로 가면 안 돼요?"

"바빠도 챙길 건 챙겨야… 크흠, 상황이 안 좋아져도 어떻게든 지켜 드릴 테니 걱정 마십시오. 이런 곳에서 허무하게 죽진 않을 거니까요."

"미, 믿겠어요."

레미 공주가 겨우 마음을 놓은 듯했다. 높은 매력과 카리스마 스텟에도 어느 정도 영향을 받았으리라.

위드가 시청자들을 의식하며 자상하게 말했다.

"바바리안 전사들은 꽤 강해 보입니다. 당장은 아니지만 어쩌다 날아오는 도끼에 죽을 수도 있습니다."

"예?"

"드레이크의 화염을 몸에 뒤집어써서 불타오를 수도 있겠죠. 참, 엘프가 쏘는 화살도 조심하십시오. 자칫 제가 놓치기라도 하면 머리가 꿰뚫릴 수 있으니까요."

"네에?"

자상한 말을 들으며 공포에 얼어붙는 레미 공주!

위드는 그사이에도 검과 창을 휘두르며 병사들을 돌파했다.

"라할노프의 성주이며 그롬터의 군단장이고, 왕실 흑기사단의 단장 바이스다. 너는 어디의 누구인가! 나와 싸우겠다면 당당히 이름부터 밝혀라!"

병사들의 피해를 보다 못한 바이스가 돌격용 마창을 내밀고 나섰다.

다른 왕국 기사들과의 숱한 전투를 승리로 이끈 브롬바 왕국의 맹장 바이스.

기사단이 주위를 따르고 있었지만, 일대일 승부에 끼어들 생각은 없어 보였다.

위드는 시청률을 의식하며 백마를 마주 달렸다.

"나는 달빛 조각사다."

"뭐라고?"

"아르펜 왕국의 국왕이며, 극지의 탐험가, 불멸의 전사, 영광의 언데드 지휘관."

"그게 도대체 누구냐!"

"아직 설명이 끝나지 않았다. 끈질긴 낚시꾼, 대륙의 역사를 탐험하는 모험가다. 신의 인정을 받은 왕이기도 하며, 대륙을 구하는 영웅이고, 악마병 사냥꾼, 대재앙을 몰고 오는 사람, 사막 여행자, 비를 부르는 자, 욕심 많고 추잡스러운… 흠흠, 이건 제외하고. 드래곤 피어에 맞서는 자, 명예로운 왕 중의 왕, 드래곤의 예술가, 희귀 금속의 장인이다."

"웬 헛소리냐!"

"그 외에도 다수 있지만 떠오르는 대로 간략히 말해 본 거다!"

위드의 백마와 바이스의 흑마가 마주 달리면서 창과 창을 들어 교차하기 직전!

"어쨌든 위드라고 불러라. 거친 바람의 창술!"

브롬바 왕국의 전쟁 영웅 바이스는 흑마에 납작하게 몸을 숙였다.

무서운 파공음을 내며 스쳐 지나가는 선더 스피어!

"이런 큰 공격을 하다니, 마상에서 싸우는 법을 알려 주마!"

바이스가 말을 따라붙으며 반격을 하려고 했다.

능숙한 기마술로 뒤를 따라왔지만, 그를 기다린 것은 로아의 명검이었다.

슈슈슉!

일격에 바이스의 창을 힘으로 밀어내 버리고, 이격과 삼격이 그대로 몸에 적중했다.

> −무거운 충격!
> 상대방의 생명력을 20% 이상 감소시키는 강력한 공격을 성공시켰습니다.

> −육체 강타!
> 아주 짧은 시간 동안 적이 기절합니다.

뛰어난 방어력을 가진 갑옷을 입고 있어서 죽기 직전에 멈쳤다. 기사라면 본래 생명력이 높은 직업이기도 했다.

그렇다면 딱 죽을 정도로 한 대만 더 때리면 될 일!

바이스에게는 불행하게도 지금 이 순간 위드의 손에서는 선더 스피어가 붕붕 회전했다.

"가라, 돌풍창!"

창은 회전을 통해 공격력을 늘릴 수 있다.

정확하게 다섯 번 회전한 창이 바이스의 몸을 꿰뚫었다.

─경험치를 획득하였습니다.

─창술의 숙련도가 증가합니다.

─국왕의 하사품. 빼어난 방어력을 가진 갑옷을 습득하셨습니다.

바이스는 죽으면서 몇 개의 잡템과 붉은빛이 도는 갑옷을 남겼다.

위드는 기사단 한가운데로 뛰어들었다.

"뇌격의 비상!"

선더 스피어에 담긴 스킬이었다.

창에 벼락의 힘이 가득 실리더니 사방으로 날렸다. 새하얀 빛이 퍼지며 땅이 뒤집히고 달리던 말들이 쓰러졌다.

위드는 전투를 펼치면서도 잠깐의 여유 동안 바이스에게서 얻은 갑옷을 살폈다.

높은 방어력은 기본이었고, 전투와 관련된 꽤 많은 스텟과 스킬!

전쟁의 시대에 유명한 대장장이가 심혈을 기울여서 만든 갑옷이었다.

'상당히 좋은데?'

위드가 입을 정도는 당연히 아니지만 그래도 나쁘지 않았다.

특히 레벨 제한이 낮아서 탐내는 사람이 많을 갑옷이었다.

잔뜩 붙은 명성과 호칭 '전쟁 영웅'은 덤!

'비싸게 팔 수 있는 장비를 하나 건졌군. 팔랑카에서 싸우는 영웅들 중에는 특별한 장비를 가진 놈들도 꽤 있을 테지.'

위드가 사자후를 터트렸다.

"모조리 덤벼라! 너희의 목숨을 거두어 주마!"

투신 바탈리는 부족한 전투 업적을 달성하라고 위드를 팔랑카 전투로 다시 보냈다. 그렇지만 결과적으로 인류 평화를 위협하는 대악당의 인성이 깨어나고 말았다.

'이번 전쟁에서 얻을 수 있는 건, 레벨 제한은 낮아도 쓸 만한 장비들. 경매장을 불태우기 충분한 전설이나 영웅급 물품들이다!'

마땅히 사냥에 나서야 할 일!

게다가 투쟁의 길이 끝났으니 음식을 먹어도 되는 건 물론 여러 종류의 제한도 해제되었다.

"조각 파괴술!"

위드는 조각품을 하나 꺼내서 파괴했다.

3,600이 넘는 예술 스텟을 모두 지혜로 변환!

마나의 최대치, 회복력이 대폭 향상되었으며, 마법의 위력과 범위가 확대되었다. 네크로맨서 스킬의 강화, 환영 마법의 보호까지 받을 수 있었다.

다른 스텟도 아니고 지혜라면, 그것이 의미하는 바는 명백했다.

네크로맨서 능력의 극대화!

위드가 기사단과 그 부근의 시체들을 향해 마법을 외웠다.

"일어나라. 눈 감지 못한, 잠들지 않은 원혼들이여. 여기 살아 있는, 그리고 너희를 죽인 자들에게 복수하라! 데드 라이즈."

바이스를 비롯한 기사들이 데스 나이트가 되어서 다시 일어났다.

살점은 녹아서 없어졌지만, 살아생전의 무기와 갑옷을 그대로 입고 있었다.

방금 일으키긴 했지만 생전보다도 더 강력해진 언데드들.

"레오날드, 어떻게……."

"사악한 네크로맨서! 언데드들을……."

그 광경을 지켜본 브롬바 왕국군은 비탄과 공포에 잠겼다.

"전부 죽여라."

위드는 언데드들에게 명령을 내렸다.

데스 나이트들은 조금 전의 동료들에게 거침없이 무기를 휘둘렀다. 뼈칼을 휘두르고, 박치기를 하는 해골도 있다.

스켈레톤의 생명력은 워낙에 높기에 허리가 잘려도 죽지 않고, 뼈만 남은 상체만 기어 다니기도 한다.

끔찍한 위력을 발휘하는 언데드 군단 출현!

7개 왕국군이 뒤엉켜서 싸우고 있었기에 시체는 넘치는 상황이다.

"데드 라이즈! 몽땅 일어나라."

위드가 언데드 소환을 거듭할수록 스켈레톤과 데스 나이트 군대는 끝도 없이 늘어 갔다.

언데드들은 자연스럽게 가까이 있던 브롬바 왕국군과 격렬하게 맞붙기 시작했다.

"콜 데스 나이트 반 호크! 콜 뱀파이어 로드 토리도!"

전속 부하들까지 소환.

검은 연기를 일으키며 나타난 반 호크와, 망토로 몸을 감싼 토리도.

"반 호크, 데스 나이트들을 이끌어라."

"목표는?"

"어떤 제한도 없다. 무기를 든 자는 모두 죽여라."

반 호크에게 데스 나이트들을 통솔하도록 했다. 혼자서도 강하지만, 언데드를 지휘할 때의 능력은 발군이었다.

토리도가 망토로 더욱 몸을 감싸며 물어 왔다.

"나는 뭘 해야 하는가?"

"자유롭게 날뛰어라. 마음껏 피를 마시고 부하들을 늘려도 좋다."

"알겠다, 주인."

토리도가 날카로운 송곳니를 드러내며 흡족한 미소를 지었다.

위드는 전투 공적도 많이 세웠고 명성도 오른 마당이었으니 잠깐 동안은 악명 따위는 신경 쓰지 않기로 했다.

'모험 1~2개, 조각품이나 조금 만들지 뭐.'

반 호크의 오라에 의해 데스 나이트들의 전투 능력도 크게 강화되었다.

현재 위드의 언데드 소환 마법은 중급 8레벨!

언데드 강화나 독약 제조, 본 쉴드, 골렘 소환 같은 보조 마법은 아직 중급에도 이르지 못했다. 지금으로서는 반 호크의 소환에 따라 향상되는 언데드들의 능력이 더 압도적일 정도였다.

"돌파하라!"

반 호크는 데스 나이트들을 순식간에 지배하며 전진을 개시했다.

"죽은 발걸음의 돌격!"

데스 나이트들은 브롬바 왕국의 방어 진형을 무참히 허물었다.

토리도는 병사 1명을 잡더니 목덜미를 물고 갈증을 해소하듯이 피를 쭉 들이켰다. 생명력과 마나를 크게 늘린 후에, 뱀파이어의 마법을 시전했다.

"피의 폭풍!"

핏방울이 일대를 휩쓸면서 병사들이 죽어 나간다.

"이 지독한 뱀파이어!"

기사가 검을 들고 덤볐지만, 토리도는 손톱으로 쳐 내더니 목덜미에 송곳니를 박았다.

"란데크를 구해야 한다!"

"석상화!"

동료들을 살리기 위해 덤벼들던 기사들이 그대로 돌이 되어서 굳어 버렸다.

그사이 토리도에게 흡혈을 당한 기사는 충직한 종이 되었다.

"싸워라."

"예, 로드!"

언데드 소환처럼 편한 건 아니지만 뱀파이어 역시 권속을 늘릴 수 있다.

"살아 있는 생명들이 많구나. 이렇게 멋진 장소가 있다니!"

토리도는 궁수 부대를 매혹으로 지배하여 왕국의 다른 부대를 향해 화살을 쏘도록 했다.

"기습이다!"

"아군이 우리에게 화살을 쏘고 있다."

"배반이야!"

엉망진창이 되어 가는 브롬바 왕국군.

그동안 위드는 반 호크와 토리도를 퀘스트를 돕는 용도로만 주로 사용했다. 그들의 자유를 억압하고 어려운 의뢰, 고된 사냥을 자주 시켰다.

위드를 따라서 성장하긴 했지만, 데스 나이트와 뱀파이어란 원래 악의 성향!

팔랑카 전투는 과거였기에, 지금의 병사들은 퀘스트 때문에 임시로 존재하는 것이다. 때문에 위드는 반 호크와 토리도의 제한을 해제하고 실컷 날뛰도록 했다.

"기, 기사님?"

위드의 등에 레미 공주의 떨림이 느껴졌다.

전쟁의 한복판에서 지켜 줄 줄로만 알았던 믿음직스러운 기사가 사악한 언데드들을 지배하다니!

"어떻게 언데드 소환 마법을 쓰시는 거지요?"

"살다 보며 익힌 몇 가지 잡기술 중에 하나입니다."

"기사의 긍지는요?"

"원래 전 조각사입니다."

"……."

대략 이틀 전.

잊혀 버린 사람의 이야기.

"허어, 이걸 어쩐다."

파이톤은 난감하기 짝이 없었다.

위드가 도전의 관문에 홀로 들어가 버리는 바람에 투쟁의 길에 혼자 남겨졌다.

"이렇게 된 이상 나도 가는 수밖에."

망설임이 조금 있긴 했지만, 결국 파이톤도 도전의 관문을 열었다.

혼자 도전!

새로운 적들이 한가득 소환되었다.

"크으으."

파이톤은 적을 모두 쓰러뜨린 후에 대검을 내려놓았다.

대검은 체력 소모가 크지만 공격력이 뛰어나고 방어에도 큰 도움이 된다.

솔직히 그는 모든 걸 불태우며 강한 적과 싸우는 것을 즐겼다. 많은 적과 오래 싸우는 건 그의 취향은 아니지만, 그렇다고 전사가 되어서 상대를 가려 가며 싸울 수도 없는 노릇이다.

"여기서 멈추지 않아."

간신히 적을 제압하며 전진해 갔다. 그리고 잠시 쉬는 사이에 위드에게 귓속말을 보냈다.

-여기 꽤… 재밌는 곳이군요.

싸움에서 물러서지 않는 남자답게, 힘든 기색은 몽땅 감추고 말한 것이다.

-저는 별로 재미없는데.

파이톤은 이 순간 이겼다고 행복했다. 고급 수련관을 실패하더라도, 남자로서의 승부는 승리를 거둔 것이다.

-후후, 싸워 볼 만한 적들이 계속 나오니 재밌지 않습니까? 더 강한 적에게 도전해 보는 즐거움도 있고 말이죠.

-이 정도로요?

-네?

-아니, 무슨 관문이 뒤통수도 안 치고 함정도 없어요. 저주나 속박처럼 귀찮은 스킬도 못 쓰는, 때려잡기 좋은 녀석들만 나오는데요.

이때의 위드는 투신 바탈리의 축복을 받기 전이었다.

그럼에도 불구하고 전투 경험이나 감각으로 몬스터들을 씹어 먹고 있는 상태!

레벨에 비해 막대한 스텟까지 쌓여 있어서 제대로 몬스터들을 해치우며 투쟁의 길을 걷고 있었다.

-뭐 그래도, 졸린 거만 빼면 그럭저럭 인건비는 나오는 사냥터 같습니다.

-고급 수련관이 사냥터라니…….

파이톤은 머리를 굴렸다.

'허세인가? 평소의 위드라면 완전히 허세는 아닐 것이다. 그래도 나름 힘은 들겠지.'

따로 도전한 것이기에, 관문을 다 뚫기 전까지는 만나지 못한다. 그렇지만 거의 동시에 도전을 했으니 누가 더 많은 적과 싸우며 오래 살아남는지가 비교될 것이다.

'진정한 전사를 자부하는 나다. 결코 지지 않는다.'

파이톤은 전투를 계속했다.

대검은 체력 소모가 커서, 힘이 약한 전사라면 버티지 못한다. 중간중간 어쩔 수 없이 쉬기는 했지만 평소의 몇 배나 되는 강행군을 벌였다.

그렇게 10시간이 흘렀다.

파이톤은 스스로에게 만족했다.

'이 정도면 됐어. 훌륭해. 잘 싸웠어.'

스스로에게 칭찬을 해 주고 싶은 기분이 들었다. 마침 체력도 빠진 상태라 휴식을 취해 줄 필요성이 있었다.

음식을 먹지 못하기에 시간이 지날수록 회복이 힘들어지겠지만, 그래도 지친 몸을 쉬어 주고 싶었다.

파이톤은 같은 도전자인 위드에게 다시 귓속말을 보냈다.

-하하, 조금 힘들군요.

이제는 위드도 솔직하게 말하면서, 도전의 관문에 혼자 뛰어든 것을 사과라도 하리라 짐작했다.

'간단히 용서를 해 줄 수는 없지. 쓸 만한 물건이라도 받아 낼까. 조각상 정도라면… 기념품으로 얼마든 주겠지?'

─농담이죠? 너무 쉬운데요.

─쉽다고 했습니까?

─기대했는데… 영 수준에 못 미쳐서 실망스러운데요.

─실망이라니…….

─대충 싸우면 축복 들어오고, 엄청 간단해요.

─……?

앞서간 위드는 조언이랍시고 설명을 해 주었다.

─싸우다가 축복 받으면 다 해결돼요.

간단하지만 이걸 제대로 아는 이는 없었다.

혼자 도전해서 힘겨운 전투를 승리로 이끌어야만 투신 바탈리가 기뻐하며 축복을 내리는 것이었다.

축복은 배고픔을 해소해 주기도 하고, 공격력을 늘려 주거나 체력을 회복시켜 준다. 만병통치약과 다름이 없었으며, 투쟁의 길을 걷는 내내 어느 정도 이상의 몸 상태를 유지하며 강적들과 수준 높은 전투를 하게 해 준다.

말 그대로 투쟁의 길이지, 굶어서 쓰러지는 길은 아니었던 것이다.

'근데 왜 나는 못 받았지?'

문제는, 정말 좋은 축복을 받기 위해서는 스스로를 극한의 상황까지 몰고 가야 한다는 것이다. 그렇다면 지금까지의 전투는 여유 힘을 남겨 놓고 벌인 것이었다는 뜻이 된다.

'더 싸워야 하는구나.'

파이톤은 자리에서 일어나서 다음 적들을 향해 걸었다.

체력은 두 번째 문제였고, 이미 10시간 이상 전투를 치르니 몬스터들을 보며 정신적으로 지쳐 갔다.

'이렇게 어려운 관문이라니, 답을 알아도 끔찍한 곳이다.'

—쉴 필요도 없어요. 그냥 검 들 힘만 있으면 싸워요. 어떻게든 비벼 보면 되니까요.

'지독한 관문이다. 여길 돌파하면 이쪽으로는 여행도 안 온다.'

헤라임 검술을 쓰는 법도 알게 되었다.

대검으로 연속 공격을 하기는 편하지 않았지만, 상대의 무기를 밀쳐 내고 적중시키는 등으로 응용이 가능했다.

—요령이 생기니까 갈수록 쉽네요.

이후, 파이톤도 간신히 굶주림을 해결해 주는 축복을 받기는 했다.

위드는 엄청 쉽다고 했지만 노력 끝에 얻어 낸 축복이다.

축복을 받고 얼마나 기뻤는데… 또다시 귓속말이 들어왔다.

—또 축복 받았네요. 이제 슬슬 배가 부를 정도.

—…….

16시간 정도를 꼬박 사냥하고는 좀 쉬려고 했다.

사람인 이상, 더는 몬스터를 보고 싶지 않을 정도로 지쳤다. 간단히 이길 정도로 쉬운 상대도 아니고, 매 전투마다 혼신을 다해야 하는 적들이었다.

–손 좀 풀리는 기분이네요. 재밌으시죠?

파이톤은 몬스터들을 볼 때마다 지겹고 괴로웠다. 그것만큼이나 위드의 귓속말도 참기 어려웠다.

'저건 인간이 아냐.'

경쟁자라고 생각했지만, 이번 기회에 확실히 알게 되었다.

'투쟁의 길이 어떤 곳인지는 알았다. 위드와 비교하지 말고 천천히 해도 뚫을 수 있어.'

파이톤은 조금 쉬면서 여유를 갖고 돌파하기로 했다.

투신의 축복을 최대치에 비해 몇 번 덜 받겠지만, 그 정도의 손해는 감수하기로 했다.

그의 생각에 위드 외의 다른 유저들과는 비교도 안 될 정도로 많은 축복을 받고 있을 테니까.

'그래, 이걸로 됐어. 난 사람이야.'

검치와 사범들, 수련생들은 가르나프 평원에 며칠 전에 도착했다.

"스승님! 이것 좀 드셔 보시죠."

"으음, 맛있구나."

검치와 사범들은 아침과 점심 사이에 닭꼬치를 먹었다.

대륙 전역의 온갖 미식들이 존재했기에 하루에 여덟 끼씩 꾸역꾸역 먹는 중!

앞에 놓인 대형 수정 구슬에, 고급 수련관에서 펼치는 위드의 전투 영상이 나오고 있었다.

"만세!"

"위드 님이 또 승리했습니다!"

"풀죽풀죽풀죽!"

가르나프 평원은 열광의 도가니였다.

"막내가 꽤 하는데요?"

"파고드는 순간이 날카롭구나."

"기회를 만들어 내는 것도 말입니다. 일부러 막을 수 있는 허점을 드러냈습니다. 안 걸려들기가 어려웠죠."

검치와 사범들은 음식을 먹으면서 전투를 반찬 삼아 이야기를 나눴다.

남들은 그냥 멋지다고 볼 수 있는 전투였지만, 그 안에 숨은 공방의 의미를 잘 파악하고 있었다.

헤라임 검술은 최소 서너 수 앞을 내다보지 않고서는 제대로 사용하기가 어렵다. 몬스터의 성격과 공격 방식까지 이해하고 이를 유도해야만 한다.

위드의 움직임을 보는 검치는 뿌듯한 기분이 들었다.

"가르친 건 그대로 써먹는구나."

"머리를 치면서 상대의 무릎을 밟고 뛰어올라서 공중에서 네 번 검 휘두르기. 방향의 전환과 적에게 남은 생명력까지 감안한 것 같습니다."

"그럭저럭 쓸 만하다. 시청자들을 의식해서 큰 동작을 쓰긴 했구나."

"조금 더 호전적이라면 좋겠지만… 이만하더라도 뛰어난 수준이죠."

검치와 사범들에게 칭찬을 듣기란 굉장히 어렵다.

위드의 전투는 깔끔하면서도 과감했고, 의도된 것은 있어도 실수는 없었다.

100의 실력을 가지고 있다면, 그걸 어떤 상황에서도 다 발휘하는 건 기본이다. 상대의 실력이 80이나 90 정도라면 200, 300처럼 느껴지도록 강함을 잘 이용했다.

검둘치가 닭꼬치 3개를 동시에 입에 넣었다.

"우린 사람들과 대결을 하는 검술, 쩝쩝, 막내는 이 로열 로드에 최적화되어서 스킬의 운용 면에서는 따르기가 힘들 것 같습니다."

검삼치도 동감했다.

"적의 사기나 여러 가지 특성까지 감안하여 싸우니까요."

위드의 전투 실력이 어느새 그들을 감탄시킬 정도로 성장해 있었다. 거칠고 빠르고 화려한데, 그 안에 숨어 있는 무술의 이론이 대단히 뛰어나다.

탄탄한 기본기를 감추고, 일반인들이 보면 감탄밖에 나오지 않는 슈퍼 플레이를 연달아 펼치는 것이다.

검치는 맥주잔을 내려놓았다.

"막내가 혼자만 저렇게 재밌는 곳을 가다니⋯⋯."

"부럽지 말입니다."

검둘치도 맞장구를 쳤다.

그렇지만 그들에게도 임무가 따로 있었다.

60만 사막 전사들!

사범들은 남부 사막의 정예 전사들을 이끌어야 했다.

어떤 수련생들은 풀죽 부대들의 지휘를 맡기도 했는데, 그것 때문에 평소 읽지 않던 책도 봤다.

-체력 기사. 돌격의 정석.

-로열 로드 전쟁 입문서.

-파티 사냥의 기초.

-고객 만족 리더십.

서점에서 대충 눈에 띄는 베스트셀러 위주로 골라 왔다.

데스 나이트가 주축이 되고 해골 군단이 뒷받침이 된다.

위드는 시체가 모인 곳에서 좀비들을 대거 일으켰다.

"끄우웨에에엑!"

"푸푸품!"

망자의 손길을 휘두르는 좀비는 기본적인 전투력만 놓고 보면 약하다. 그렇지만 언데드의 숫자를 단기간에 채우기에는 좋다.

"조, 좀비다!"

"브롬바에 영광을! 좀비들을 격퇴하라!"

좀비 떼가 빠르게 달려가 브롬바 왕국군을 덮쳤다.

감염된 좀비, 타락한 좀비, 반쯤 썩은 좀비 등의 17종 세트!

언데드의 주축이 되는 해골 군단이 다른 왕국의 주력과 싸우는 사이에, 그들 부근에서 좀비들이 새로 대량으로 생겼다.

시체들이 일어나니 혼란을 일으키는 데도 그만이었다.

"동요하지 말고 좀비들을 베어라!"

전쟁의 시대에 브롬바 왕국은 중장갑 보병으로 유명하다.

기사들과 병사들이 단단히 뭉쳐 좀비들을 막아 냈다.

그 모습을 보던 반 호크가 검을 들고 데스 나이트들에게 명령했다.

"정렬하라!"

한마디의 명령에 유령마를 탄 데스 나이트들이 일렬로 길게 늘어섰다.

"이 땅에 죽음을 내려라!"

—죽음의 행군!
생명력이 10초마다 796씩 소모됩니다.
데스 나이트들의 전투 능력이 향상되며, 모든 방해 스킬에 면역이 됩니다.

데스 나이트들이 정면으로 유령마를 달렸다.

그들이 받은 임무는 쓰러질 때까지 적과 싸우다가 죽는 것.

"썩은 구름, 엄습하는 공포, 어둡고 긴 그림자 연맹."

위드는 네크로맨서의 주특기인 광역 저주 마법도 신나게 썼다.

"시체 폭발!"

때때로 병력이 밀집한 장소에 난사하는, 강력한 파괴력을 가진 시체 폭발은 필수!

브롬바 왕국군은 언데드들의 공격에 잘 버텼지만, 반 호크가 이끄는 데스 나이트들의 거센 공격에 조금씩 흔들리기 시작했다.

"이 정도면 됐어. 동쪽을 친다."

추가로 데스 나이트와 스켈레톤을 소환하여 켈튼 왕국군에도 싸움을 걸었다.

"켈튼 왕국의 정예들이여, 언데드가 우리에게 몰려오고

있다!"

"싸우자, 끝까지! 우리의 의기와 검은 꺾이지 않는다!"

켈튼 왕국의 기사들이 고함을 질렀다.

그들의 검이 빛나면서 병사들의 사기와 체력이 회복되었다.

언데드들을 막아 내느라 치열하고 팽팽하기 짝이 없는 전투가 벌어졌다.

7개 왕국이 싸우는 팔랑카 전투!

위드는 언데드를 여기저기 투입해 가며 가까운 곳을 온통 난전으로 이끌었다.

그 목적은 어디까지나 전리품 수확에 있었다.

"네크로맨서! 구더기가 끓는 시체나 파먹는 종자야! 이곳이 네가 죽어서 뜨거운 불에 태워질 자리다!"

브롬바 왕국군의 영웅들이 알아서 몰려들고 있었다.

"정의를 위해!"

"네크로맨서를!"

"함께 처단한다, 브롬바의 검들이여!"

켈튼 왕국의 기사단장과 영웅들의 멋진 외침!

팔랑카 전투에서 싸우다가 장렬하게 죽어 가는 길을 버리고, 네크로맨서부터 막기 위해 온 것이다.

"너희의 도전을 받아 주지."

5명의 브롬바 왕국 영웅, 7명의 켈튼 왕국 기사들.

위드는 로아의 명검을 들고 맞이했다.

사악한 네크로맨서를 막기 위해 온 그들은 뛰어난 검술에 의해 1명씩 목숨을 잃었다.

검이 부딪칠 때마다 힘에서 밀리고 기술에서 압도당했다.

영웅들은 화려한 스킬을 쓰며 필사적으로 덤벼들었지만 위드는 그 허점을 파고들어서 단숨에 베어 버렸다.

"큭, 이런 훌륭한 검술을 가지고도 언데드를 소환했느냐!"

"악당은 언제나 노력하는 법이지."

위드는 영웅들을 상대하며 확실히 이전보다 강해진 것을 느꼈다.

'투쟁의 길을 거치면서 전투 능력이 최소한 15%는 향상된 것 같군. 자세히는 더 싸워 봐야 알겠지만, 스텟과 스킬, 투쟁의 파괴자로 회복 능력이 늘어나는 등 많은 부분에서 향상이 있었어.'

브롬바 왕국의 영웅들과 켈튼 왕국의 기사들이 더 많이 모여들었다.

"우린 적대 관계지만 지금만큼은 힘을 하나로 뭉쳐야 할 것이다."

"네크로맨서를 제거하기 위해서는 협력이 필요합니다."

위드는 마상에서 여러 명과 동시에 싸우기 위해 선더 스피어도 뽑아야 했다.

"이것이 브롬바 왕국의 정통 헬란버그 창술이다!"

"켈튼의 검은 약하지 않다. 받아라, 바렛 공검술!"

위드는 말을 달리며 왼쪽으로는 브롬바, 오른쪽으로는 켈튼의 기사들을 상대했다.

"꺄아아악!"

레미 공주는 비명을 지르기에 바빴다.

위드가 지켜 주긴 했지만, 어쩔 수 없이 그녀를 스쳐 지나가는 창과 검. 브롬바에서는 닥치는 대로 공격을 했지만, 그나마 기사도의 국가인 켈튼에서는 일부러라도 레미 공주의 부근은 노리지 않았다.

'그래도 어떻게 될지 모르니 다 막는다.'

위드는 검과 창을 부지런히 움직여 모든 공격을 막아 냈다.

두두두두!

말을 달리면서 빠르게 벌이는 공방전.

직업적으로 워리어와는 달리 다른 사람까지 보호하는 스킬이 없기에 직접 모든 공격을 걷어 내야 했다.

기본적인 힘에서 압도하고 있었기에, 무기를 받아칠 때마다 상대하는 기사들과 말이 휘청거렸다.

-검의 귀신으로 소문난 망달의 기사 데칸제를 당당하게 이겼습니다!
 전투 명성이 31 증가합니다.

-브롬바 왕국군 소속 니달 델리샤르 백작을 제압했습니다.

마상에서 여러 명과 싸우는 전투가 어렵기는 하지만 그만큼 재밌다. 위드는 투쟁의 길에서 뜨거워진 심장이 시키는 대로 위험한 싸움을 즐겼다.

-브룸바 왕국의 진실한 영웅 웅그림이 당신의 검에 목숨을 잃었습니다!
전투 명성이 1,382 증가합니다.
검술 스킬의 숙련도가 크게 상승합니다.

-거듭된 전투로 선더 스피어의 봉인이 1단계 해제되었습니다.

위드는 전투 공적이 아니라 메시지 창을 먼저 확인했다.
"감정!"

봉인된 선더 스피어 : 내구력 136/150. 공격력 146~223.
지고의 드워프 대장장이 론드핸드가 만든 최고의 역작!
드워프 론드핸드는 말년에 단순한 마법 무구를 넘어서 무기에 자연의 파괴력을 담으려고 하였다.
이 창은 수십 번의 담금질을 마치고 수베인 왕국의 벼락이 그치지 않는 산에 버려졌다. 수억 번의 벼락을 견뎌 낸 창은 마침내 그 힘을 간직한 채로 다시 태어났다.
제한 : 기사 전용.
　　　 레벨 570.
　　　 창술 고급 6레벨.
옵션 : 벼락을 일으키는 창.
　　　 마나를 소모할 때마다 일정 거리를 휩쓰는 광역 벼락을 내려친다.
　　　 전격 계열 마법으로부터 97% 이상의 면역, 그 힘을 흡수할 수 있다.
　　　 전격 계열 마법과 전격 공격 스킬의 효과를 228% 상승.

공격 속도 21% 향상.
적과 무기를 부딪치면 일정 확률로 감전시킴.
자신보다 약한 적에게 치명적인 일격을 가했을 때에는 33%의 확률로 기절을 시킨다.
7회의 연속 공격이 성공하면 주변으로 연쇄 번개 분산, 번개 방패가 무작위로 형성됨.
전격 계열 스킬 뇌격의 비상, 파동, 번개 폭풍, 번개 흔들기, 뇌전 중심 진격, 휘몰아치는 전역 천둥 사용 가능.
† 현재는 선더 스피어의 힘이 봉인되어 있다.
창이 가지고 있는 공격력의 76%만 발휘 가능.
충분한 능력을 가진 이가 창을 사용하면 봉인은 해제될 것이다.

창술이 향상되면서 선더 스피어의 봉인도 조금씩 풀려 갔다.

위드를 잡으러 왔던 영웅들은 불행히도 끝내 몰살을 당했다.

정의의 패배!

"일어나라. 눈 감지 못한, 잠들지 않은 원혼들이여. 여기 살아 있는, 그리고 너희를 죽인 자들에게 복수하라! 데드 라이즈."

마나가 모이면 반 호크가 싸우고 있는 지역으로 언데드를 대량으로 소환해 주었다.

"네크로맨서를 잡아라!"

"이대로 싸워서는 안 된다. 크로스 왕국의 적은 저 네크로맨서다!"

전투 중이던 여러 왕국군들이 언데드를 목표로 삼았다.

1만에 달하는 병사들로 이루어진 군대가 위드를 향하여 진격해 오고 있기도 했다.

"이판사판이군. 시체 폭발!"

적들을 깊숙이 끌어들인 후에 일으키는 대량 연쇄 폭발!

-경험치를 대량으로 습득하셨습니다.

-악명이 84 증가합니다.

-언데드들의 무자비한 살육으로 죽은 자의 힘이 61 증가합니다.

기회가 주어지는 순간을 놓치지 않고 엄청난 공적을 달성하는 위드!

전장 전체를 넓게 쓰면서 싸우고, 빠지고, 매복할 장소를 정한다.

"반 호크, 스켈레톤 한 부대를 이끌고 북쪽으로 달려라. 적을 밀어내야 한다."

"모두 죽이겠다."

"아니, 밀어내기만 해."

성기사나 사제가 포함된 군대에는 다른 적국의 군대들이 부딪치도록 유도했다.

싸우더라도 꼭 지는 건 아니지만, 각 왕국들 사이의 적대도 또한 적당히 유지했다.

"반 호크, 이번에는 마폰 왕국을 쳐서 크로스 왕국군을 구해 줘라."

"알겠다."

때로는 필요에 따라서 세력들끼리의 균형을 맞추기도 했다.

전장의 흐름을 주도하면서 전투 공적을 세운다.

−경험치를 습득하셨습니다.

무섭게 쌓이는 경험치!

−코너 왕국군 섬멸!
  전쟁 지휘관으로서 뚜렷한 공적을 달성했습니다.
  명성이 374 늘어납니다.

전투, 전투, 전투, 전투!
언데드들이 더 빠르고 강해졌으며, 숫자가 많아졌다.

−해골 병사들이 크게 승리했습니다!
  해골들에게 더 강한 죽음의 기운이 깃듭니다.
  언데드 소환 스킬의 숙련도가 증가했습니다.

7개 왕국군은 시간이 지날수록 약해져 갔다.
하늘에서는 드레이크들이 불을 내뿜고, 외곽에서는 바바

리안과 엘프의 이종족 군대가 공략해 온다.

"그렉타이드 공작 전하의 원수를!"

"켈튼의 자존심은 무너지지 않는다!"

그 와중에도 7개 왕국군은 힘을 합치지 못했다.

시간이 흐르며 먼저 몰락한 건 브롬바 왕국이었고, 그다음이 연합 공격을 받은 마폰, 크로스 왕국 순서였다.

기사도의 국가인 켈튼은 마지막까지 버텼지만 승자는 베이너 왕국!

"이겼다!"

"베이너 왕국이 이 전투에서 승리했다!"

기사들이 피 묻은 검을 들어 올리며 소리쳤다.

하지만 베이너 왕국의 환호는 5분도 지나지 않아서 사라졌다.

야만족 바바리안들이 짧은 가죽옷을 입고 맹렬하게 달려왔으니까.

그 너머에서는 외눈박이 거인 사이클롭스가 던진 바윗덩어리들이 날아오고 있었다.

"떠돌이 전사 그라토르그가 출현했습니다!"

KMC미디어의 스튜디오.

레벨 750으로 알려진 그라토르그가 투쟁의 길에 등장했다.

이미 시청률 32.8%를 넘긴 시점에서였다.

오주완은 깜짝 놀라서 말했다.

"파클레스 님, 그라토르그는 헤르메스 길드에서 관문을 뚫을 때는 나타나지 않았던 걸로 아는데요?"

"예… 그렇죠…….."

파클레스는 멍하니 영상을 보고 있었다.

위드는 투쟁의 길을 걸으며 무자비하게 몬스터를 때려잡았다.

'저렇게까지 싸울 수 있는 게 또 누가 있을까?'

전진, 그리고 또 전진.

1시간도 아니고, 무려 30시간이 훌쩍 넘는 동안 내내 전투를 치른다. 일방적인 학살도 아니고 만만치 않은 적들을 상대하는데, 영상만 보아도 그 무시무시한 패기와 투기가 느껴질 정도였다.

―오너라. 그 무엇이든 상대해 준다. 감당할 수 있겠나?

말을 하진 않았지만, 딱 그런 느낌이었다.

로아의 명검을 들고 투쟁의 길을 달리는 위드 앞을 감히 누가 막을 수 있을까. 레벨이 더 높다고 해도 그 기세만큼은 감당하기 어려울 것이다.

"자료에 의하면 그라토르그는 굉장한 적입니다. 혼자서 사냥에 성공한 유저는 없는 것으로 보이는데요. 위드가 이번 위기를 무사히 넘길 수 있을까요?"

"……."

"파클레스 님, 이번에도 그라토르그로부터 위드가 살아남을까요?"

"아마… 살 겁니다."

파클레스는 인정하기 싫었지만 다른 선택지가 지워진 상태였다.

위드가 고급 수련관을 돌파한 것을 이미 알고 있으니까.

그라토르그를 피하거나 도망쳤을지도 모르지만, 어쨌든 결과적으로는 살아남았으리라.

'제발 져라. 꼴불견으로 지면 더 좋겠지만…….'

KMC미디어의 시청자 게시판을 넘어서, 로열 로드와 관련된 모든 게시판에서 자신을 비웃고 있다는 걸 알고 있었다. 위드가 그라토르그에게 죽도록 맞고 간신히 도망치기라도 한다면 무너졌던 자존심과 체면이 조금 세워질 것이다.

"위드가 그라토르그를 공격하고 있습니다. 치고 빠지면서 헤라임 검술을… 저 상황에서도 연속 공격을 성공! 엇, 반격에 휘말려… 분검술입니다! 검술의 비기가 절묘하게 사용되었습니다!"

"……."

이어진 영상에서는 그라토르그까지 사망.

파클레스나 네그라트, 빈델은 보면서도 자신은 결코 따라 하지 못할 거라는 느낌을 받았다.

'저건 진짜 전사다. 전사라는 직업을 선택한 게 아니라, 피와 살, 심장까지 전부 타고난 전사다.'

두려움이 아니라, 투쟁심으로 가득하다.

자신들이 고급 수련관을 돌파할 수 있었던 이유는 100% 질보다 양이었음을 깨닫게 되는 순간이었다.

본래 고급 수련관이란 투쟁의 길이라는 뜻처럼 대단히 어려운 관문이다.

"모든 적들을 해치우고 투쟁의 길의 끝에 다다랐습니다."

파클레스와 네그라트는 방송을 빨리 끝내고 집으로 가고 싶은 마음뿐이었다.

"근데 저 포탈은 무엇이죠?"

"모르겠습니다. 출구로 가는 포탈이 아닐지…….."

"네그라트 님도 투쟁의 길을 공략하지 않으셨습니까?"

"제가 깼을 때는 안 나왔던 것입니다."

파클레스는 별게 아니기를 바랐다.

투쟁의 길을 걸으면서 위드가 엄청난 보상을 받았을 걸 생각하면 배가 아프다 못해서 쓰러질 지경이었다.

팔랑카 전투에서 싸우던 인간들은 몰락하고 말았다. 그들의 시체는 고스란히 위드에 의해 언데드가 되어서 일어났다.

좀비와 스켈레톤, 구울, 유령, 듀라한, 데스 나이트로 이루어진 언데드 군단!

"네크로맨서부터 잡아라!"

"만악의 근원. 자연을 거스르는 이를 처단합시다!"

위드를 상대하기 위해 이종족에서도 부족장이나 전사가 선두에 섰다.

엘프들은 타고난 궁수였으며 정령사, 마법사였다. 심지어 검술 실력도 나쁘지 않았다.

평화를 사랑한다지만 전투에 최적화되어 있는 종족.

바바리안들은 여러 부족이 있긴 했지만 그와 상관없이 모두가 힘과 맷집이 굉장히 좋았다.

게다가 특징적인 것은 뼈로 된 목걸이를 착용하고 있는 바바리안이었다.

위드는 오래전에 KMC미디어에 베르사 대륙의 역사적인 인물들에 대한 모든 자료를 요청했었다. 500페이지짜리 기록물로 열 권이나 되었는데, 거기 적혀 있던 바바리안이 있었다.

바바리안의 투사 나린루르거

32개의 바바리안 부족 연맹체가 우두머리로 추대하였다.

큰 바위를 부수고 산을 허무는 거력!

대륙의 오지를 떠돌아다니는 것을 좋아했으며 한 번도 패배
한 적이 없다.

평화롭던 시절에는 수많은 전사와 바바리안이 그에게 도끼
술을 배우기 위해 모여들었다.

인물 기록은 이 정도에서 그치지만, 역사적인 사건들을 보
면 참고할 만한 게 많았다. 레벨 600대의 몬스터를 때려잡았
다거나, 요새의 철문을 도끼로 부수는 등의 행동을 저질렀다.

'도끼 마스터로 추측되는 바바리안. 게다가 워리어로서의
자질도 굉장히 높다.'

바바리안 종족의 힘과 맷집을 바탕으로 한, 한 방의 파괴
력이 가장 강력한 도끼 전사는 극단적으로 위험한 존재였다.

그가 이끄는 바바리안들 역시 실력이 대단히 뛰어나다고
알려져 있었다.

"우선은 수비 진형을 취해라."

"알겠다."

반 호크에게 언데드들이 방어 진형을 취하도록 명령했다.

그래 봐야 무기나 방어구가 인간들처럼 좋지 않았으니 뭉
쳐서 공격을 기다리는 정도였다.

바람처럼 빠르게 스켈레톤 사이를 달려오는 엘프들.

나린투르거를 따르는 바바리안들의 도끼질은 스켈레톤들의 뼈를 박살 냈다.

"우레야아!"

듀라한이나 데스 나이트도 함성을 지르며 덤벼들었지만 오래 버티지 못하고 허물어졌다.

엘프들은 이상한 유물을 내밀기도 했는데, 강렬한 초록빛이 뿜어 나와 스켈레톤이나 듀라한을 검게 태워 사라지게 했다.

언데드들이 이종족 군대에 의해 허무하게 무너지고 있었다.

"기사님, 저들과도 싸우실 건가요?"

위드는 고개를 가로저었다.

"이만 튀죠."

"네……?"

"저것들은 좀 까다로워서, 지금 주워 먹을 건 없어 보입니다."

"기사의 긍지는요?"

"저 조각사입니다."

"조각사에게도 긍지가 있지 않나요?"

"빵 한 조각에 팔았습니다. 비싼 값을 받은 거죠."

"……."

위드는 언데드들을 던져 주고 이종족 군대로부터 벗어났다.

언데드를 증오하는 엘프와 바바리안의 공격이 맹렬했지만, 그들도 곧 사이클롭스를 비롯한 몬스터들에 의해 짓밟혔다.

끝없이 밀려와 베이너 왕국군과 엘프, 바바리안을 공격하는 몬스터들.

나린투르거를 비롯한 바바리안들은 더없이 용맹하게 싸웠고, 엘프들의 화살은 끝도 없이 몬스터들을 꿰뚫었다.

일당백이라는 말로도 모자랄 멋진 전투!

그렇지만 역사적으로도 팔랑카 전투의 최종 승자는 몬스터였다.

위드는 레미 공주를 태운 채 전투와는 멀리 떨어진 산까지 도망쳤다.

"일단 이곳은 안전하군요."

남겨 놓은 언데드들은 전투 중에 거의 대부분 사라져 버린 후였다.

팔랑카 전투에서 레미 공주와 관련된 퀘스트는 이것으로 깬 것이나 마찬가지였다. 전투 중에 더 활약하지 못해서 아쉽고 찝찝한 마음이 들긴 했지만, 그래도 이번만큼은 레미 공주를 지키는 것을 우선했다.

"기사님 덕분에 안전한 곳까지 왔어요."

"별말씀을."

"명예…로운 기사님에게 제가 가지고 있는 물품을 보답으로 드리겠어요."

레미 공주가 꺼낸 것은 작은 거울이었다.

레미 공주의 보석 거울

에메랄드와 사파이어로 장식된 거울입니다.
이스란 왕국에서 대대로 내려오던 보물입니다.
보물로서의 가치가 대단히 높습니다.

옵션 : 선물로 받았을 시에는 명성과 명예의 효과를 한 단계 높입니다.
　　　기품 +50.
　　　거래 스킬에 4%의 추가적인 효과를 더합니다.

마법 물품은 아니지만 이 역시 탐내는 사람들이 꽤 있으리라.

위드는 보석 거울을 받아서 배낭에 넣으려다가 문득 조금 이상한 느낌을 받았다.

'재질이 조금… 투박한데?'

분명 보석 거울이라고 했는데, 막상 금속으로 된 부분은 단단하기 짝이 없었다.

위드는 보석 거울을 바닥에 내려놓고 대장장이용 망치를 꺼냈다.

"무슨 일인가요?"

"조금 의심스러운 게 있긴 한데……."

"거울에요?"

"그렇습니다. 이대로도 아깝긴 한데… 아니면 다시 만들면 되겠지!"

과감하게 망치로 보석 거울을 내리쳤다.

파삭!

단숨에 파괴된 보석 거울.

－특급 대장장이 재료, 바다의 정을 발견하셨습니다.

무기나 방어구를 만들면 추가적인 특성이 부여되거나 희귀한 물품을 제작하는 데 큰 도움을 준다.

영웅의 탑 5층, 팔랑카 전투에 숨겨져 있던 마지막 대박까지 알뜰하게 챙겼다.

KMC미디어.

강 부장과 연출부 직원들은 눈 밑이 검게 변해 있었다.

"이러다가 쓰러지는 거 아닌지 모르겠다."

"그러게 말입니다."

"휴, 본방 들어가면 화장실 다녀올 시간이나 있을지……."

KMC미디어를 비롯한 여러 방송국에서는 며칠 전부터 준비한 특집 영상들이 있었다.

-바드레이의 일대기.

-위드의 일대기.

-헤르메스 길드의 성장 역사.

-아르펜 왕국의 역사.

-가르나프 평원의 전쟁 준비.

-아렌 성의 상황.

-전투에 참여하는 유명 유저들 소개.

-풀죽신교의 각 집단 소개.

-하벤 제국의 군사 조직도.

-지난 전투 영상들.

-전쟁 전문가들의 예상.

가르나프 전투가 벌어지기 전에 10시간 정도는 꽉꽉 채울 수 있는 영상들이었는데, 이걸 쓸 수가 없게 되었다.

투쟁의 길에 팔랑카 전투까지, 영상이 무자비하게 이어진 것이다.

위드의 도전이고 모험인데 생중계를 중단한다는 건 쉬운 결정이 아니었다. 야구로 치면 9회 말 2아웃 상황에서 뉴스로 넘어가는 최악의 상황!

시청자의 호응도 폭발적이었다.

-네크로맨서다. 이것이 네크로맨서.

-덜덜덜덜. 완전히 밸런스 파괴 아님? 전사에 네크로맨서, 조각사는 덤임.

-팔랑카 전투에서 공주를 지키라고 보내 놨더니 전부 쓸어버렸음.

-네크로맨서는 다 이렇게 강한가요?

-위드라서 그래요.

-조각술 마스터하고 전직한 지 얼마 되지도 않았는데, 완전 사기 아님?

-대기업이 신규 시장에 진출한 느낌이네요. 조각사가 대기업인지는 좀 애매하지만.

방송국들도 깜짝 놀랄 정도로 위드의 전투력은 압도적이었다.

KMC미디어에는 현역 네크로맨서 중에서 최고로 꼽히는 쟌이 출연했다.

"위드 님이 네크로맨서로 전직하고 시간이 얼마 되지 않았는데요, 원래 이렇게 성장이 빠른 직업입니까?"

"저도 잘 이해가 안 갑니다. 다만 짚이는 바는 있습니다."

"무엇입니까?"

"네크로맨서와 같은 직업의 성장 포인트는, 첫 번째가 그 스킬의 이해도에 있다고 볼 수 있습니다. 직업의 특성을 잘 이해하고 다루는 것이 매우 중요하죠."

네크로맨서의 난이도에 대해서도 온라인 게시판에서 논쟁이 많이 붙었었다.

위드에 의해 네크로맨서가 선택 가능한 직업이 되고 많은 유저들이 도전을 했었다. 어떤 이들은 좋다고 추천했지만, 어떤 이들은 최악의 직업이라고도 평했다.

언데드를 많이 소환해 보기 전에는 스킬 레벨이 낮아서 그다지 쓸모가 없다.

나약한 스켈레톤 1~2기 데리고 다니다가 오히려 자신이 먼저 몬스터에게 공격당해 죽는 일이 흔히 벌어졌다. 초반에는 언데드 소환과 저주가 전부라서 근접전이 벌어지면 제대로 저항도 못 했던 것이다.

파티 사냥에 의존할 수도 없고, 혼자 모든 걸 다 해내야 했다.

쟌이 확신을 담아 말했다.

"위드 님이 네크로맨서 직업을 개방하셨죠. 불사의 군단도 물리쳤고. 언데드를 지배하며 대규모 전투를 치른 경험을 바탕으로 한 직업의 이해도는 저보다도 더 뛰어나리라 생각합니다."

"그 이해도가 저 강함의 비결이 되겠군요."

"수많은 이유 중에 한 가지죠. 그 외에도 지휘력이나 다양한 병력 운용도 이유가 될 것 같고… 네크로맨서의 약점도 위드 님에게는 별로 해당되지 않는 것 같습니다. 게다가 위드 님과 완전히 똑같은 스킬과 장비가 있더라도 다른 네크로맨서라면 사냥 속도가 2배 이상 느릴 것 같은데요."

위드의 언데드 군단이 팔랑카 전투를 휩쓰는 장면이 높은 시청률을 유지한 채로 생중계되었다.

☗

땅! 땅! 땅!

파비오와 헤르만은 대장간을 차렸다.

"3,700여 개나 되는 대형 조각품이라니, 이런 무모한 짓이 어디에 있나."

"휴, 그나마 조금이라도 도울 수 있어서 다행입니다."

그들만이 아니라, 쿠르소의 드워프 대장장이들도 모두 돕고 있었다.

쇳물을 만들고, 특정한 모형들을 정교하고 아름답게 제작한다.

장인의 직업을 선택하는 유저들은 무언가를 만든다는 데 기쁨을 느꼈다. 혼자만의 작업도 좋지만, 수많은 유저들과 협력하여 작품을 만들어 내는 행복이 있었다.

이곳에는 바쁘게 일하고 있는 대장장이만 4,000명이 넘었다.

"뾰족한 부리 30개 납품 완료."

"구부러진 더듬이가 필요하답니다. 어제 주문 넣은 건데……."

"1시간 후에 와요!"

대장간은 유저들로 북적였다.

대형 조각품에 필요한 다양한 형태를 만들고 강철 구조물을 제작한다. 게다가 전쟁에 필요한 장비도 비밀리에 만들고 있으니 매우 바빴다.

방패와 화살 같은 소모품을 찍어 내는 구역에는 아직 직업을 정하지 못한 유저들도 와서 돕고 있을 정도였다.

"후와, 대단하다."

"여기 열기가 보통이 아냐. 이게 대장장이들이 일하는 터전인가."

모험가 체이스가 용암 봉인석을 가져와서 작업의 능률을 높였다. 용암의 우물을 만들어 놓고 일을 하니 숙련된 대장장이들이 사용했다.

파비오가 강철을 두들기던 망치를 내려놓고 맥주를 벌컥벌컥 마셨다.

"불꽃의 비는 완성이 되어 가는군."

"크으, 물컹찐득꿈틀이도 대충 끝나 갑니다."

대장장이 마스터로서 조각술을 펼치는 느낌이 새롭기도 하다.

금속이나 나무 같은 재료를 다루는 그들의 능력은 최고 수준에 도달해 있으니, 대형 조각품의 가치가 더욱 높아졌다.

가르나프 평원에는 조각사들 역시 총동원되어 있었기에
걸작도 꽤 많았다.

대형 조각품 공모전!

유저들끼리 공모전을 열어 다양한 아이디어를 모았다.

형태가 결정되면 노동력과 재료를 아끼지 않고 투입하니
걸작이 쏟아져 나왔고, 드물지만 명작도 있었다.

대작 조각품은 2개였다.

대작! 하늘을 뒤덮은 봉새!
오래 산 엘프들이 이야기하는 전설적인 신수를 표현한 작품!
이 신비로운 새가 날개를 펼치면 땅의 끝에서 끝까지 닿았다고 한다.
금속과 흙, 나무, 물, 바람이 하나가 되어 표현된 작품이다.
함께 만든 유저는 무려 23,742명에 달한다.

예술적 가치 : 9,837.
특수 옵션 : 하늘을 뒤덮은 봉새상을 본 이들은 생명력과 마나의 최대치가
　　　　　　24% 증가한다.
　　　　　　인근에서 비행 생명체들의 활력을 증가시킵니다.
　　　　　　정의로운 봉새는 악의 힘을 억제합니다. 흑마법과 네크로맨시,
　　　　　　저주의 위력이 감소합니다.
　　　　　　전 스텟 34 상승.
　　　　　　단 한 번, 누구든 날개 도약 스킬을 사용할 수 있습니다.

하늘을 뒤덮은 붕새는 말 그대로 넓었다.

반경 500미터에 달하는 새를 조각하고, 날개는 엘프들이 빠르게 성장하는 나무를 이어 붙였다. 정령사들에게 바람과 물의 특징도 부여받아서 무척이나 신비로워진 조각품!

언데드 소환 마법을 억제하는 효과가 있어서 솔직히 완성하고 난 후 제법 논란도 있었다.

"위드 님에게 안 좋은 거 아닙니까?"

"그렇긴 한데… 대작 조각품이라서 포기하기는 아깝네요."

"네크로맨서는 귀하잖아요. 고작 몇 사람에게만 해당되는 페널티인데, 위드 님이 치워 달라고 한 것도 아니니 일단 두고 보죠."

대작! 사막의 대제왕 위드!

한 자루의 시미터와 한 마리의 낙타가 세상을 휩쓸던 시절!
사막의 대제왕으로 불리던 그는 용맹한 전사들과 함께 광활한 대륙을 정복했다.
무자비한 살육자, 욕심 많고 추잡스러운 놈, 잔인무도한 희대의 살인마!
숱한 비난이 뒤따를 정도로 그의 군대가 공격한 도시는 하나같이 약탈과 방화로 사라졌다.
하지만 모두가 미쳐 있던 전쟁의 시대를 종식시키고 어둠 속에 자라던 엠비뉴 교단을 쓸어버렸다.
혼돈의 드래곤 아우솔레토까지 사냥한 끝에, 그의 평가도 새롭게 이루어졌다.
예술적 가치 : 11,394.
특수 옵션 : 사막의 대제왕 위드상을 본 이들은 생명력과 체력의 최대치가 27% 증가한다.

힘이 10% 상승.
적과 싸워서 이길 때마다 경험치가 추가되고 일시적으로 전투 능력이 향상됨.
사막 전사들의 전투 스킬이 1단계씩 높아집니다.
전 스텟 41 상승.
인내와 맷집이 30씩 증가.
전사들은 레벨에 따라 최대 20분 동안 낙타를 소환할 수 있습니다.
사막의 대제왕 위드상을 만져 본 대장장이들은 금속 연마에 대해 특별 숙련도를 얻습니다.

조각사 뎁스가 책임지고 만든, 사막 전사 위드의 모습을 5미터 정도 크기로 조각한 작품이다.

다른 작품들에 비하면 작은 편이나, 모험가들과 상인들이 내놓은 귀금속을 통째로 녹여 만든 결과물이었다. 파비오와 헤르만을 비롯하여 최고 실력의 대장장이들도 합세하여 만든 작품이었다.

"끄으응, 빨리 끝내 놓고 시원한 맥주라도 한잔하고 싶군."

"대충 일이 마무리되어 갑니다."

대장장이들은 바쁘게 움직이면서도 고생이 끝나 간다는 데 희미한 미소를 지었다.

하벤 제국과 전투가 벌어질 때까지 시간이 얼마 안 남았다. 일단 전쟁이 벌어지고 나면 대장장이들의 역할이 그리 중요하진 않을 것이다.

많은 대형 조각품들이 미완성 상태이기는 했지만, 시간이 너무 촉박하다. 완성할 수 있는 것에만 역량을 투입하고 있으니 그들의 일도 조만간 끝날 것이다.

그때 대장간 한쪽 구석의 풍경이 일렁거리더니 유린이 그림 이동술로 나타났다.

"파비오 님, 헤르만 님, 부탁드릴 일이 있어요."

"무슨 일인가?"

그들은 이전에도 위드의 여동생 유린을 만난 적이 있었다.

대륙을 자유롭게 떠돌아다니며 사람을 만나고 그림을 그리는 물빛의 화가.

실제로는 어디든 가리지 않고 빨빨거리고 돌아다니기 때문에 위드도 골치를 앓는다는 걸 알고 있었다.

"오빠의 부탁인데요, 헬리움으로 검을 만든다고 하셨죠?"

"음, 그건……."

파비오와 헤르만의 말문이 막혔다.

헬리움을 바탕으로 명검을 만들어야 했는데, 결과물이 아직 나오지 못했으니까.

대장장이 마스터들끼리 경쟁을 하면서 확실히 상대를 이길 만한 검을 만들기 위해 노력 중이었다.

"오빠가 새로 몇 가지 재료들을 더 보냈어요."

유린은 배낭을 풀어서 가져온 물품들을 꺼냈다.

에센 포라트의 가죽과 심장, 1급 마나의 결정체, 그라토르그의 철퇴, 멸망의 금속.

아르펜 제국의 공헌도를 바꾸어서 소량이기는 하지만 '용의 눈물'까지 가져왔다.

"크흠."

"이런 것들을 다……."

처음 보는 재료들이었지만 모두 극히 뛰어나다는 것은 알 수 있었다.

"오, 놀랍군."

"이런 재료들로 검을 만든다고? 갑옷도 충분히 제작할 수 있는 분량 아닌가."

드워프 대장장이 밤비와 마크도 몰려들었다.

유린이 보조개가 보일 정도로 생긋 웃으며 말했다.

"오빠는 두 분을 믿고 있으니 그럼 갑옷을 만들어 주세요."

"대장장이의 일에 대해 잘 모르는 것 같은데, 내일까지는 무리네."

"암, 재료부터 두들기며 연구를 해야 하고… 최적의 조합비를 찾아내야 되지. 갑옷의 형태를 고민하는 시간도 필요하고 말이야."

"검도 계속 늦어지는데 갑옷도 바로 안 돼요?"

"……."

"대륙 최고의 대장장이 두 분이시잖아요. 도저히 못 하실 것 같으면 다른 분들에게 맡길게요."

이 순간, 파비오와 헤르만은 쉬거나 잠을 자기는 다 틀렸다는 걸 깨달았다.

남은 건 오직 철야 작업뿐!

그래도 진귀한 재료들을 보며 의욕에 불타올랐다.

불타는 유성 소환

라페이는 아렌 성의 가장 높은 탑에 올라 있었다.

"투쟁의 길에… 팔랑카 전투라. 남들이 한 번 하기도 힘든 모험을 쉽게 해내니, 대단하기는 하구나."

가르나프 전투 직전에 위드는 방송을 이용하여 주도권을 가져갔다. 그 과정과 결과를 보면 헤르메스 길드를 이끄는 입장으로서 입맛이 썼다.

"계획대로 진행할 건가?"

완전무장한 차림의 바드레이가 탑을 올라왔다.

헤르메스 길드에서는 이번 전투를 위해 바드레이의 장비들을 가장 좋은 것으로 새로 맞췄다.

라페이가 담담하게 대답했다.

"계획대로 갑니다."

"목표물은?"

위드와 아르펜 왕국 진영으로 불타는 유성 소환을 3개 동시에 시전할 것이다.

다만 유성들을 어느 쪽에 떨어뜨릴지에 대해서는 아직까지도 결정하지 못했다.

라페이는 평원 지도를 펼쳐서 바드 마레이의 공연이 벌어졌던 장소를 가리켰다.

"2개 정도는 여기, 사람들이 가장 많은 모여 있는 곳에 떨어뜨려야겠지요."

"나머지 하나는?"

"조각품들을 건설한 곳으로 선택했습니다. 그들이 지금까지 전쟁을 대비하여 만든 모든 것이 부서지게 될 것입니다."

바드레이는 대부분의 경우에 라페이의 결정에 만족했으며, 이번에도 마찬가지였다.

헤르메스 길드는 제국을 유지하는 데 어려움을 겪었다. 조금씩 막다른 절벽으로 몰리게 되었고, 이제 남은 것은 완전한 무력행사밖에 없다.

사실 이 방식이야말로 헤르메스 길드가 가장 잘하는 것이었다.

쏴아아아아.

갈대가 밤바람에 흔들린다.

하벤 제국의 군대는 말을 타면 가르나프 평원까지 30분이면 도착할 수 있는 델라우드 강가에 주둔하고 있었다.

"하벤 제국 병력도 엄청나다."

"그러게. 진짜 장관이다."

"크으, 오늘은 드디어 끝내주는 전투가 벌어지겠구나."

수십만에 달하는 유저들이 멀리 있는 산에서 강가를 내려다봤다. 질서 정연하게 세워져 있는 군용 천막과 전투 마차, 군마 등은 절로 감탄을 불러일으켰다.

"진짜 주력이 움직여서 치른 전투에서는 이름값을 톡톡히 했잖아."

"그 이상이었어. 바드레이가 이끈 전쟁은 패배한 적이 없으니."

"싸움도 안 되고 압도, 압살, 절대적인 승리. 뭐, 다 그런 식 아니었나."

중앙 대륙 출신 유저들 중에는 무력을 숭배하는 이들이 많다. 하벤 제국의 승리를 매번 지켜봤고, 이번에도 이길 거라고 믿었다.

그들은 북부 유저들에게 합류하지 않고 하벤 제국의 집결

지로 따라왔다. 헤르메스 길드 가입을 꿈꾸거나, 혹은 추후에 떨어질 떡고물을 기대하면서.

"그래도 북부 유저들에 비해 숫자는 적은 거 아닌가?"

"숫자가 중요한 건 아니니까. 진짜 핵심은 고급 전투력이라고 할 수 있지. 돈을 막 쓴다면 마법 스크롤 하나에 1,000명씩도 죽잖아."

"그런 마법 스크롤이 흔한 것도 아니고, 머리 숫자를 무시할 순 없지. 하벤 제국도 매번 잘 싸웠어도 머릿수가 부족해서 졌잖아."

"이번에는 달라. 준비를 철저히 했을 테고, 하벤 제국의 모든 전력이 다 모여."

"아르펜 왕국 쪽에는 베르사 대륙 전역의 어중이떠중이들이 다 모여 있을걸. 오늘은 최고의 전투가 벌어지는 날이야."

"싸우면 정말 엄청나긴 하겠다."

하벤 제국과 아르펜 왕국!

어느 쪽의 승리를 점치기란 쉬운 게 아니다.

막상 전투가 벌어지면 한쪽으로 크게 기울 수도 있다고 생각했지만 지금으로서는 어떻게 흘러가게 될지 몰랐다.

하벤 제국의 승리를 믿는 유저들은 델라우드 강가로 계속 모이고 있었다.

가르나프 전투 1시간 전!

하벤 제국의 아렌 성에는 최상위 랭커들이 1명씩 등장했다.

"드디어 오늘이로군."

"북부 놈들을 쓸어버릴 수 있겠군요."

핵심 유저들이 델라우드 강 유역의 진지가 아니라 아렌 성에 모이고 있었다.

현재까지 알려진 최고의 장비들을 착용하고 전투준비를 마친 그들은 느긋하게 와인을 마셨다.

이곳에는 고정식 텔레포트 게이트가 설치되어 있다. 언제라도 아렌 성에서 가르나프 평원의 동서남북으로 이동할 수 있었다.

게이트를 설치하는 작업을 비밀리에 수행하기 위해 정보대와 암살단을 지휘하는 스티어가 큰 수고를 했다.

"보에몽 님도 어서 오십시오."

"쌍날도끼를 새로 마련했는데… 오늘 도끼가 부서지도록 싸워야겠습니다."

"네로 님은 아직 안 오셨습니까?"

"마법병단 쪽에 일이 많다고 들었습니다."

"얼음병단이라면 당연히 그럴 만도 하지요. 네로 님이 빙계 마법의 마스터까지 얼마 남지 않았다는 소문도 들리던

데……."

"그건 아닐 겁니다. 마법은 스킬 레벨을 올리기가 굉장히 힘든 학문 중의 하나니까요. 뭐, 그렇더라도 상당히 높은 수준이겠죠."

대륙의 사냥터와 던전에 흩어져 있던 그들이 모이는 것도 오랜만이었다.

큰 세력의 영주들과 기사단장을 비롯한 지휘관들도 음식을 들며 대화를 즐겼다.

"요즘 큰 전투가 없어서 몸이 근질근질하던 참이었습니다."

"이번이 규모만큼은 확실히 크죠. 잔챙이들이 많아서 다소 김은 빠지겠지만 말입니다."

"차후 북부로의 원정도 계획되어 있겠죠?"

"물론 그럴 겁니다. 전투에서 이기자마자 치고 올라갈 것 같더군요."

북부 유저들이 의외로 강하고, 중앙 대륙의 유저들도 꽤 많이 넘어간 것으로 알고 있었다. 그럼에도 중앙 대륙을 지배하고 있다는 자부심은 여유를 부릴 수 있게 해 주었다.

그들 1명이 초보 유저 1,000명을 상대로 일방적인 학살도 벌일 수 있을 정도였으니까. 솔직히 레벨 100 이하의 유저들은 사람으로도 보이지 않을 지경이었다.

과거 북부 정벌군의 총사령관을 맡아서 아르펜 왕국을 침략했던 드라카가 거인 기사 보에몽을 향해 물었다.

"그런데 구체적인 계획이 뭡니까?"

"계획요?"

"예. 그냥 싸우기에는 전투 규모가 너무 커서 말입니다."

"드라카 님은 13군단에 소속된 걸로 아는데요."

"그렇습니다. 그런데 제 군대가 어떤 역할을 해야 된다는 말도 없었고, 그래서 준비도 하지 못했습니다."

드라카가 항의하듯이 강하게 말하자, 연회장에 모여 있던 랭커들의 이목이 보에몽에게로 쏠렸다.

그들도 무척이나 궁금해하고 있던 사항이었다. 이번에는 병력 배치를 제외하고는 사전에 아무것도 알려 주지 않았던 것이다.

보에몽도 알고 있는 것이 없어서 어깨만 으쓱했다.

"저도 모릅니다. 과거의 전투와는 다르다는 것만 확실합니다."

"들은 내용이 전혀 없으십니까?"

"조금 얻어듣기로는, 최대한 많은 적을 죽일 준비만 하라더군요."

"죽일 준비만 하라니……."

헤르메스 길드원들은 구체적인 계획을 몰라서 어리둥절하면서도 자신감 넘치는 미소를 지었다.

그들이 가장 좋아하는 분야가 학살이기도 했다.

이윽고 연회장에는 초대된 인원 1,000명이 모두 도착했다.

영주와 기사단장을 비롯하여 널리 이름을 날리는 최고 수준의 강자이거나 군대를 소유한 이들이 1명도 빠짐없이 모여 있었다.

약속한 시간이 되자, 헤르메스 길드를 이끄는 쌍두마차를 비롯하여 수뇌부도 줄줄이 참석했다.

바드레이는 박수를 받으며 중앙에 섰다.

"궁금해하시는 분들이 많을 텐데, 여러분에게 전투 계획을 설명하겠습니다. 먼저 중앙의 수정을 보시죠."

연회장 중앙에 놓인 대형 수정 구슬.

수정 구슬에는 가르나프 평원의 현재 모습이 비쳤다.

아마도 꽤나 높은 곳에서 보고 있는 듯, 평원에 있는 사람들의 모습이 아득히 작게 보였다.

"으음."

누군가가 신음을 흘렸다.

드넓은 평원은 모닥불과 횃불, 마법 등불이 가득했다. 불빛이 비치는 모든 곳이 사람들로 채워진 것처럼 보였다.

멀리서 보는데도 우뚝 솟은 거대한 조각상이나 목책, 해자와 같은 방어 시설이 눈에 확 띄었다.

'저기서 싸워야 하다니.'

'이기든 지든 화끈한 하루가 되겠군.'

랭커들은 전의를 불태웠다.

이번 전투에서 지면 모든 걸 잃어버릴 수도 있겠지만, 그럼에도 불구하고 기다려 왔던 순간이다.

힘으로 세상을 얻는다.

헤르메스 길드가 초창기부터 쭉 이야기한 것이기도 하다.

바드레이의 말이 이어졌다.

"이 순간, 12시가 되었습니다. 베르사 대륙의 운명을 건 그날이 찾아온 것이죠."

전투의 날!

드디어 날짜가 바뀌어서 운명적인 그날이 찾아오고야 말았다.

"하늘을 보십시오."

수정 구슬은 별들이 수놓인 가르나프 평원의 멋진 밤하늘을 비추고 있었다.

하늘과 땅.

너무나도 아름다운 대륙이기에 더욱 정복해서 영원히 소유하고 싶은 건지도 모른다.

헤르메스 길드 유저들은 바드레이의 이어질 말을 기다렸지만 침묵만 흘렀다.

1분.

2분.

연회장의 시간이 흐르고 있었다.

'도대체 언제까지 보라고…….'

'뭐가 있다는 거지?'

몇몇 인내심이 부족한 이들이 고개를 돌리며 지루해하던 참이었다.

'뭔가 있다?'

미심쩍어하며 수정 구슬을 지켜보던 유저들이 눈을 반짝였다.

조금 전까지만 해도 없던 작은 점들이 나타났다.

3개의 작은 점!

그 작은 점들이 점점 커지면서, 처음부터 알아차리지는 못했던 유저들도 하나둘 눈치를 챘다.

"설마 저건⋯⋯."

"아, 유성이다."

헤르메스 길드원들은 이런 쪽에서는 감이 훌륭한 편이었다. 바드레이가 괜히 이 순간 밤하늘을 보라고 한 것이 아닐 것이다.

불타는 유성 소환!

로열 로드의 궁극 마법 중 하나인 불타는 유성 소환이 가르나프 평원을 향해 작렬하고 있었다.

"끄아아아, 드디어 정상이다."

항구 바르나 출신의 유저 볼락은 암벽을 타듯이 기린 조각상에 올라왔다.

가르나프 평원에 있는 명작 조각품 중 하나로, 머리까지의 높이가 무려 650미터나 되었다.

"오늘은 드디어 싸우겠네."

기린 조각상의 머리에서 내려다보이는 모든 곳이 사람들과 빛으로 넘실거리는 광경은 아찔할 정도로 아름다웠다.

볼락의 옆에도 그 광경을 보러 올라온 구경꾼들로 가득했다.

"너무나 환상적이야. 여기가 쭉 이대로 남겨졌으면 좋겠어."

"응. 우리에게도 평생 잊지 못할 장소가 되겠다."

완성된 대형 조각상에는 드워프들이 구해 온 빛나는 돌을 박아 놓았다.

밤마다 조각상들이 달과 별, 지상의 불빛을 반사시키며 오묘한 색채를 냈다.

"다시는 못 보게 될 광경일지도."

볼락은 씩 웃었다.

밤바람도 상쾌하고, 어디선가 악기 연주 소리도 은은하게 들린다. 모든 것이 만족스러운 하루가 될 것만 같았다.

–너 어디냐.

–우리 준비 끝났어. 슬슬 모일 건데.

이번 전투를 함께 치르기로 한 친구들, 우딘과 보크사이드로부터 귓속말이 왔다.

─기린 조각상 머리 위야.

─넌 준비 다 했어?

─싸울 준비는 끝났지.

─그래? 그럼 우리가 그쪽으로 갈게.

─빨리 와라.

귓속말을 마치고 기다리고 있는데, 사람들이 와서 먹을 것도 나눠 주었다.

"구운 빵 드세요."

"고맙습니다."

가르나프 평원에는 수많은 사람들이 모이고 있었다.

당연히 하벤 제국과의 전투를 기다리고 있는 사람들이다.

오늘 싸우기로 정해지긴 했지만, 구체적으로 언제부터 시작하자는 이야기는 없었다.

'아마도 날이 밝으면 싸우게 되지 않을까? 그들이 가르나프 평원으로 와야 전투가 벌어지게 될 테니 말이야.'

기린 조각상 위에 있는 사람들의 이야기 소리가 들렸다.

"이 전투가 끝나면 베르사 대륙도 바뀌겠지?"

"응. 중앙 대륙에도 워터파크가 세워질 거라던데."

"푸홀 워터파크도 얼마 전까지 물 반, 사람 반이었지. 사람이 더 많다는 얘기도 있었고."

"휴가철에는 수영을 못 할 정도였어. 주말에도 그렇고."

"마판 상회에서 대륙을 잇는 길을 만든다는 소문도 들리던데. 상인들의 교역로로 시작해서 초보들도 안전하게 돌아다닐 수 있는 길 말이야."

"도시도 더 많이 세워질 거고……"

모두가 희망에 차 밝은 미래를 떠올리고 있었다.

볼락은 무심코 별들이 반짝이는 하늘을 쳐다봤다.

'오늘 반드시 이겨야겠지.'

친구들이 도착하기만을 기다리며 멍하니 하늘을 보고 있던 그때였다. 언제부터인지 모르게 동쪽에 있는 3개의 별들이 의식되었다.

처음에는 이상한 점을 느끼지 못했으나, 곧 좁쌀처럼 작은 별들이 붉은 꼬리를 남기며 날아온다는 걸 알 수 있었다.

'지나가는 유성인가. 저걸 보면 행운이 온다는 이야기가 있었는데… 뭐야, 저건.'

볼락은 벌떡, 자리에서 일어났다.

먼 하늘에서부터 붉은 꼬리를 달고 날아오는 3개의 유성이 조금씩 커지고 있었다.

'설마… 설마, 아니겠지.'

볼락이 보는 동안에도 유성은 커지고 있었다.

다른 곳으로 향하지 않고 그대로 가까워지는 것이었다.

"유성입니다! 유성이 이곳으로 떨어져요!"

볼락은 살아오면서 가장 큰 소리로 고함을 쳤다.

사람들은 무슨 소리를 하냐는 듯이 쳐다보았다.

"왜 저래, 저 사람?"

"몰라. 갑자기 저러는데."

하지만 그들도 곧 볼락이 손가락으로 가리키는 하늘을 쳐다보고 입을 쩍 벌려야 했다.

"저거 뭐야?"

"뭐가 보이는데."

"유성이잖아. 유성이… 날아온다?"

"꺄아아아아악!"

찢어지는 비명 소리.

기린 조각상만이 아니라 다른 대형 조각상 위에서도 경치를 보고 있던 사람들이 많았다. 그들도 유성을 발견한 것인지 사방에서 비명이 들려왔다.

가르나프 평원의 불빛들도 출렁이고, 시간 차를 두고 바드들의 음악 소리도 멈췄다. 축제와 거리의 사람들이 무엇을 하는지는 모르지만 아비규환에 빠졌을 것으로 짐작되었다.

"안 돼, 피할 수 없어."

"너무 빨라."

사람들이 올려다보던 밤하늘이 검붉은 색으로 물들어 갔다.

동쪽에서 날아오며 대기권을 꿰뚫은 유성은 하늘을 새하얗게 밝혔다.

"온다."

"으아아아아."

쿠구구궁!

3개의 유성이 가르나프 평원을 강타했다.

사람들은 대지 전체가 뒤흔들린다고 느꼈다.

화염이 끝도 없이 치솟았으며, 섬광이 일어나며 축제에 모여든 사람들은 순간적으로 소멸한 것 같기도 했다.

아렌 성의 연회장.

불타는 유성이 가르나프 평원을 강타하는 광경을 본 헤르메스 길드원들은 한동안 말을 잇지 못했다.

숱한 전투를 치른 그들이지만 충격적인 광경이었다.

'최소한 수십만은 죽었다. 밀집해 있었으니 더 많이 죽었을까?'

'이런 위력의 마법을… 길드에서 가지고 있었구나.'

대폭발이 일어나며 평원이 흔들리고 대형 조각상들이 일부 무너져 내리는 광경도 보였다.

감히 피해를 예측하기가 힘들 정도였다.

마법의 위력에 놀란 이후에는, 이어질 전투를 대단히 유리하게 만들어 줄 공격이라는 생각이 들었다.

가르나프 평원에 모여 있는 유저들은 유성 소환의 충격에 정신을 못 차리고 있을 것이다. 이때를 노려서 하벤 제국군이 진군한다면 초반에 얻을 수 있는 이득이 대단히 크다.

보에몽이 큰 소리로 외쳤다.

"저한테 선봉을 맡겨 주십시오! 가르나프 평원을 제압해 보이겠습니다!"

칼쿠스는 검부터 뽑아 들었다.

"4군단은 전투준비가 완전히 끝난 상태입니다. 텔레포트 게이트를 타고 지금 움직이면 15분 안에 가르나프 평원을 공격할 수 있습니다."

지휘관들과 랭커들의 눈길이 뜨거워졌는데도 바드레이는 반응이 없었다.

수정 구슬에서는 평원이 불타오르는 광경이 나왔다.

지반이 붕괴하며 커다란 구덩이들이 생겨났으며, 북부 유저들이 불가에서 다급하게 뛰어다니고 있었다. 초보자들의 경우에는 멀리 떨어져 있었음에도 죽은 이가 다수 발생한 듯했다.

"어서 출진 명령을!"

"기회가 왔을 때 잡아야 합니다."

보에몽과 칼쿠스가 거듭 재촉했지만 바드레이는 차를 마시면서 여유를 부릴 뿐이었다.

모두의 궁금증이 커져 갈 무렵에, 아크힘이 나서서 말했다.

"조금 더 지켜보십시오. 아직 준비는 끝나지 않았습니다."

"으으으."

"여기 사제님 와 주세요. 사람이 곧 죽어요!"

"땅에 묻힌 유저들이 있어요. 모두 모여서 구해 줍시다."

가르나프 평원은 몇 분 사이에 지옥처럼 변해 있었다.

유성이 추락한 자리에 살아 있는 유저는 없었고, 그 부근이라고 해도 충격파로 많은 이들이 죽었다. 불타는 유성이 대지를 강타하며 순간적으로 온도가 크게 높아져 화재까지 일어났다.

"물의 정령, 물방울 소환! 어서 불을 꺼 주세요."

"범람하는 강!"

정령사들과 마법사들이 불을 끄기 위해 동분서주하는 사이에도 우두커니 서 있는 일부 유저 무리가 있었다.

레벨 30 이하의 유저들.

사냥에서 마법을 잘 활용하지도 않고, 공격 마법에 맞는 경우는 더욱 드물다.

마법만 봐도 신기한 이들에게, 궁극 마법의 하나인 불타는 유성 소환이 작렬하는 장면은 정신을 놓게 만들기에 충분했던 것이다.

"우리 살았냐?"

"어, 살긴 살았어. 근데 생명력이 반 이하로 떨어졌네."

"완전 놀랐다. 유성 떨어지는 순간 몸이 하늘을 날았다니까."

"거리가 1킬로도 훨씬 넘었는데. 조금만 가까웠으면 그냥 죽었겠다."

불타는 유성 소환의 파괴력에 유저들은 겁에 질렸다.

하벤 제국과 싸우다가 죽을 각오를 하고 왔지만, 이런 경이로운 마법을 실제로 체험하는 건 느낌이 달랐다.

"이제 어떻게 싸우지?"

"몰라. 모여 있으면 또 유성 떨어지는 거 아냐?"

"얼마나 죽은 건데, 도대체?"

"지금으로서는 알 수가 없지. 저쪽에 있던 사람들은 다 죽은 것 같아."

"아이, 씨. 식당가가 있던 곳이잖아. 건물이 다 사라졌네."

살아남은 유저들은 고요해진 밤하늘을 보며 다시 유성이 떨어지지 않을지 불안과 초조에 떨어야 했다.

그 와중에도 은밀하게 움직이는 이들이 있었다.

프겔 : 목표 지점 도착.

다낭고 : 불 위에 뿌리고 빠져나옵니다. 확산 속도가 빠르니 주의합시다.

100여 명의 유저들이 조용히 이동하여 병에 담긴 무언가를 불 위에 뿌렸다.

사방에 몰려 있던 유저들도 그 광경을 보긴 했지만 별거 아닐 거라고 생각하며 막진 않았다.

프겔 : 임무 성공. 이탈합니다.

병에 담긴 액체를 불에 넣은 이들은 빠르게 빠져나갔다.

가르나프 평원은 온통 혼란과 비탄에 잠겨서 유저들이 정신없이 뛰어다니고 있었다.

"약초죽 부대원입니다. 저희는 성기사와 사제가 많으니 부상을 입으신 분들은 오세요!"

"닭죽 부대에서 지원 나왔습니다."

"붕대 필요하신 분 있으면 나눠 드릴게요!"

유저들은 다친 사람을 돌보고, 불을 끄고, 파헤쳐진 땅을 복구했다. 모라타에서부터 시작했던 유저들끼리의 끈끈한 정으로, 불타는 유성 소환의 피해를 복구하고자 서로를 돕고 있었다.

그때였다.

> −알킨 병에 감염되었습니다!
> 몸에서 알 수 없는 현기증과 고열이 일어납니다.

"어어?"

"알 킨 병?"

"이건 또 뭔데."

여러 곳에서 동시다발적으로 일어난 알 킨 병!

병에 걸린 유저들은 별거 아니라고 생각하면서 사제들을 찾았다.

"병이 생긴 것 같은데 치유 마법 좀 부탁드립니다. 바쁘실 것 같으니 기다릴게요."

"괜찮아요. 지금 바로 해 드릴게요."

사제들은 치유 마법을 시전했다. 어지간한 병이라면 이제 그냥 간단히 나으리라.

"이거 뭐지?"

"치유 마법으로도 병이 안 낫는데?"

당황하는 사이에도 병세는 점점 악화되었다.

생명력이 줄어들고 몸을 아예 움직일 수 없게 되어서 털썩 털썩 쓰러졌다.

그렇게 회색빛으로 변해 죽어 가는 유저들!

-알킨 병에 전염되었습니다.

가까이 있던 유저들, 남다른 저항력을 가진 사제들까지도 병에 걸렸다.

치유 마법으로도 해결되지 않는 전염병의 등장은 지역 채팅으로 알려지며 가르나프 평원을 공포로 물들였다.

아렌 성의 연회장에 있는 헤르메스 길드원들은 감탄밖에 할 수 없었다.

'지독하다. 우리 길드는 준비된 전투에서는 확실한 모습을 보여 주는구나.'

'인해전술. 이걸 상대로 최적의 해법을 찾아낸 것이다.'

제국의 내정이 악화되며 라페이의 능력이 몇 차례나 의심받기도 했다. 아르펜 왕국이나 위드에 대해 좀 무력해 보인 게 사실이었으므로.

그러나 이 시간 이후로는 더 이상 그럴 리가 없으리라.

가르나프 평원의 군중을 확실하게 무력화시켜 버렸으니까.

아크힘이 한 발자국 앞으로 나서서 말했다.

"아직 끝난 게 아닙니다."

"……."

헤르메스 길드원으로서 이 자리에 오려면 산전수전을 다 겪어야 한다. 그런 베테랑들임에도 불구하고 아크힘의 말에 신음이 튀어나오려는 걸 간신히 참아야 했다.

'아직도 또?'

'여기서 무언가를 더 남겨 놓았다니. 내가 소속된 길드임에도 참 지독하구나.'

'악마다, 악마야.'

위드와 아르펜 왕국.

그들은 어쩌면 상대를 잘못 만난 거라는 생각이 스쳐 지나갔다.

연회장의 수정 구슬을 통해 나타난 건 판제롭 유령 기사단!

불타는 유성 소환이 작렬한 곳에 등장해 가까이 있던 유저들을 학살하기 시작했다.

조용히 지켜보고만 있던 렌슬럿이 물었다.

"언데드입니까?"

아크힘이 고개를 끄덕였다.

"판제롭 유령 기사단이라고 합니다."

"음, 레벨이 꽤 높은가 보군요."

"620 정도 될 겁니다."

판제롭 유령 기사단의 정원은 대충 보니 250명 정도 되는 듯했다.

유령 기사단이라면 불타는 유성 소환이나 알킨 병에 비해서는 평범하다고 여겨졌다. 헤르메스 길드의 무력 단체 1~2개면 충분히 감당할 수 있는 정도의 전력이랄까.

'연속으로 혼란시키는 위력은 있겠지만… 대단한 건 아니군.'

'따로 준비한 것치고는 약한데? 유성 소환이 너무 강렬했나?'

판제롭 유령 기사단을 막기 위해 북부 유저들이 나섰다.

레벨 200 이하의 유저들은 거의 나타나자마자 쓸려 나가고, 곧 400~500대의 유저들이 결집했다. 중앙 대륙 출신의 유저들도 가르나프 평원에 꽤 많이 있었다.

수많은 마법 공격들이 작렬!

판제롭 유령 기사단은 분노한 유저들에 의해 처참할 정도의 공격을 당했다.

하벤 제국과의 본격적인 전투가 벌어진 것이 아니기에 막강한 화력이 집중되는 광경이었다.

"허어."

"저걸 어떻게?"

잠시 후에 드러난 광경은 놀라울 정도였다.

판제롭 유령 기사단은 무수히 많은 마법 공격을 당하고도 끄떡도 하지 않았다.

일부 유령 기사들은 흩어지기도 했지만, 아무리 많은 집중 공격을 당해도 소멸되지 않았다.

워리어, 전사, 성기사 등에 의해 질주가 막히면 영체화하여 장애물을 뛰어넘으며 이동한다.

아크힘이 설명했다.

"판제롭 유령 기사단. 저들의 특징이라면 모든 피해로부터 면역이라는 것입니다. 어떠한 타격을 입더라도 그대로 존재합니다. 적을 다 제거할 때까지 말입니다."

"……."

어떤 피해도 입지 않는 판제롭 유령 기사단.

헤르메스 길드에서 꺼낸 세 번째 비책이었다.

"저렇게까지?"

"희귀한 병력과 마법을 총동원해서 두들기는구나. 이건 방법이 없겠는데?"

아렌 성의 연회장에서 하벤 제국의 승리를 믿지 않는 자는 없게 되었다.

그제야 바드레이의 친위대 소속 유저들이 각 병력 지휘관들에게 작전 계획이 담긴 종이를 나누어 주었다.

각 군단들의 이동 경로와 작전 목표, 전투대형 등이 모두 적혀 있었다.

군단장들은 종이에 적혀 있는 작전 계획명을 확인했다.

전멸 계획

1단계. 가르나프 평원에 불타는 유성 시전.

2단계. 알킨 병을 퍼뜨림.

즉시 감염되는 전염병으로, 유저들이 전투력 상실,
공포 전염.

3단계. 판제롭 유령 기사단 출현.

절망감을 안겨 줌.

4단계. 제국군이 동서남북의 각 경로로 전면 진입.

강철 기사단과 소멸의 창 사용.

5단계. 불타는 유성 소환 재사용.

혼란 중에 위드를 비롯한 주요 유저들 암살이나 제압.

각 과정마다 상세 계획들이 수십 장씩 마련되어 있었다.

목표는 위드를 포함하여 모여 있는 유저들 중 4할 이상을
죽이는 것이었다.

"이런 계획이라면 성공하기 쉽겠다."

"도대체 함정에 매복에, 위드라고 해도 무조건 걸려들겠
는데."

"다 죽이는 거지. 핵심은 다시는 우리에게 덤벼들지 못하
게 하는 거야."

아렌 성에 모여 있던 군단장들과 랭커들은 웃으면서 흩어졌다. 그들은 빨리 전장으로 향하고 싶은 마음뿐이었다.

얼마 전에 위드는 팔랑카 전투를 마치고 투신 바탈리에게 돌아갔다.

-팔랑카 전투의 역사가 바뀌었다. 그리고 너는 놀라운 전투 업적을 세웠군. 기대했던 전사로서는 아니지만… 전사로서 해낼 수 없는 일을 했다.

"최선을 다하고 싶었을 따름입니다."

위드는 공손하지만 당당하게 주장했다.

-가지고 있는 힘을 쓰지 않는 것도 전사로서의 올바른 모습은 아닐 테지. 장갑은 여기 있다. 다음에 볼 때는 나의 전사들과 싸움을 시킬 것이다.

"그때도 보상이 있습니까?"

-싸워서 이긴 자는 명예와 힘을 가질 수 있다.

"다음에 꼭 오겠습니다."

인간들 외에도 온갖 종족의 강자들이 모여 있는 투신의 대경기장에서 물러 나왔다.

'검술과 궁술, 창술까지 마스터하면 와서 다 때려잡아야겠군.'

위드는 그 이후에 페일 등 다른 동료들을 만나서 정비를 하고 있었다.

대장장이와 재봉 스킬을 이용해서 손상된 장비들도 손봤고, 식사도 좀 해야 했다. 맛있는 요리를 먹어서 체력을 보충하는 일은 전투 전에 상당히 중요했으니까.

조각술의 스킬 노가다를 할 필요가 없어지고 난 이후로, 다른 스킬들의 숙련도가 빠르게 오르고 있었다.

"유성 소환이에요!"

그러다가 가르나프 평원의 소식을 급히 듣게 되었다.

로뮤나의 수정 구슬을 통해서 영상을 볼 수 있었는데, 불타는 유성 소환으로 어둠 속의 평원이 불붙은 바다처럼 타올랐다. 이어 알킨 병이 돌고 판제롭 유령 기사단까지 출현하면서 북부 유저들이 속수무책으로 당하고 있었다.

헤르메스 길드에서 무시무시한 카드를 꺼낸 것이다.

그렇지만 바꿔서 본다면, 전력을 일찍 노출한 것이기에 어떻게든 감당해 내면 된다.

위드는 풀죽신교의 성녀 레몬에게 귓속말을 보냈다.

-바쁘세요?

-네엣? 정신없긴 하지만 말씀하세요, 위드 님!

-현장 상황은요?

-수습이 전혀 안 되고 있어요. 지휘 체계도 완전히 무너졌구요.

풀죽신교는 거대한 규모를 수많은 죽 부대들로 나누었다.

유성 소환이라는 재난에 빠르게 대처하기 어렵긴 했지만, 사실 어떠한 지휘 체계가 있더라도 크게 달라질 것은 없었으리라.

-그래도 사제님들과 성기사님들이 나서서 다친 분들을 돕고 있어요.

-역시 그렇군요.

역시 북부 유저들의 정은 끈끈했다. 위험에 빠진 이들을 기꺼이 돕는 문화가 있었다.

-전염병도 말이 나오고는 있는데 해결책은 없고… 유령 기사단도 마찬가지예요.

-그건 어떻게든 막아 봐야겠군요.

위드도 당장 손을 쓸 수 없는 건 마찬가지였다.

알킨 병이나 판제롭 유령 기사단에 대해서도 처음 알게 되었다. 아무리 그렇다고 해도 로열 로드에 있는 수많은 비밀들을 다 파악하고 있는 건 아니기 때문이다.

-위드 님! 방금 조인족들에게 보고가 들어왔어요. 하벤 제국군이 가르나프 평원의 동서남북, 모든 곳에 나타났다고 해요!

하벤 제국군의 총 20개 군단이 갑자기 진격을 개시했다.

델라우드 강의 군사기지 외에도, 비밀 기지들에서 병력이 나와서 가르나프 평원을 목표로 삼아 이동했다.

"총공격을 시작하라!"

텔레포트 게이트를 통해서 아렌 성에 대기하던 랭커들도 등장했다. 그들은 헤르메스 길드를 추종하는 유저들, 주로 레벨이 높은 이들을 이끌고 참전했다.

"앞으로는 중앙 대륙의 도시뿐만 아니라 모든 땅에 하벤 제국의 깃발이 꽂힐 겁니다!"

"갑시다. 낮이 될 때까지는 전쟁을 끝내야지요!"

헤르메스 길드의 랭커와 병력 지휘관이 당당하게 외쳤다.

아까까지만 하더라도 오늘 벌어질 전투의 양상에 대해 걱정이 조금씩은 있었다. 그러나 유성 소환, 알킨 병, 판제롭 유령 기사단, 세 가지의 강력한 카드를 보고 나서는 패배할 것이라는 생각은 조금도 하지 않았다.

헤르메스 길드원들의 발걸음은 그래서 주저함이 없었고, 목소리에도 힘이 실렸다.

"가르나프 평원을 공략한다. 이번 전투 계획의 이름은 전멸 작전. 남김없이 쓸어버리자!"

"어설프게 상대하지 않는다. 헤르메스 길드의 방식으로, 저항하는 이들에게 더 이상 자비 따위는 없다!"

가르나프 평원을 향해 동서남북 모든 방향에서 20개의 군단이 진군을 한다.

이 광경은 방송국 중계를 통해서 실시간으로 전해졌다.

진행자들은 전투 초반임에도 목에 핏대를 세우고 고함을 쳤다.

"놀랍습니다! 신중하게 전력을 끌어모아서 대치하리라 생각했지만, 이런 전투를 열 수 있다니요."

"헤르메스 길드의 진정한 역량을 보여 주는 것 같습니다."

"중앙 대륙을 정복할 당시의 완벽한 모습, 그대로인 것 같네요."

"기세가 살아 있습니다. 필승의 확신을 가진 것 같습니다."

위드나 북부 유저들에 호의적인 KMC미디어의 진행자들도 하벤 제국을 높이 평가했다.

오주완은 여러 곳의 하벤 제국군 영상을 살펴보고는 말했다.

"북부 정벌 실패와 반란군을 상대할 때의 미숙한 대처, 그러나 그건 어쩔 수 없는 경우들이었습니다. 지금 등장한 제국군은 무적을 자랑하던 그 모습 그대로입니다."

"아르펜 왕국이 막을 수 있을까요?"

신혜민은 메이런으로서 전투에 참여하고 싶었지만 워낙 중요한 방송이라 진행을 맡았다.

2부로 이어진다면 그때는 휴식을 위해 진행자가 교체될 테니 로열 로드에 접속해서 싸울 작정이었다.

"솔직히 지금으로서는 저도 잘 모르겠습니다. 하벤 제국군이 작정하고 나섰고… 유성 소환이나 알킨 병까지 쓴 것으로 봐서는 어떤 비난도 감수하려고 하는 것 같습니다. 그야말로 전투의 승리만 생각하고 있네요."

걸 그룹 출신의 도찬미가 말했다.

"막다른 길에 몰려서 몸을 일으킨 호랑이 같아요."

"음, 적절한 비유일지도 모르겠습니다. 저렇게까지 강력한 카드를 꺼낸 것을 보면 말이죠. 작정하고 칼을 빼 들었고, 라페이의 전략에 바드레이의 군사력이 조화를 이룰 것입니다."

신혜민이 태블릿을 조작해서 몇 개의 자료들을 찾아보고는 물었다.

"알킨 병과 판제롭 유령 기사단. 이것에 대해 공개된 자료가 없는 것 같아요."

"헤르메스 길드에서 극비리에 준비를 한 모양입니다. 전투에 큰 영향을 줄 것 같은데, 아르펜 왕국에서 이걸 어떻게 막을 수 있을지도 지켜봐야겠네요."

베르사 대륙 전역의 도시에서 유저들이 모여 수정 구슬로 방송을 보고 있었다. 산속이나 던전, 바닷가의 유저들도 한데 모여 수정 구슬을 보며 말했다.

"진짜 이번 전투는 하벤 제국의 손을 들어 주어야겠네."

"이렇게 준비를 했다니, 대박이다."

"이걸로 끝이 아닐 거 아냐. 제국군의 군사력이 핵심이기도 하니까."

하벤 제국의 군대가 이동할 때마다 승리를 기대하며 합류하는 유저들도 많아졌다.

중앙 대륙 출신의 고레벨 유저들은 가입한 길드가 무너지고 소속을 잃었다. 북부로 옮기자니 아직은 발전도가 낮은 것 같고, 솔직히 명문 길드들의 횡포에 앞장서며 이득을 챙기기도 했던지라 꺼려지는 바가 많았다.

"아르펜 왕국에 합류할까?"

"그래서 무슨 이득이 있어?"

"사냥 제한도 없고, 퀘스트 같은 것도 자유롭게 할 수 있잖아."

"몰라. 난 예전이 훨씬 나은 것 같다. 마음대로 살면서 힘에 대한 대우를 확실히 받을 수 있었는데 말이야."

"초보들 눈치 보며 살고 싶진 않지, 솔직히."

헤르메스 길드에 가입하고 싶어 하던 그들에게 드디어 기회가 생겼다.

라페이가 공식적으로 중앙 대륙의 모든 이들에게 공지를 한 것이다.

베르사 대륙 정벌 전쟁!

이 전쟁에서 공을 세운 이들에게는 헤르메스 길드의 가입을 허락함.

중앙 대륙에서 레벨이 높은 이들이 대거 합류하고 있었다.

초반의 상황을 보니 아르펜 왕국의 승리 가능성은 대단히 희박할 듯했기 때문이다.

"장기적으로는 손해가 크니 나도 이렇게까지 하고 싶진 않았다. 하벤 제국을 위기로 몰아넣은 것은 너희이니 그 뒷감당도 해야지."

라페이는 아렌 성에서 텔레포트 게이트로 향하고 있었다.

그 역시 가르나프 평원으로 갈 예정이었다.

'오늘 대륙의 역사가 결정된다.'

그때 라페이를 향해 갑옷을 입은 여자가 걸어왔다.

"이 전투에서 이길 수 있을 것 같으세요?"

라페이는 천천히 고개를 돌려 말을 건 여자를 봤다.

'다인……'

로열 로드 초창기에, 라페이와 다인은 사냥터에서 만나 자주 어울렸다.

그 시절만 하더라도 라페이는 순수하게 사냥을 즐겼다.

'강해지는 것이 좋았다. 그리고… 같이 힘을 모아서 모험을 하는 것도 즐거웠고.'

그야말로 헤르메스 길드의 초창기다.

라페이와 바드레이를 중심으로 야망에 불타는 꽤 많은 유저들이 있었지만, 지금처럼 거대한 체계를 갖추진 않았다.

로열 로드 자체가 새롭고 즐거웠기에 하벤 지역을 중심으로 대륙을 떠돌아다녔다. 당연히 강해지기 위한 사냥이 우선이었지만 모험과 탐험도 비중이 있었다.

"이 세상은 참 재미있어요."

다인의 그 환한 미소가 좋아서, 라페이는 세상을 다 가진 것만 같았다.

행복한 순간이 영원히 지속될 것만 같았지만…….

"하벤 왕국부터 철저히 잡아먹어야 해. 우리 세력이면 차분히 준비하면 돼."

"다른 세력들을 도태시키려면 정상적인 방법만 쓸 수는 없지. 적은 비용으로 큰 효과를, 그리고 목표를 달성할 수 있도록 준비한다."

"척살대를 비밀리에 운영해서 제거할 자들을 미리 처리하자고."

라페이, 바드레이와 어울리면서 다인도 헤르메스 길드의 실체를 알게 되었다.

"꼭 이렇게까지 해야 하나요?"

다인의 물음에 라페이는 그녀를 외면하며 말했다.

"우리가 아니더라도 누군가가 할 거야. 그럴 바에는 우리가 나서는 게 더 낫지 않을까."

헤르메스 길드의 모습에 실망하면서도 다인은 떠나지 않았고, 그들의 사냥과 모험은 계속되었다.

다인은 샤먼으로서 굉장히 유능한 유저였고, 사냥터에서도 다재다능했다. 50명 이상이 포함된 전투에서 전사 1~2명이야 없어도 되지만, 저주와 치료, 전투, 축복, 모든 것에서 능력을 발휘하는 다인은 귀중한 자원이었다.

그러던 어느 날, 천공의 섬 라비아스에서 다인이 이상한 말을 했다.

"앞으로는 자주 들어오지 못할 것 같아요."

"어째서?"

"몸이… 좀 안 좋아요."

"기다릴게."

"언제 올지 몰라요. 최소 6개월? 어쩌면 1년이 넘을지도."

라페이는 성장을 위해서 시간을 낭비할 수 없었다.

다인이 사흘간 접속을 하지 않자 바드레이를 비롯한 핵심 유저들은 떠나기로 했다.

"여기서 쓸 만한 사냥터는 다 돌아본 것 같군. 조사해 둔 다음 지역으로 이동하지."

"다인은요?"

"접속을 안 하는데… 쪽지라도 남겨 놓자. 나중에 귓속말을 해도 되고."

그때 헤르메스 길드의 최상위권은 치열한 선두 경쟁을 벌이고 있었다. 바드레이가 단연 앞서가고는 있었지만 2위, 3위 등의 경쟁도 심했다.

다인을 위해서 시간을 쓸 수 있는 사람은 없었고, 그렇게 라페이는 그들과 함께 떠나 버렸다.

'잘못된 것이었어. 다른 사람들은 떠나더라도… 나는 남아 있었어야 했다.'

라페이는 뒤늦게 미안함과 그녀에 대한 자신의 마음을 깨달았다.

'그날 이후로는 로열 로드를 하더라도 즐겁지 않았지.'

다인과 연락이 두절되고 난 후에는 사냥터에 가지도 퀘스트를 하지도 않았다. 오직 헤르메스 길드가 베르사 대륙을 차지한다는 목표를 위해서만 나아갔다.

그녀를 버리고 선택한 것이었던 만큼 실패자가 되고 싶진 않았기 때문이다.

다인이 어느 날 돌아왔을 때는, 기뻐서 무엇이든 해 주고 싶었다.

중요한 칼라모르의 에바루크 성의 영주로 임명했던 것도 그러한 이유.

훌륭하게 성을 다스렸고 평판도 굉장히 좋다.

라페이는 다인의 얼굴을 마주 보면 웃음이 나왔다.

"꼭 이길 거야. 내가 일군 헤르메스 길드는 절대 패배하지 않을 테니까."

크레볼타.

로열 로드에서 10위 안에 드는 랭커인 그는 7군단을 맡았다.

"우린 선봉이다. 해야 할 일은 모조리 죽이는 것. 힘을 확실히 보여라."

7군단은 중장갑 보병과 기사가 주력으로 구성되었다.

정석에 가까운 돌격 부대로, 무지막지한 공격력과 돌파 능력을 자랑했다.

둥! 둥! 둥! 둥!

전설급 아이템인 폭풍의 북이 내는 웅장한 소리가 전장에 울렸다.

"다 죽이고 길을 열어!"

7군단은 가르나프 평원의 남쪽에 도착하자마자 눈에 보이는 유저들을 학살하며 전진했다.

코뿔소를 닮은 투구에 흑색 갑옷을 입은 병력이 명령에 따라 일제히 내달렸다.

"크우와아아아아아!"

기사들의 외침에, 전진하는 중장갑 보병은 활력이 샘솟았다.

"저리 비켜라!"

"보잘것없구나!"

무시무시한 힘과 파괴력으로 방패를 앞세워 유저들을 밀어붙였다.

"파괴자의 격노!"

"대지 강타!"

헤르메스 길드 유저들도 적극적으로 선두에 나섰다.

그들이 광역 스킬을 쓸 때마다 반경 10미터, 20미터의 유저들이 증발하듯이 사라졌다.

"마, 막아!"

"무슨 수로?"

"어떻게든 해야지!"

가르나프 평원의 외곽에 있던 유저들은 뜻밖의 공격에 우왕좌왕하다가 무너졌다.

6군단은 그로스가 맡았다.

전쟁에 참여한 적이 드문 인물, 그렇지만 레벨을 기준으로 한 서열에서는 늘 3~4위를 유지했다.

"체면 때문에라도 다른 군단에 져서는 안 되겠지."

그로스는 병력을 간단히 운용했다.

궁수 부대를 전열에 세우고 쭉 전진시킨다.

우월한 사거리와 파괴력이 핵심이 된다.

북부 유저들이 공격하기 위해 다가오는 경우도 드물었지만, 그렇다고 해도 기다리던 기사들에 의해 미리미리 처형되었다.

"언덕이라… 동쪽을 폭격하지."

"예."

심상치 않은 곳은 마법을 사용했다.

하늘에서 돌무더기가 떨어져 유저들이 숨어 있던 지역을 강타했다.

16군단은 검투사 막스의 담당이었다.

그는 특이하게도 검투사 군단을 거느렸다. 군대에 속해 있는 10만의 병력이 모조리 검투사로 구성되어 있었다.

극강의 공격력과 맷집, 체력!

중앙 대륙 정복 전쟁 당시에 선두에 서서 싸우며 피해가 컸지만, 전공도 가장 크게 올렸다.

전쟁을 바탕으로 정예 병력으로 성장했고, 그 이후로도 던전과 사냥터를 통해서 단련된 병력이었다.

"신호를 올려라. 우린 진격한다."

검투사들은 진형이랄 것도 없이 제멋대로 가르나프 평원의 유저들을 향해서 달렸다.

무질서하기 짝이 없는 모습이었지만, 각자가 일당백의 병사들이다 보니 유저들을 눈 깜짝할 사이에 학살했다.

"피, 오랜만에 피에 흠뻑 취하리!"

"술을 가져와라. 그러면 더욱 고통스럽게 죽여 주마!"

광란의 검투사 군단이 수많은 유저들을 제거한다.

전쟁이 끝날 때까지 그들의 임무는 알아서 싸우는 것이었
다.

북부 유저들이 약하기 때문에 가능한 전법은 아니었다. 그
들은 매 전투를 이러한 방식으로 해 왔다.

바드레이는 텔레포트 게이트를 타고 델라우드 강의 군사
기지에 도착했다.

하벤 제국군의 1, 2, 3군단이 출동한 곳이며, 황제 직속군
이 기다리고 있었다.

15만의 전투 골렘으로 이루어진 강철 기사단, 흑마법사들
의 전유물인 키메라 군단도 준비되었다. 심지어 마녀와 흑마
법사, 야수 군단 역시 바드레이의 직속부대에 속했다.

헤르메스 길드에서는 제국군에서도 최정예로 이루어진 군
대를 황제 직속 군단에 포함시켰다.

바드레이가 이끄는 군대는 제국군의 상징이었고, 대륙 통
치를 위한 권위가 필요했다.

"전황이 생각보다 원활하다는 보고가 들어오고 있습니다."

"북부 유저들이 제대로 싸우지도 못하고 당한다고 합니다."

"너무 많은 숫자가 모였기에 바람이 부는 대로 날리는 것이
지요. 이대로라면, 1시간만 지나도 큰 피해를 입힐 것입니다."

황제 직속군에는 가르나프 전투 소식들이 계속 들어왔다.

"6군단에서 보고입니다. 중앙 대륙 출신으로 보이는 1,000여 명의 저항하는 무리를 발견! 어렵지 않게 격파했다는 소식입니다."

"19군단이 100만 명 이상의 대규모 집단을 격퇴했습니다. 적 사망자 45만 추정. 나머지는 도주했습니다."

전투 보고마다 승전보였다.

바드레이와 아크힘, 헤르메스 길드 유저들의 얼굴은 밝았다.

"초반 전황으로는 좋군요."

"쭉 이렇게 될 것입니다."

"어느 순간이 되면 적은 모두 무너지겠죠. 오래 버티지 못할 겁니다."

바드레이의 황제 직속군은 출정을 기다리고 있었다.

황금과 은으로 장식한 갑옷을 입었으며, 마법 무구는 사소한 것까지 모조리 착용했다.

돈으로도 맞추기 쉽지 않은 장비였지만, 오래전 전쟁의 시대에 만들어 놓은 켈튼 왕국군의 무구 창고를 발굴했다. 중앙 대륙을 정복한 덕에 얻게 된 이점 중의 하나로, 이번에 처음으로 꺼내 든 것이다.

부관 중 1명이 아크힘에게 와서 말했다.

"CTS미디어에서 11군단의 전투 영상 중계를 요청하고 있답니다."

"그쪽의 상황이 어떻죠?"

"쌍검 전사들이 앞장서며 전투를 이끌고 있습니다. 특이해서 관심을 끈 모양입니다."

"화력이 압도적이어야죠. 모두가 두려움에 떨 정도로요."

"충분한 장면들이 연출되고 있습니다."

"생방송으로 중계될 테니, 길드원들을 조금 더 지원해 주고 시원하게 지르라고 하세요."

하벤 제국에서는 방송국을 이용한 심리전까지 준비하고 있었다.

가르나프 평원에서 위드가 판을 짤 때는 모든 것이 불리했다. 그러나 15일의 시간 동안 잃어버린 전력과 주도권은 전투가 벌어지자마자 되찾아왔다.

클라우드 길드, 사자성, 로암 길드, 블랙소드 용병단, 흑사자 길드.

과거 5개 명문 길드의 병력은 가르나프 평원이 멀리 보이는 곳에서 대기하고 있었다.

"허어……."

평원에서 섬광이 크게 번뜩이는 걸 보고 사자성의 군트가 감탄성을 흘렸다.

"헤르메스 길드. 과거보다도 훨씬 더 막강해졌어. 인원수도 크게 늘어난 것으로 보이고."

"군대의 전투력만 놓고 보면 비교도 안 될 정도인데요? 우리가 다 모였지만 다시 싸운다면 상대도 안 될 것으로 보입니다."

블랙소드 용병단의 미헬도 눈을 찌푸리며 지켜보았다.

하벤 제국군이 북부 유저들을 밀어붙이는 광경을 보니, 중앙 대륙을 먹고 나서 얼마나 덩치를 불렸는지 알 수 있었다.

헤르메스 길드원 일부는 예전 자신들의 길드에 속했던 유저들이었다. 명문 길드들을 몰락시키고 교묘하게 빼내 간 강자들.

"이번 전투에서 위드가 질 수도 있겠는데."

샤우드가 그렇게 말했지만, 다른 사람들은 아직은 신중한 의견이었다.

'섣불리 결정할 사안은 아니야.'

'샤우드는 매번 저런 식이지.'

'위드에게 반대하면 뭔가 대단한 것처럼 느끼기라도 하나?'

5대 명문 길드는 이미 전면적으로 아르펜 왕국에 귀속하기로 서약서를 제출했다. 현실적으로 세력이 위축되고 작아져서 자신들끼리만 무엇을 할 수는 없는 처지였다.

고민이 많긴 했지만 흑사자 길드와 로암 길드는 역사에 남을 광경을 직접 목격했다. 깃발 몇 개 들고 반란을 일으켜서 브리튼 지역을 장악해 버리던 위드의 모습!

헤르메스 길드가 커다란 곰이라면, 위드는 한창 전성기의 수사자다. 양쪽 다 강하기는 마찬가지지만 수사자에게는 날개가 달려 있다는 생각이 들었다.

군트가 전투를 지켜보며 중얼거렸다.

"헤르메스 길드에서 크게 지른 것인데, 아르펜 왕국에 너무 위험한 것 아닌가?"

그들은 어제까지만 해도 가르나프 평원에 있었다.

축제도 즐겼고, 조각품 건설에도 참여했다.

풀죽신교나 아르펜 왕국의 충성도 높은 유저들이 죽어 나갈 것이 걱정되었다.

칼리스도 피식 웃었다.

"유성 소환이나 판제롭 유령 기사단이 대단하다고는 하지만 싸움은 이제부터가 되겠죠. 위드도 아직 나타나지 않았고 말입니다."

5대 명문 길드의 길드장들이나 소속 유저들은 피가 끓어오르는 기분이었다.

북부 유저들을 거세게 밀어붙이는 하벤 제국군과 싸우고 싶다. 그들이 아직 죽지 않았음을 보여 주기를 원했다.

다만 위드가 말했던 신호가 떨어지지 않았다.

"놀랍군."

"어어, 어르신! 조심하세요!"

상인 바트는 가르나프 평원에 있었다.

"으헉!"

불붙은 돌 조각이 날아오는 것을 옆 사람이 알려 줘서 간신히 피했다.

"아직 위험해요. 주변을 신경 쓰셔야 돼요."

"고맙네."

땅에 주저앉았던 바트가 자리에서 일어났다.

유성이 떨어졌을 때는 몸이 굳은 듯이 움직이지도 못했다.

'정말 놀라운 경험이었어.'

바트는 아슬아슬하게 파괴의 경계를 벗어났다.

충돌의 순간에 사제들이 희생의 주문을 외우고, 워리어들은 보호 스킬을 사용한 채 유성을 향해 몸을 던졌다.

실제로 유성의 파괴력을 얼마나 줄였는지는 미지수지만 그래도 북부 유저의 저력을 엿볼 수 있었다.

'그래도 이번 싸움, 그 녀석에게도 쉽지 않겠구나.'

바트는 어렵게 끌고 온 마차의 지붕에 올라가서 외쳤다.

"회복을 위한 약초와 붕대가 잔뜩 있습니다! 모두 무료이니 필요한 만큼 가져가세요!"

"정말이세요?"

"예, 실컷 쓰십시오!"

장사꾼!

지금까지는 물품을 팔았지만, 이제부터는 사람들의 마음을 사야 할 때였다.

전쟁이 끝난 이후의 시대는 더 밝고 희망찰 것을 믿어 의심치 않았다.

농부 미레타스의 눈앞에 가르나프 평원이 불타는 광경이
펼쳐졌다.

"이런… 이렇게까지 하다니."

그의 주변에는 귀가 뾰족한 엘프 유저들이 함께 있었다.

"너무나도 참혹합니다."

"사방에서 아우성이 들리는군요. 불의 정령들도 두려움에
날뛰고 있습니다."

정령의 말을 들을 수 있는 엘프들은 참혹함을 이야기했
다. 유성 소환의 여파로 모든 종류의 정령들이 혼란에 빠져
있었다.

"사람들을 구하러 가 봐야겠습니다. 정령 치유술이라도

펼쳐야 하니까요.”

엘프들이 서둘러 떠나고 나서, 미레타스는 혼자서 무거운 생각에 잠겼다.

‘이게 로열 로드인가, 강한 힘이 있다고 서슴지 않고 쓰는 것이?’

그는 과거 초보 시절을 떠올렸다.

도시는 땅값이 비싸서, 성 밖에 있는 황무지에 자갈을 고르고 물길을 내서 채소를 키웠다.

새싹이 트고 무럭무럭 자라나는 모습을 지켜보는 행복과 충만감.

다른 유저들이 사냥과 퀘스트로 돈을 벌 때 그는 시장에서 채소를 팔아 돈을 벌었다.

“미레타스, 사냥 가자. 좋은 사냥터를 알아내서 10골드 벌었어. 경험치도 많이 줘.”

“다음에 가자.”

“저 녀석은 내버려 둬. 농부는 사냥에 아무 도움도 안 되잖아.”

어릴 때부터 알던 친구들과도 함께 시간을 보내는 일이 점점 줄어들었다.

비가 오고 가뭄이 들 때마다 조마조마하며 농작물을 보살폈다. 몬스터나 짐승 때문에 농사를 망칠 때도 있었지만, 다시 씨를 뿌리고 땅을 일구었다.

로열 로드 초창기에 농사에 관심을 갖는 유저는 극히 드물었다. 드넓은 대륙과 모험이 기다리고 있는데 며칠씩 걸려 겨우 채소나 키워 푼돈에 파는 일이 적성에 안 맞았던 것이다.

미레타스는 농부로서 작물을 꾸준히 키우고, 씨앗 상점이나 농산물 거래소의 상인들과 친밀도를 높였다.

"열심히 하는군. 이 씨앗도 좀 심어 보게."

"처음 보는데, 무슨 씨인가요?"

"꽃의 일종이라는데… 귀족들이 좋아해. 브리튼에서는 특산품 취급도 받는다니 여기서도 재배할 수 있다면 좋겠지."

씨앗의 발아 조건부터 감춰져 있었고, 키우는 방법도 까다로워 보였다.

간신히 싹이 트게 했더니 햇볕이 뜨거워도 죽고 바람이 불어도 죽었다. 물도 적당히 주어야지, 약간만 과하거나 모자라도 축 늘어져서 죽어 버렸다.

미레타스는 열정과 고민, 관찰로 파라도리아의 꽃을 피우는 데 성공했다.

"바로 이것이었어! 이 아름다운 꽃이라면 모든 귀족들이 좋아할 거야!"

파라도리아는 현지에서 높은 가격에 거래되었고, 나중에는 품질을 높여서 지역 특산품에도 등록되었다.

1년이 넘도록 직접 재배한 꽃을 특산품으로 바로 팔아 버릴 수 있어서 많은 돈을 벌었다.

명성과 부를 누릴 수 있었지만, 그가 도전한 건 또 다른 식물 재배였다.

땅을 사서 약초, 과일, 꽃, 희귀 식물, 마법 식물, 해양식물을 마구 심었다. 극소수 존재한다는 마법 재료들을 키우면서 계속해서 명성과 돈을 얻고, 농작물의 종자 개량에도 성공했다.

명문 길드들끼리 싸우며 땅이 황폐되고 막대한 세율을 물리는데도 참았다.

'세상은 아름다운 곳이야. 농사를 지어서 사람들을 더 풍족하게 해 줘야지.'

옛 데일 왕국 지역에서 유저들만이 아니라 주민들에게 맛있고 배부른 밥을 먹게 해 주기 위해서라도 농사를 지어 왔었다. 결국 견디지 못해 아르펜으로 떠나기는 했지만, 설마하니 헤르메스 길드가 이런 식의 공격까지 할 줄은 몰랐다.

'전투 식물이나 준비하려고 했던 내가 너무 안일했구나. 한 사람의 역할을 하려고 했지만… 어디 땅과 식물의 힘이 어디까지인지 보여 주마.'

"아파요."

"으그그극, 이렇게 죽어 가다니……."

알킨 병에 걸린 유저들은 땅에 드러누웠다.

전염성이 워낙 강한 병이기에 다른 유저들이 알아보고 가까이 오지 않도록 하기 위함이었다.

"조금만 참으세요. 매스큐어!"

각오를 단단히 다진 사제들이 와서 치유 마법을 펼쳐도 효과가 없었다. 금세 더 악화되어 생명력을 야금야금 갉아먹었다.

"성령의 힘이여, 여기 고통받는 이를 구원해 주세요. 치료의 손길!"

"이쪽요!"

"이쪽도 아파요. 곧 죽을 것 같아요."

사제들이 생명력을 보충해 주었지만, 땅에 드러눕는 유저는 계속 늘어만 갔다.

결국 마나가 소진되어 더 이상 신성 마법을 펼치지 못하게 된 사제들!

-알킨 병에 감염되었습니다.
육체의 저항력이 약화된 틈을 타서 알킨 병이 옮았습니다.
손발이 떨리고 어지럽습니다.
매초마다 11씩 생명력의 피해를 입습니다.
최대 생명력과 마나가 감소합니다.
신성 마법의 효과를 낮춥니다.

신의 가호를 받아서 질병, 저주에는 탁월한 사제들에게까지 병이 옮았다.

"피해! 이건 해결책이 없어."

"가까이 가지 마!"

"우린 버리더라도 다른 사람들은 구해 주세요, 여러분."

"미안해요. 정말 미안해요."

어떻게든 치료해 보려고 했지만 결국 성직 계열의 유저들마저도 피할 수밖에 없었다.

땅에 드러누워서 격리된 채로 죽어 가는 유저들.

"크흑, 지더라도 시원하게 싸워 보고 싶었는데……."

"레벨이 300이 넘는데 병에 걸려서 죽을 줄은 몰랐어."

"헤르메스 길드, 이 비겁한 놈들."

일부 유저들은 희망을 버리지 않고 체력 회복에 도움이 되는 약초라도 씹으면서 버텨 보려고 했다. 하지만 그러한 노력에도 불구하고 죽음은 피할 수 없었고, 레벨이 높을수록 시간 차로 좀 더 버텼지만 결국 하나둘 목숨을 잃었다.

병에 걸린 유저들을 격리시키는 것으로 해결해 보려고도 했지만 알킨 병의 감염 범위는 상당히 넓었다. 멀리 피한 유저들도 곧 병에 걸렸고, 격리되기도 전에 감염되는 이들이 속출했다.

할마, 마르고, 레위스, 그랜.

뒤치기의 4인조는 가르나프 평원에 와서 놀고먹던 중이었다.

"전투야 뭐 벌어지건 말건."

"맞아. 우리가 알 바 아니지."

"크크큿, 크게 싸웠으면 좋겠다. 우리가 와서 본 보람이 있게 말이다."

산해진미가 모여 있는 식당가에서 맛집을 찾아다니고, 풀죽신교의 유저들과도 친해졌다.

"뒤치기도 인맥이 필요하잖냐."

"암, 어떤 호구가 있는지를 알아야 같이 던전에 들어가지. 그러고는… 슥!"

별생각 없이 가르나프 평원에 머무르고 있었다.

전투가 벌어지면 싸우지 않고 멀찌감치 도망 다니면서 구경이나 할 참이었으니 걱정거리가 없었다.

베르사 대륙이 멸망하더라도 즐거울 뒤치기의 4인조!

불타는 유성이 평원을 강타할 때에도 그들은 감동했다.

평원에 커다란 버섯구름이 일어나고, 대지가 뒤흔들린다. 멀리서도 숨 쉬기 어려울 정도로 후끈한 화염 폭풍이 불어오는데, 일생일대의 경험이었다.

"와, 대박."

"끝내준다. 이것이 스케일!"

"역시 헤르메스 길드잖아."

"우리가 바드레이거나 라페이라면 좋겠다. 그러면 맨날 도시에 유성 떨어뜨리면서 살 거야."

"도시들 다 부숴 버리고… 개꿀잼이겠다."

뒤치기의 4인조는 감개무량했다.

이 얼마나 아름다운 광경이란 말인가.

게다가 이 혼란 후에 부상자들의 뒤통수를 칠 기회란…….

"죽기 직전까지 다친 애들 찾아보자."

"맞아. 도와주는 척하고 다가가서 쓱싹!"

"크흐흐흐, 우리 벌써 나쁜 짓을 시작하는 거냐, 흥분되게?"

뒤치기의 4인조는 유성이 떨어진 지역으로 전력을 다해 달려갔다. 대기는 뜨겁게 프라이팬처럼 달궈져 있었으며, 땅에서는 화염이 이글거리며 솟구쳐 올랐다.

"여긴 위험합니다."

어떤 유저가 길을 막았지만, 할마가 묵직한 목소리로 말했다.

"괜찮습니다. 사람들을 돕기 위해 가야 합니다."

"더 가시면 죽을 수도 있습니다."

예전이라면 힘으로 밀고 지나갔으리라.

뒤치기의 4인조는 시간이 지나면서 조금 더 발전된 형태의 악당으로 성장했다.

"옳은 일을 하는데 목숨이 중요합니까? 이 한목숨이 뭐가 아깝다고 아낍니까?"

"아아."

"들어가겠습니다. 살아 있는 사람이 있다면 꼭 구해 오겠습니다."

가까이 있던 유저들에게 감동을 안겨 주고 유성이 떨어진 지역에 진입했다.

"얼마 전까지만 해도 여기 식당가였는데. 해산물 요릿집도 있었어. 전복 좀 더 달라고 떼를 썼었지."

"지금은 아무것도 안 보이네."

대지는 깊게 파였으며, 건물들은 파괴되어 폐허로 변해 있었다. 몇몇 사람들이 움직이기는 했지만, 대지의 균열에서 솟구치는 화염에 그들조차 위태로워 보였다.

"으으으."

"살아 있는 사람이다."

뒤치기의 4인조는 쾌재를 부르며 이동했다.

불이 나서 밝긴 하지만 다른 이들의 시선이 가려진 사이에 나쁜 짓을 할 수 있으리라!

그들이 가서 만난 사람은 하반신이 큰 바위에 깔려 있었다. 그렇지만 떡 벌어진 어깨와 발달된 목 근육, 만두 귀가 보였다.

바로 검삼치였다.

"헉!"

"오, 도와주러 온 사람들인가?"

묵직하고 힘 있는 목소리까지 나직하게 깔렸다.

뒤치기의 4인조는 슬그머니 칼을 꺼내려다가 주저했다.

'분위기 장난 아니다.'

'이거 진짜 죽여도 돼?'

'괜찮은 거야?'

자신들끼리 눈빛을 마주치며 슬그머니 다가가긴 했지만 공격하는 건 인간으로서의 본능이 거부했다.

'이 아저씨 눈빛 좀 보소.'

'왜 이렇게 험악해. 차라리 몬스터가 낫겠다.'

사람의 팔뚝에 있는 근육이 꿈틀거리는 걸 보고 공포를 느끼는 건 처음이었다.

동시에 상대가 누군지도 알아차렸다.

'검의 귀신들 중 1명이다.'

검치와 사범들, 수련생들은 아르펜 왕국의 유명인들이었다.

그랜이 걱정스럽게 물었다.

"다치셨네요."

"별건 아닌데, 바위 좀 치워 주겠는가?"

"예, 도와 드리겠습니다. 여러분, 이쪽에 살아 있는 사람이 있으니 좀 도와주세요!"

뒤치기의 4인조는 주변 사람들과 함께 검삼치의 몸을 누르고 있던 커다란 바위를 치웠다.

"헉!"

"아… 부러지셨네."

검삼치의 허벅지는 보기 징그러울 정도로 바깥쪽으로 꺾여 있었다. 로열 로드에서도 고통을 느낄 수 있기에 당연히 꽤나 아플 수밖에 없는 상황!

높은 레벨 덕분에 살아남았겠지만, 생명력과 체력 역시 상당히 저하되어 있을 게 분명하리라.

뒤치기의 4인조는 이곳을 벗어나고 싶었다.

"저희가 가서 사제님을 빨리 불러오도록 하겠습니다."

"사제? 아냐. 내가 치료할 수 있어."

"사제는 아닌 것 같고… 성기사였습니까?"

"그건 아닌데. 약초 좀 있나?"

레위스는 배낭에서 상처 치료에 도움이 되는 붉은 약초를 꺼냈다.

"조금 있긴 합니다만, 큰 도움은 안 되는데요."

"고맙군. 이거면 돼."

검삼치는 부러진 다리에 붉은 약초를 슬쩍 붙였다. 그러고는 두 손으로 다리를 잡았다.

뿌드드드득!

억지로 뼈가 꺾이는 소리와 함께 다리가 원래 상태로 돌아왔다.

"역시, 오랜만에 해 봐도 잘되는데? 로열 로드에서는 처음이지만 말이야."

"……."

"룰루루."

검삼치는 콧노래를 부르며 상처 부위에 붕대를 감았다.

할마가 궁금해서 물었다.

"그렇게 한다고 해서 다시 움직일 수 있는 건 아니지 않습니까? 사제가 치료 마법을 써 줘야 할 텐데요."

"나 투쟁의 파괴자야."

"그거 혹시 바탈리 교단의……."

"맞아."

위드 때문에 투쟁의 파괴자란 호칭이 최근에 갑자기 유명해졌다.

"싱그러운 회복력? 이거 때문에 부상 같은 건 금방 나아. 그래서 요즘 새로운 취미가 생겼지."

"뭔데요?"

검삼치가 타오르는 불길에 왼팔을 넣었다.

이글이글!

팔에 불이 붙어서 타는데도 태연하게 지켜보며 말한다.

"이 정도면 딱 4도 화상이거든. 이러면서 화염 저항력 올리면 재밌더라고."

"……."

로열 로드가 실제와 동일한 고통을 느끼는 건 아니라지만 그래도 꽤나 아프다. 정신적으로도 생살이 타는 광경을 지켜보는 게 힘들지 않을 리가 없다. 정상인이라면.

"딱 죽기 직전까지만 불로 지지면 화염 저항력만이 아니라 맷집도 잘 오르더라고. 좋은 방법 아닌가?"

"그…러네요."

"로열 로드가 재밌긴 하지만 너무 막 행동했다는 생각이 들어서, 슬슬 더 강해지려고."

"추, 충분히 강해지신 것 같습니다."

검삼치는 거짓말처럼 몸을 일으키더니 씩 웃었다.

"그럼 착한 친구들, 같이 사람들을 구해 보자고."

뒤치기의 4인조는 결국 검삼치 옆에서 순한 양이 되어 사람들을 구하는 일을 함께했다.

북부의 비상전략상황실에 속해 있는 유저들은 자신들이 방심했음을 뼈저리게 느꼈다.

"이렇게 강할 줄이야. 20개 군단을 과감하게 투입할 수 있는 하벤 제국의 군사력이 놀랍습니다."

"중앙 대륙을 다스리면서 쉬지 않고 전투력을 몇 배는 향상시켰다고 봐야죠."

"처음부터 수단과 방법을 가리지 않을 줄은 몰랐습니다."

하벤 제국이 무적이라고 불리지만, 북부 유저들은 매번 승리를 거두었다. 가르나프 평원에 모인 어마어마한 인원을 믿고 있다가 초반부터 궁지에 몰리게 된 것이다.

뼈저린 후회와 반성이 있었지만, 그렇다고 해도 솔직히 지금까지는 대응하기 어려운 공격들이었다.

"적의 군대가 사방에서 찔러 오고 있습니다. 초보 유저 입장에서 보자면 거의 불가항력입니다."

"피해도 거의 못 주고 있다고 하는군요."

"방어 병력을 투입할 수 있나요?"

"그게 쉽습니까. 20개나 되는 진격로를 막아서기도 어렵고, 북부의 고레벨 유저들로 구성되었던 타격대도 피해가 너무 큽니다."

"타격대까지… 우리 움직임을 다 보고 있었던 거죠."

헤르메스 길드에서는 첩보원들을 내보내서 가르나프 평원을 실컷 정찰했다.

꽤나 유명하거나 영향력이 큰 유저들이 모여 있는 곳만 골라서 유성을 낙하시켰다. 주요 지역이 통째로 증발하면서 시작부터 많은 유저들이 사망하고 말았다.

"판제롭 유령 기사단만 상대해야 합니다. 그들을 어떻게든 막아야 돼요."

"그게 쉽질 않습니다. 레벨 600대가 넘는 기사단이에요. 레벨 200 이하의 유저들은 근처에 가는 것만으로도 공포에 질려서 싸우지도 못합니다."

"물리 피해, 마법 피해, 신성 마법에도 다 면역이라니. 그래도 분명 허점이 있을 겁니다."

"알킨 병이 더 곤란합니다. 지금 감염된 유저가 최소 3만 명이 넘어요."

"30분 전만 해도 7,000명이라고 하지 않았습니까?"

"그사이 더 퍼진 거죠. 어쩌면 지금은 10만 명을 넘겼을지도 모릅니다."

풀죽신교의 비상전략상황실에서도 대혼란이 벌어지고 있었다.

20개의 군단으로 나뉘어 쳐들어오는 제국군의 진군 속도를 늦추고 조금이라도 반격을 가하기 위한 군사적인 준비를 했다. 전투를 기다리던 여러 죽 부대에 동원령을 내리고, 병력의 조합과 위치, 공격 방향 등의 전술을 급히 짜냈다.

그렇지만 알킨 병과 판제롭 유령 기사단에 대해서만큼은 어떤 대비책도 찾을 수 없다는 점에서 당혹스러웠다.

"이대로 다 죽자는 말입니까?"

"어떻게 하겠습니까, 방법이 없는 것을……."

"뭐라도 해야 하는데 갑갑하기 짝이 없습니다."

풀죽신교의 성녀 레몬!

그녀는 고등학교를 갓 졸업한 풋풋한 여대생이었다.

평소에는 풀죽신교의 마스코트 같은 이미지지만, 지금은 머리에 끈을 질끈 동여맸다.

"방금 위드 님으로부터 귓속말이 왔어요!"

"……!"

레몬의 말에 웅성거리던 천막이 딱 조용해졌다.

풀죽신교에 공식적으로 지휘 체계라는 건 없지만, 어떤 상황에서도 전부를 움직일 수 있는 사람은 존재한다.

"지금 위드 님이 오신대요!"

"……!"

위드는 유린의 그림 이동술로 동료들과 함께 전투가 벌어지는 가르나프 평원에 도착했다.

둥! 둥! 둥!

거센 북소리와 함성이 들렸다.

우리는 노래하네

승리와 영광과 사랑과 미래를

밝음과 즐거움으로
내가 가진 용기로 일어서네

별을 조각했고
땅을 이루며
사람들을 이끄는 자여

바드 마레이가 위드의 주제곡인 용기의 노래를 부르고 있
었다. 1만 명이 넘는 바드들이 함께 연주를 했으며, 가르나
프 평원의 유저들도 입을 모아 떼창을 했다.

걸어간 발걸음과 위대한 흔적이
손을 잡고 뒤따르는 이들을
따뜻하게 미소 짓게 하네

꿈을 꾸고 싶다면
다가오는 운명을 피하지 말라
우리는 혼자가 아니니
함께 걸으리라

바드의 비기인 광야의 연주가 발동되면서 하늘에는 무수
히 많은 빛들이 어우러졌다.

영역을 넘어서 다투고, 합쳐지고, 하나의 형상을 이루는 빛의 쇼!

"분위기가 나쁘지 않네요?"

"그러게요. 헤르메스 길드로부터 공격을 크게 당했다고 하더니 말이에요."

페일과 벨로트가 한마디씩 했다.

가르나프 평원이 워낙 넓기 때문에 이곳은 불타는 유성의 파괴 범위에 들지도 않았고 알킨 병의 여파도 미치지 않았다. 바드 마레이의 연주에 따라 열광적인 분위기만이 가득했다.

"어? 저 사람 방금 나타났어."

"텔레포트인가. 마법사 스킬이라면……."

"저분 어디서 많이 본 거 같지 않아?"

주위에 있던 유저들이 위드와 그 일행을 손으로 가리켰다.

위드는 자연스럽게 어깨를 펴고 고개를 뻣뻣하게 들었다.

권력을 얻고 출세를 했으니, 역시 사람들이 알아봐 주는 맛도 있어야 하지 않겠는가!

"전쟁 노예 페일 님이다!"

"낚시꾼 제피 님도 있어."

"진짜 잘생겼네. 비율도 좋고."

"그 옆에는 화령 님이잖아. 로브를 입고 있어서 몰라봤어."

"와… 수르카 님이랑 다 있네!"

사람들의 눈에는 페일을 비롯한 동료들이 먼저 보였다.

전형적인, 위드의 평범한 외모! 평소에 자주 입던 초보자 복장도 아니고 파비오의 중갑옷 때문에 외관이 많이 달라진 것도 이유였다.

그리고 몇 초 후, 드디어 사람들이 위드를 발견하고 말았다.

"위드 님이닷!"

"위, 위, 위, 위드 님이 오셨다!"

걸어간 발걸음과 위대한 흔적이
손을 잡고 뒤따르는 이들을
따뜻하게 미소 짓게 하네

꿈을 꾸고 싶다면
다가오는 운명을 피하지 말라
우리는 혼자가 아니니
함께 걸으리라

바드 마레이의 노래가 계속되고 있었지만, 위드가 나타났다는 들썩거림은 군중 사이에서 급속도로 퍼졌다.

"위드 님이 여기 왔다고?"

"정말 전쟁의 신 위드 님이야?"

"와, 방금까지 방송도 봤었는데."

"진짜다! 위드 님이 오셨다!"

마법사들이 공중으로 솟구치고, 유저들이 북적였다.

위드와 그 일행이 도착하고 불과 20~30초 만에 귓속말이나 채팅으로 반경 3킬로미터까지 소문이 쫙 퍼졌다.

"보러 가자!"

"나 완전 팬인데. 위드 님 보고 죽으면 여한이 없을 거야."

"위드 님, 한마디만 해 주세요!"

군중 사이에서 거센 환호가 일어났다.

공중에 떠 있는 마법사들은 가르나프 평원에 온 수많은 사람들이 사탕을 본 개미 떼처럼 모이는 것을 볼 수 있었다.

그 광경을 확인하고 바드 마레이가 연주를 중단하려고 했지만, 위드가 귓속말을 보냈다.

―노래를 계속해 주십시오.

조각사로서의 경험은 노가다에 가까웠지만 어쨌든 예술을 하던 자신이다.

위드가 나타나기 전까지 마레이는 열정으로 노래하며 군중과 어우러지고 있었다. 하늘까지 다채로운 빛으로 물들이는 음악을, 자신의 등장으로 멈추게 하고 싶지 않았다.

노래하라

더 크게 노래하라

바람이 시작되는 곳

맑은 물방울 소리

땅의 큰 울림에 귀를 기울이는 자들이여

고동치는 마음이 터져서

세상이 흔들리네

노래하고

눈을 들어서 보라

발걸음을 맞추어서 걷자

기적의 시간을 함께하는 사람들이여!

장엄하게 흐르던 음악이 끝났다.

유저들의 시선을 한 몸에 받고 있던 위드가 손을 들어 박수를 치기 시작했다. 페일과 동료들도 열심히 박수를 쳤다.

"최고다!"

"멋진 음악이었습니다."

군중에게서 힘찬 박수와 환호성이 터져 나오기 시작했다.

-용기의 노래를 감상하셨습니다.

10,239명의 바드들이 참여한 노래.

대륙에서 가장 큰 규모로 연주된 곡을 들었습니다.

단 하루 동안, 모든 회복력이 200%가 됩니다.

육체가 고양되어 체력의 최대치가 25% 증가합니다.
모든 스텟이 7%만큼 늘어납니다.
영웅적인 의지!
직업에 따라 잠재력이 가까이 있는 사람의 숫자에 따라 최대 12%만큼 늘어납니다.
광야의 연주를 들었습니다.
통찰력으로 더 높은 습득을 합니다.
연주의 효과가 20% 증가합니다.
지식이 2 높아집니다.
통찰력이 3 증가합니다.
예술 스텟이 7 증가합니다.

음악을 듣고 누리는 효과!

위드의 입가에 가벼운 썩은 미소가 맺혔다.

'바드도 상당히 좋은 직업이군. 이 정도면 써먹을 일이 많겠는데?'

계획을 바꿔서, 네크로맨서를 마스터하고 다음 직업으로는 바드를 선택하는 것도 고민이 될 정도였다.

언데드들도 춤추게 만드는 바드!

'내가 노래는 되니까, 악기 연주만 조금 연습하면 돼. 하프는 다룰 줄 아니 도움이 되겠지.'

로열 로드 유저들의 청각을 위험하게 하는 중대한 착각!

검술이나 주력 전투 스킬들은 관련 직업을 얻으면 더 빠르게 오른다. 하지만 이미 고급 8레벨을 넘은 지가 한참이었고, 투쟁의 길에서도 숙련도를 얻었다.

현재는 고급 8레벨 68%.

검사로 전직할 필요가 없을 정도였으므로 진지하게 바드도 고려하게 되었다.

조각사로서 쌓아 놓은 예술 스텟이 무지막지하니 바드와 같은 예술 계열의 직업은 전직하자마자 거장 소리를 들을 만했다.

'문어발식으로 확장하는 거지. 큰 그림을 그리기 위해서 말이야.'

여러 개의 계열사를 둔 재벌 회사가 군고구마 장사에 나서는 격!

위드가 진지하게 생각에 잠긴 사이에 마레이와 연주자들은 사람들의 박수와 환호성으로 귀가 멍해져 있었다.

매번의 연주가 최고의 반응을 갱신해 왔지만, 전투가 벌어진 지금이 가장 거셌다.

"흠흠."

위드가 마레이에게 걸어가기 시작하자 군중 사이에서는 바다가 갈라지듯이 길이 열렸다.

"위드 님……."

마레이는 감격으로 눈물을 글썽였다.

'나를 격려해 주기 위해 오고 있구나.'

이번 전투를 위해 자신과 뜻을 함께하는 연주자들을 모았다.

노래를 만들고, 다 같이 연습했다.

흘린 땀방울과 성취감! 멋진 무대를 꾸민 것을 다른 사람
도 아닌 위드가 알아준 것이다.

위드는 무대에 올라가서 말했다.

"잘 들었습니다. 그럭저럭 노래를 잘하시는군요."

"고맙습니다. 앞으로 더 열심히 할 생각입니다."

"부탁이 있습니다."

"말씀하십시오, 위드 님."

마레이는 부탁을 듣기 전부터 각오를 다졌다.

자신의 연주를 끝까지 이어지게 해 준 것도 그렇고, 위드
의 모험이나 업적은 가능한 가까운 곳에서 지켜보고 싶었다.
어떤 어려운 부탁이라도 들어주면서 친해지고 싶었다.

"제가 노래를 한 곡 하려고 하는데 연주 가능하신가요?"

"위드 님의 노래요?"

"예. 지금 부를 겁니다."

"그렇다면 영광이죠."

마레이는 당연하다는 듯이 대답했고, 그 직후 깨달았다.

대체로 위드의 노래라는 게 지금까지 어떠했는지를!

가르나프 평원 외곽에서 하벤 제국이 쳐들어오고 있다는

걸 사람들도 알았다. 알킨 병, 판제롭 유령 기사단에, 불타는 유성 소환이 언제 다시 이루어질지도 모른다.

그럼에도 사람들에게 당장 기대되는 건 위드가 부를 노래 였다.

"시청자 여러분, 주목하셔야 할 것 같습니다. 전쟁의 신 위드가 노래를 할 것 같습니다."

"위드의 노래. 그것은 곧 하벤 제국과의 전면전을 알리는 것과 마찬가지입니다."

각 방송국들도 실시간으로 중계를 하고 있었다.

위드가 있는 일대에 몰린 100만 명이 넘는 유저들 외에도, 가르나프 평원의 1억 명 이상으로 집계된 이들도 대부분 보고 있었다.

이 순간, 하벤 제국군과 싸우고 있지 않은 이들이라면 전부 시청했다.

"위드 님이 노래를?"

"드디어 오셨다."

심지어 알킨 병에 걸린 유저들까지도 수정 구슬을 통해 위드가 나오는 화면을 봤다.

지금까지는 헤르메스 길드에 크게 얻어맞기만 했지만, 그 흐름을 바꾸어 놓으리라는 기대감이 들었다.

위드는 항상 어렵거나 불가능하다고 여기는 것들을 극복해 냈다. 재능이나 운도 있겠지만, 스스로의 노력과 도전 정신으로 일구어 냈다.

위드가 나타나자 방송 진행자들도 적극적으로 목소리를 높였다.

"불사의 군단과 싸울 때에도 위드가 노래를 했었죠. 그때 노래를 부른 위드는 정말 엄청난 결과물을 만들어 냈습니다."

"오크 카리취의 곡은 정말 명곡입니다. 음악가들은 동의할 수 없겠지만, 어린이들 중에는 모르는 아이가 없을 정도로 인기를 얻었습니다."

"유치원생들이 그 노래를 부르면서 소풍을 갈 정도였다고 하더군요."

마레이는 다른 바드들과 연주를 하는 것으로 합의하고 위드에게 물었다.

"악보가 있습니까?"

"아뇨."

"그럼 제가 어떻게 연주를 하죠?"

"노래가 시작되면 즉흥적으로 맞춰서 연주해 주시면 됩니다."

"아……."

가수에게 맞춰서 즉석에서 이루어 내는 악기 연주!

위험한, 고난이도의 작업이 될 테지만, 마레이는 바드의 직업을 얻고 나서 실용음악학과에 들어갔다. 작곡에 대한 공부도 꾸준히 했고 경험도 많은 만큼, 연주를 할 수도 있을 것 같았다.

무엇보다 새로운 도전이라는 생각에 더욱 불타오르는 기분.

마레이는 이 자리에 모인 1억 명의 청중에게, 앞으로 두고두고 회자될 음악을 들려주고 싶었다.

"그래도 연주를 잘하기 위해서, 대충의 구성이나 몇 구절이라도 먼저 알려 주시면 좋을 것 같습니다."

"아직 노래를 안 만들었는데요?"

"아직… 안 만들었다고요?"

"지금 만들 겁니다."

마레이는 혈압이 오르는 기분이었지만 꾹 참고 말했다.

"주제나 가사라도 알려 주시죠. 가사를 들으면 미리 분위기라도 파악할 수 있거든요."

"가사도 이제 지어야죠."

"……."

"음악이 이끄는 흐름에 그냥 맡기세요. 감정을 따르는 게 좋은 음악입니다."

위드는 음악에 평생을 바친 사람들이나 말할 만한 대사를 서슴지 않고 했다.

마레이는 오른손으로 이마를 짚으며 물었다.

"혹시 지금까지 부른 곡들도 모두 그런 식으로 만드셨습니까?"

"예."

"음악을 즉흥적으로만……."

"그렇게 해도 아무 문제 없던데요?"

위드가 당당하게 무대의 중앙에 설 때, 마레이는 들고 있던 지휘봉으로 뒤통수라도 후려치고 싶은 감정이었다.

'이런 규모의 무대에서 멜로디도 모르는 즉흥곡, 그걸 음치에게 맞춰야 하다니.'

음악과 함께한 삶에 회의가 일어날 지경이었지만, 가장 뛰어난 실력을 가진 바드 10명에게 신호를 보냈다.

즉흥곡이니 연주가 마구 엉키면 안 되기에 마레이가 이끄는 대로 따라와 줄 수 있는 실력자들로만 우선 조합했다. 그들 중에는 마레이처럼 바드의 비기를 익힌 유저도 있었다.

베르사 대륙 최고의 바드 11명이 전부 이 자리에 있었다.

-각오 단단히 하세요. 상상 그 이하의 음악이 나올 수도 있습니다.

바드들은 이를 악물었다.

'그래, 뭐든 해 봐라. 설마 우리가 못 맞춰 주겠냐.'

'전쟁의 시작을 알리는 곡. 장엄하고 웅장한 멜로디로 가겠지. 그러면 리듬도 단순하게 뽑아도 되니…….'

'나도 연주를 하며 박자를 무시해야 되나?'

다행인지 불행인지, 위드는 바드들이 어떤 생각을 하는지 전혀 신경 쓰지 않았다.

"노래를 부르기 전에 잠시 실례하겠습니다."

군중을 기다리게 한 후에, 조각칼을 꺼냈다.

"우오오!"

위드의 조각칼이 보이자마자 열기가 올랐다.

가르나프 평원에 만들어진 수많은 조각상들까지 있었으니 조각술의 인기는 실로 대단했다.

"무대가 무대이니만큼 먼저 조각할 것이 있습니다."

사사사삭!

큰 바위를 대상으로 매끄럽게 움직이는 조각칼.

마법처럼 빠른 손놀림, 거의 떠올리는 대로 조각을 할 수 있는 경지였다.

이기적으로 주름진 눈매와 게걸스럽게 벌리고 있는 입.

욕망으로 가득한 코!

툭 튀어나와 있는 크고 두꺼운 이빨에, 야만스러워 보이는 근육과 흉터.

너무나도 유명한 모습이었기에 군중은 바로 알아봤다.

"설마 저건……."

"꺄아아아악!"

"너무 멋있어요."

"카리취! 카리취!"

위드가 만드는 조각품은 오크 카리취!

조각품에서 예술적 가치 같은 것이야 찾아보려 아무리 애써도 소용이 없다.

불사의 군단과의 전쟁이 큰 이슈를 끌고 나서 수많은 조각사들이 오크 카리취 조각에 도전했다. 그렇지만 어떤 조각사도 성공하진 못했다.

외모는 비슷하게 할 수 있었지만 그 끝없는 욕망과 집착, 원한!

눈동자는 기본이고, 삐뚤어진 이빨에까지 가득한 욕구!

이런 미묘한 감정들까지 고스란히 얼굴에 새겨진 오크 조각품은 감히 만들지 못했다.

조각사들 사이에 위드의 실력이 발군으로 꼽히는 이유가 바로 카리취의 조각상!

'돈. 돈. 돈. 돈. 돈.'

위드는 돈을 떠올리며 오크 카리취의 조각상을 만들었다.

자세히 보지 않으면 알아채지 못할 정도지만, 과거보다 미세하게 뱃살은 더 나왔다.

부유해진 현재에 대한 여유!

그러나 부자일수록 더하다는 말처럼 눈은 더욱 험악하게 찢어졌고 이빨은 더 날카로워졌다.

아름드리 통나무 같은 허벅지도 다소 굵어졌으며, 힘줄마

저도 전투적으로 더 굵었다.

오크 카리취가 나이를 비열하게 먹었다면 변했을 모습을 조각해 내는 데 성공했다.

그야말로 압도적인 조각술.

위드의 조각칼이 한 번도 쉬지 않고 오크 카리취의 조각상을 만드는 광경을 군중은 직접 보게 되었다.

"이건 경이롭다."

"감정이 담긴 조각인데도… 멈추지 않아."

"예술 계열, 그것도 조각사는 정말 다른 직업들과 차원이 다르구나."

"난이도가 비교가 안 되는 것 같아. 저 정도는 해야 마스터인가."

진정한 예술 작품을 조각한다면 위드도 고민을 꽤나 했으리라.

기념품으로 바가지를 씌워서 팔아먹기 위해 수없이 반복해서 만들어 냈던 사슴, 여우, 토끼상!

그 후에 가장 자신 있는 조각상이 오크 카리취였다.

"조각 변신술!"

위드는 조각 변신술로 오크 카리취로 변신하는 광경도 보여 주었다.

팔다리가 길어지고 온몸이 근육질로 변하자 두 팔을 번쩍 들었다. 인간으로서 적당하던 팔뚝이, 거칠고 우락부락한 오크의 팔로 변해 있었다.

군중을 열광시키기 위한 쇼맨십!

"우와아아아!"

"카리취, 카리취!"

무대 밑에서 누군가가 글레이브까지 하나 던져 주었다.

"취익! 취익!"

위드는 글레이브를 들고 휘두르며 위협적인 자세도 취해 보였다.

오크 카리취는 백화점에서 인형이나 이모티콘으로도 매일 어마어마하게 팔렸다.

'이런 자리에서 한 번 더 변신해 주면 매출이 또 오르겠지.'

날개 돋친 듯 팔리며 성장하는 캐릭터 산업을 위해서 바쁘더라도 기꺼이 시간을 내줄 수 있는 위드!

다른 조각사들이 절대 따라 하지 못할 오크 카리취의 정신 그 자체였다.

"취이이익!"

그래도 시간이 급하기에 콧소리를 가다듬고, 곧바로 즉흥적인 노래를 불렀다.

밤은 이제 어둡네

유성이 떨어졌고, 병도 퍼지네
취이익

어둠이 찾아와서인가
아픔에 물들었지

마레이와 바드들은 가사에 맞춰 잔잔하게 연주하기 시작했다.

'가사가 생각보다 그럴듯한데?'

'최악은 아니네. 노래 같긴 해.'

바드들의 음성 증폭 스킬 때문에 위드가 작은 목소리로 불러도 부드럽게 멀리까지 퍼졌다.

'의외로 노래다운 노래를 부르는구나.'

덤벼라, 세상아
칫칫칫. 추추추!

갑자기 노래의 템포가 빨라졌다.

몇 마디를 천천히 걸어갔다면, 갑자기 달리는 것이다.

검, 도, 창, 도끼, 활, 철퇴!
뭐든지 휘둘러서 박살을 내 주마!

취잇!

마법, 정령술, 소환술, 저주!
뭐든지 써서 아작을 내 주마!
취취칫!

위드는 사자후를 터트리며 실컷 내질렀다.
일단 노래라면 강렬하게 지르는 맛 아니던가.
새벽에 술 취한 사람들에게서 배운 노래 실력!

와라. 와라!
다 해치우고 전리품을 얻을 거야
주우면 내 거!
다 죽여. 다 죽여!
취이이이잇!

가르나프 평원을 쩌렁쩌렁 울리는 위드의 사자후!
노래가 아니라, 그냥 하고 싶은 걸 말하고 있었다. 그럼에
도 불구하고 왠지 모르게 신이 났다.
헤르메스 길드와 싸워야 한다는 걱정 따위는 날려 버리는
흥겨운 노래.

아침이 될 때까지 밤새도록 싸우자
먹고, 마시고, 먹고, 마시고
취취칫!
오늘은 부자가 될 거야
왔노라. 보았노라. 먹었노라!

어깨를 맞대고 싸우자
다 같이 싸워 보세
추이추이칫!

먹고, 마시고, 먹고, 마시고
노세 노세. 젊어서 싸우고 노세!

이겼다. 이겼어!
취이이이익!

　마레이와 바드들은 흥겨움에 정신없이 연주했다. 사자후
에 맞춰서 악기를 연주하기가 바빴던 것이다.
　이윽고 마지막에 커다란 콧소리를 끝으로 정적이 찾아왔
다. 다 끝나고 나서야 얼음물을 뒤집어쓴 것처럼 정신이 들
었다.
　'1억 명 앞에서 망했다.'

'개망신. 손가락이 오그라들고 있어. 잠들기 전에 분명 이 불을 차고 말겠지.'

'평생 지우지 못할 흑역사가 만들어지고야 말았다.'

바드들은 노래를 마친 위드를 보았다.

오크 카리취의 모습을 하고 있는 그는 온 세상을 끌어안을 듯이 두 팔을 펼치고 있었다.

'미쳤다, 미쳤어.'

'아… 도망가고 싶다. 부끄러운데.'

그때 누군가 박수를 치기 시작하더니 곧 우레와 같은 소리로 퍼졌다.

"위드 만세!"

"헤르메스 길드 따위는 쓸어버립시다!"

"풀죽! 풀죽!"

가사와 음정은 엉망이었지만 경쾌함과 박력이 있었다.

무엇보다도 위드가 당당하게 큰 소리로 부르니, 그 분위기가 군중에게도 전염되어 버리고 만 것이다.

"우오와아!"

"딱 이런 느낌이지!"

"그래, 인생 뭐 있냐! 싸우고 부대끼는 날도 있는 거야."

다른 지역에서 수정 구슬로 영상을 본 유저들도 막혀 있던 가슴이 시원해졌다.

그들은 하벤 제국의 만만치 않은 공격에 내심 걱정이 컸다.

죽음, 패배, 정복.

안 좋은 단어들을 떠올리고 있었는데, 위드의 흥겨운 노래는 그런 기분을 전부 날려 버리기에 충분했다.

인생에서 내일을 알 수 있나?

시원하게 싸우면 된다.

위드가 사자후를 터트렸다.

"잠에서 깨어나라! 모두 공격하라!"

방송을 들은 가르나프 평원의 유저들 대부분이 환호했다.

"가자, 몽땅 때려 부수러!"

"다 죽여!"

"먹고 노세!"

4군단을 지휘하는 학살자 칼쿠스!

그가 맡은 지역은 불타는 유성이 떨어졌던 곳과 가까웠다.

"우리가 가장 신속하게 적진을 꿰뚫는다."

반란군이 많은 툴렌 지역에 배치되었던 4군단은 지속적으로 병력의 충원과 강화가 이루어졌다. 군단별로 전력의 차이는 있었지만, 1군단을 제외하면 4군단이 가장 많은 군사력을 보유하고 있었다.

"기사단이 적진 돌파!"

"레인저들이 지정된 위치에 배치되었습니다."

"거점을 중심으로 주변을 쓸어버린다."

4군단은 과감하게 움직였다.

북부의 유저들을 줄이는 게 중심이 아니라, 헤르메스 길드 유저들과 기사들이 길을 열고 전군이 따라서 움직였다.

가르나프 평원 외곽에서부터 진군은 조금도 지체되지 않았고, 군중의 내부로 들어오면서도 마찬가지였다.

"숫자만 많을 뿐, 이들은 군대가 아니군."

칼쿠스는 비릿하게 웃었다.

단단히 뭉쳐 있는 유저들을 기사단으로 꿰뚫는다. 그것만으로도 가까이 있던 초보 유저들은 겁에 질려서 제대로 저항도 못 했다.

"어린아이들을 쥐어 패는 느낌이랄까. 너무 간단하군."

죽이고, 죽인다.

덤벼드는 유저들이 많아질수록 시체를 산처럼 쌓으며 돌파했다.

스티어 : 위드 출현!

위드가 등장했다는 소식을 듣긴 했지만 위기감이 생기지는 않았다. 칼쿠스는 나약한 북부 유저들에 실망하고 있던 참이었다.

소수의 400~500대 레벨을 가진 유저들조차도 따로 몇 명이 덤벼들어서는 군단의 힘에 짓밟힐 뿐이었다.

전투가 벌어져서 몇 번 압도당한 이후부터는 고레벨 유저들조차 도망치기에 바빴다.

"가라, 우리가 최고임을 증명하라!"

한 번도 패배를 경험한 적 없는 칼쿠스는 군대의 진군을 독려했다.

"싸우자!"

"제국군을 막아요."

"겁먹지 말자. 죽을 각오로 싸우는 게 아니라, 멋지게 죽는 거야."

그런데 어느새 전장의 바람이 바뀌어 있었다.

맥없이 죽어 나가던 유저들이 어느 순간부터 적극적으로 덤벼들기 시작했다.

"우에우에!"

"우리가 간닷."

"다 죽여!"

제국군의 진군을 경외와 두려움으로 지켜보며 피하던 유저들이 뛰어와서 부딪친다.

불나방처럼 목숨을 잃고 회색빛으로 변하는 유저들.

그 뒤에는 더 많은 유저들이 아무 무기나 들고 뛰어오고 있었다.

"그래 봐야 보잘것없는 초보들이다."

"기사단이 돌파해!"

칼쿠스의 군대는 사방에서 덤비는 유저들을 막힘없이 처리했다.

그러나 잔잔한 바다에서 수영하는 것 같던 조금 전과는 확연히 달라진, 거친 파도가 밀려오는 바다의 기세를 서서히 느낄 수밖에 없었다.

수정 구슬로 위드의 노래를 들은 유저들은 무기를 쥐었다.

"싸우려고 왔는데, 싸우면 되는 거잖아."

"불리한 거 따지기는 무슨… 여기서까지 그러고 싶진 않아졌어."

"가자고, 어디든!"

몇 명의 유저들이 앞장서면, 사람들이 무섭게 모여서 합류했다.

"우린 1군단을 향해서 갈 겁니다."

"이쪽은 2군단을 공격하죠!"

"3군단도 가야 하는데… 거긴 너무 멉니다. 부근의 형제들이 어떻게든 싸워 줄 테니 우린 가까운 곳부터 갑시다."

"어디든 가요. 싸우다가 죽읍시다."

그들을 지휘할 사람은 없다. 레벨이 높은 유저들이 초보들의 뒤를 따르는 경우도 흔히 벌어졌다.

"뭐야, 갑자기 이 분위기."

"완전 두근거린다."

헤겔, 벨라, 르미, 나이드.

한국대학교 가상현실학과 학생들도 분위기에 휩쓸렸다.

무기를 꺼내 들고 하벤 제국군이 공격해 오는 방향을 향해 군중이 걷고 있다.

수많은 사람들이 전투를 위하여 빠르게 걸어가는 그 박력!

불타는 유성 소환, 알킨 병 등으로 당황했지만, 위드가 나타나자마자 싸울 의지를 갖춘 것이다.

"이거 못 이길 거 같은데. 우리도 가서 죽어야 돼?"

헤겔이 눈살을 찌푸리며 하는 말에 르미가 정강이를 가볍게 걷어찼다.

"야! 무슨 말을 그렇게 하냐. 이 사람들과 같이 싸우자는 거지."

"왜 싸워. 그러다 죽으면 우리만 손해인데."

"맨날 이익만 생각하며 사냐?"

"응. 그래야 손해가 없지."

구경이나 하려던 헤겔은 문득 하늘을 봤다.

쏴아아아아!

'바람 소리인가?'

무언가에 의해 별들이 가려졌다.

"꾸으아아악!"

"째재잭!"

들려오는 새소리.

"춤추는 빛!"

어느 마법사에 의해 빛줄기가 하늘로 솟구쳤다.

밤하늘이 새들로 뒤덮여 있는데, 전사들이 1명씩 등에 타고 있었다.

조인족과 북부 유저들 중에서 추리고 추린 공수부대원들!

기동력이 뛰어난 그들이 나타나서 하늘을 뒤덮은 것이다.

꿀꺽.

헤겔은 마른침을 삼켰다.

하벤 제국과 아르펜 왕국!

베르사 대륙을 놓고 두 주력이 맞붙는다.

"이런 전투에는 꼭 끼어야 하나? 어디 가서도 자랑거리가 되긴 할 텐데."

조용히 고민에 잠겼던 헤겔은 뒤늦게 친구들이 모두 떠난 것을 확인하고 급히 뛰었다.

진리의 마법사 제스트.

그는 중앙 대륙에서 로열 로드를 시작하여 마법사 서열 3위 안에 드는 실력자로 일찍이 명성을 떨쳤다.

초창기에는 하벤 왕국과 칼라모르 왕국이 영토가 넓고 국력이 강했기 때문에 하벤 왕국 헤르메스 길드에 속해서 지내오다가, 얼마 전에 아르펜 왕국으로 이주를 하게 되었다.

"헤르메스 길드가 뭐든 지원을 해 주지만 공짜는 아냐."

중앙 대륙이 혼란스럽던 시절에는 전쟁에서 활약하는 일이 자연스러웠다. 그러나 그 이후 아르펜 왕국과 대립하면서, 친구들에게 떳떳하게 살고 싶었다.

명예까지 팔아 가며 그들의 하수인이 되고 싶지는 않았던 것이다.

"번식하는 화염의 정화."

제스트는 멀리서 하벤 제국군 8군단을 향해 마법 주문을 외웠다.

장거리 마법 주문!

하벤 제국군의 진영 하늘에서 화염의 정화가 떨어져 크게 타올랐다.

"대지의 몰락."

기사단이 돌격하는 것을 보고는 대지 마법을 외웠다.

기사단이 전진하던 땅이 일자로 갈라지더니 그들을 집어삼켰다.

장거리 광역 마법은 마나를 심하게 잡아먹었다.

"내 할 일은 다 했으니 좀 쉬어야겠군."

제스트가 물러나려고 할 때, 8군단의 진영에 변화가 있었다. 헤르메스 길드 유저들이 제스트가 있는 곳을 향해 달려 나온 것이었다.

"이런, 플라이!"

제스트는 비행 마법을 펼쳐서 뒤로 빠졌지만, 헤르메스 길드의 추격도 대단히 빨랐다. 도둑, 암살자, 레인저 등 속도가 빠른 직업들이 추격해 왔다.

제스트와의 거리가 급속도로 좁아지자, 그 광경을 본 북부 유저들이 너도나도 나섰다.

"막아! 우리가 막아!"

"어서 피하세요!"

헤르메스 길드 유저들이 스킬을 쓸 때마다 몸으로 막으며 북부 유저들이 죽어 나갔다. 그렇지만 희생을 무릅쓰고라도 어떻게든 제스트가 도망칠 수 있는 시간을 벌어 주려고 했다.

"지금 죽여야 돼!"

"제스트! 도망치지 못할 거다!"

단숨에 수백 이상을 죽일 수 있는 직업, 마법사.

8군단에 속한 헤르메스 길드 유저들은 집요하게 추격해왔다.

200미터. 100미터.

그들 사이의 거리가 빠르게 좁혀지고 있었다.

"큭."

"컥!"

"으악!"

빠르게 북부 유저들을 돌파하면서 제스트를 쫓던 헤르메스 길드 유저들이 돌연 하나둘 죽어 나가기 시작했다.

"여기 암살자가 있다!"

뒤늦게 알아차렸지만 이미 헤르메스 길드 유저는 10명밖에 남지 않았고, 이곳은 북부 유저들의 한복판!

"돌아가자!"

헤르메스 길드 유저들은 8군단의 진영으로 돌아가려고 했다.

"막아요!"

북부 유저들은 다시 그들의 앞을 가로막았다.

조금이라도 지체하고 싶지 않았기에 헤르메스 길드 유저들은 강력한 광역 스킬을 쓰면서 전장을 벗어나려 했다.

그러나 새벽의 짙은 어둠! 그림자 속에서 짧은 칼날이 튀어나와 다리와 허리, 목덜미를 연속으로 베었다.

"끅."

"이렇게 죽다니……."

1명씩, 남김없이 죽어 나갔다.

교묘한 위장술과 기습 공격, 환영을 이용한 암습.

헤르메스 길드 유저들의 시체 위에 나타난 것은 검은 활동복을 입은 암살자.

죽음을 몰고 오는 그림자 양념게장이었다.

위드의 노래가 끝나고 한참이 지났지만 일대는 여전히 열
광의 도가니였다.

"우리에게 승리를!"

"어서 하벤 제국을 물리쳐 주세요!"

"오크 카리취다! 실물로 보니까 완전 진심 무섭게 생겼어."

오크 카리취의 노래를 직접 들은 사람들은 흥분을 감추지
못했다.

"췩, 췩, 췩췩!"

위드는 두 팔을 덩실덩실 흔들면서 어깨춤도 추었다.

커다란 오크 카리취의 댄스!

전형적인 것과는 인연이 없는 아저씨 춤이었음에도 불구

하고 사람들은 분위기에 빠져들었다.

"멋지다!"

"꺄, 저 여유 좀 보세요."

"최고다, 위드 님!"

피라미드를 지을 때보다도 훨씬 더했다. 어떤 이야기를 하더라도 들어줄 것만 같은 상태에 돌입하고 말았다.

'이때다.'

위드의 날카로운 눈빛이 스캐너처럼 무대 아래를 훑고 지나갔다.

수십만 명의 사람들이 모여 있었지만 그중에서도 몇 명은 특히 눈에 띄었다. 장비를 비롯한 옷차림이 튀거나, 개개의 수준이 높았던 것이다.

이른바 고레벨 유저들!

그들은 모르겠지만 위드는 아르펜 왕국에서 레벨 500대가 넘는 유저는 최소한 이름이라도 파악하고 있었다.

거머리보다도 철저한 빌붙는 능력은 독재자로서의 기본!

위드는 무대에서 큰 소리로 외쳤다.

"고라골 님! 취췻!"

"예에? 저요?"

"그렇습니다. 이쪽으로 나와 주십시오, 취이익!"

1명씩 호명하며 불러낸다.

위드는 40명의 유저들을 선발해서 무대에 오르도록 했다.

"우릴 왜 오라고 한 거지?"

"모르겠어요."

작게 속삭이는 유저들은 어리둥절한 기색이 역력했다.

그들은 위드와는 인연이 없었다.

모라타에서 우연으로라도 스쳐 지나가거나, 조각품을 구매했거나, 건설에 참여했던 유저는 고작 7명 정도였다. 자신의 이름을 아는 것을 신기하게 여기고 어리둥절해 있었다.

딱 사기 치고 호구 만들기 좋은 상태!

"췩, 잠시만 기다려 주십시오."

위드는 40명의 유저들이 기다리는 가운데 나무토막에 조각술을 펼쳤다.

'기다림이 때론 기대감을 일으키지. 사람들이 가지는 상상력이란 사기의 기본이라고 할 수 있어.'

욕심과 상상력이 있기에 즐거운 인생이 아니겠는가.

위드는 흉악한 오크의 몸으로 작은 조각칼을 움직였다.

사자, 호랑이, 코끼리, 하마, 기린 등등 동물 조각품들이 빠르게 만들어졌다.

걸작도 아닌, 평범한 나무로 만든 작품!

심지어 조각품 밑에는 기다란 봉을 꽂아서 높이 들어 올리기 좋게 했다.

"고라골 님, 췩! 사자 부대의 대장으로 임명하겠습니다."

"네?"

뜬금없는 말에 고라골은 눈이 휘둥그레졌다.

"북부 유저들을 이끌고 가서 적을 막아 주십시오, 취익!"

중앙 대륙에서 시작해 아르펜 왕국으로 이주해 온, 레벨 510이 넘는 유저 고라골!

명문 길드 출신이기도 했지만 영토를 빼앗긴 이후에는 헤르메스 길드에 질려서 북쪽으로 온 사연이 있었다.

"저를 믿으십니까?"

"당연히 믿습니다, 췌췍. 평소에 이야기를 많이 들었습니다."

고라골은 정이 있는 편이라 사람들이 잘 따르고, 전투 감각도 탁월했다.

"알겠습니다. 어디 한번 뼈가 부서지도록 싸워 보겠습니다. 전투 지역에서 한 발자국도 물러나지 않을 겁니다."

위드는 그 후에도 1명씩 불러서 조각품 깃발을 넘겨주며 부대장으로 임명했다.

그들은 수많은 유저들이 바라보는 무대 위에서 위드로부터 대장 임명을 받아 크게 감격하게 되었다.

놀라운 명예와 권위를 얻었다고 생각했다.

"더할 나위 없는 영광입니다."

"하벤 제국 놈들은 제 시체를 밟지 않고는 더 이상 오지 못할 겁니다."

"멋지게 싸우겠습니다."

"결코 기대를 저버리는 일이 없을 겁니다."

이 순간, 위드는 단순히 전쟁의 신이라고 불리는 유명한 유저가 아니었다. 아르펜 왕국의 국왕은 기본적인 자격이었으며, 1억 명 이상의 유저들을 배경으로 두고 있다.

시청률까지 이용해 먹는 모습!

위드가 만든 게 아니라면 1실버에도 구매하지 않을 간단한 조각품 깃발을 받고, 고레벨 유저들이 목숨을 바쳐 하벤 제국과 싸우기로 한 것이다.

"사자 부대원을 모집합니다. 바로 전투 지역으로 갈 것이니 어서 와 주세요!"

"코끼리 부대입니다. 부대 이름처럼 적을 짓밟아 버립시다!"

부대장들은 평원의 유저들을 모아 하벤 제국군이 쳐들어오고 있는 방향으로 빠르게 달려갔다.

머릿속에는 어떻게든 멋지게 이기려는 생각뿐일 것이다.

실제로 방송과 1억 명 유저들의 시선이 두려워서라도 잘 싸울 수밖에 없을 테고!

'돈도 안 주고 부려 먹고, 죽어도 뒷감당을 신경 쓰지 않아도 되지.'

무보수! 무보험!

위드는 군중 앞에서 이름을 부르고 조각품 하나를 만들어 안겨 주는 것으로 혼신을 다할 전투 지휘관들을 얻은 것이다.

"와아! 가자!"

"싸우자! 물리치자!"

부대장들의 인솔에 따라 유저들의 일부가 떠나고 나서도 남아 있는 열기가 대단했다.

위드가 사람들을 부르고 조각품을 만들었다.

그 광경에, 레벨이 높은 유저들은 기대감을 품었다.

'설마……'

'또?'

'다시 기회가 있다. 나라면 부대장으로 뽑아 주지 않을까.'

이번에도 부대장들을 임명!

가르나프 평원에 모여 있는 유저들은 많지만, 그들을 이끌 사람은 확실히 부족하다.

하벤 제국의 갑작스러운 기습으로 가뜩이나 이리저리 뒤엉켜 있는 와중이었다. 지휘권이 제대로 확립되지 않은 채 혼란스럽게 싸우면 그나마 있는 전투력도 발휘되지 못한다.

유저들이 많다고 해도, 열심히 싸우지 않고 도망치기 시작하면 급속도로 무너져 버리는 것이다.

모라타에서부터 시작한 북부 유저들은 확실한 의지가 있지만, 그럼에도 여기에는 분위기를 봐서 구경만 하려는 이들이 상당히 많이 섞여 있으리라.

'큰 조직일수록 관리가 중요해. 놀고먹는 사람을 없애야지. 다 부려 먹으면 이 전투 이긴다.'

해결책은 임명장 남발!

위드는 실력자들을 부대장으로 지정하며 싸우도록 했다.

다만 모든 유저들이 명예와 지휘권을 가졌다고 충성을 다하진 않는다는 것도 알고 있었다.

"다르비 님, 췩. 동쪽 해안가에서 고생하신 이야기는 들었습니다, 추이익!"

"고맙습니다. 그리고 영광입니다. 위드 님이 저를 알아주시다니……."

"츄익, 프로본스 님, 매주 초보자들에게 붕대를 나누어 주셨다죠? 췻, 그 헌신에 놀랐습니다."

"위드 님께서 하신 일에 비하면 정말 별거 아닌데요."

"막테 님, 취익. 꼭 만나 보고 싶었는데 드디어 뵙는군요, 췻."

"무한한 영광입니다."

칭찬과 아는 척.

그것만으로도 부대장에 임명된 이들은 더 열심히 목숨을 걸고 싸울 각오를 다졌다.

사람들이란 대부분 단순해서, 자신을 알아주는 이를 위해 혼신의 힘을 다해 싸우는 법이다. 하물며 아르펜 왕국의 국왕이자 로열 로드의 영웅인 위드가 그를 알고 있는 바에야!

'위드 님이 날 지켜보고 있었구나.'

'와… 나 유명인이 되는 건가.'

'내 평판이 이 정도로 대단했나? 위드 님이 말하는 거니 모두 알고 있었다는 뜻이겠지?'

실제로는 당연히 사기에 가까운 꼼수들이었다.

–동쪽으로 340미터 정도. 등에 검을 2개나 꽂고 있는 사람이 보일 겁니다. 그가 쌍도로 유명한 두소라고 합니다. 프레야 여신상 제작에 참여했었죠.

–서쪽으로 420미터 거리에서 궁수로 유명한 제베가 접근하고 있습니다. 같이 퀘스트 해 본 적도 있는데요, 원거리 저격이 굉장히 뛰어납니다. 얼굴 잘생겼다는 칭찬을 좋아합니다.

–북쪽요! 나마드 수도원의 권사들이 오고 있어요. 그들은 영주 자리에 관심이 있을 거예요.

동료들이 발굴해야 할 인재들을 제보하고 있었던 것이다.

그물망에 걸려든 고레벨 유저들은 모조리 임명장과 함께 전투 지역으로 보냈다. 대부분이 싸우다가 죽을 테지만, 전쟁이란 본래 희생을 필요로 하는 것!

위드는 100명 넘게 부대장을 뽑았다.

가르나프 평원에 뭉쳐서 할 일을 찾던 유저들의 교통정리!

부대장들은 명성이나 인맥에 따라 수만 명씩 거느리고 싸우도록 했다.

위드가 있다는 소식이 알려지면서 유저들이 계속 모여들었으니 여전히 사람이 줄어든 티가 나지 않았다.

"저요! 저도 부대장으로 뽑아 주세요. 레벨 484예요!"

"저도 싸우고 싶습니다. 아르펜의 왕실 기사입니다. 공적치로는 누구에게도 지지 않습니다."

"죽순죽 출신입니다만, 매일 22시간씩 게임합니다. 위드 님을 닮고 싶어요!"

순진무구한 유저들은 스스로를 부대장으로 뽑아 달라고 애원했다.

하벤 제국의 기습으로 시작됐던 전쟁이 위드의 등장으로 뭔가 재밌고 뜨거운 것으로 변해 가고 있었다.

점점 동료들로부터의 제보도 줄어들었고, 부대장으로 뽑을 인재도 뜸해졌다. 최소 수만 명씩을 거느리기 때문에 레벨과 인성, 지휘력을 전부 감안해야 했다.

그렇다고 해서 이 자리에 모인 유저들을 그냥 해산시키는 행동은 잘못된 것.

본래 밥그릇에 붙은 밥알의 흔적까지 긁어내서 먹어 치워야 하는 법이다.

위드는 사자후를 터트렸다.

"이곳에 모인 분들은 저와 함께 싸우러 갑시다! 취이이익!"

"우와아아아!"

"꺄악!"

"취취취취췻!"

평원이 떠나갈 듯 유저들의 함성이 울렸다.

어딘가 고조된 분위기에 실제로 땅이 흔들리는 듯한 착각까지 일어날 지경이었다.

"갑시다, 취췻. 싸웁시다, 췩. 먹읍시다! 추익!"

"만세!"

"어서 놈들을 해치워 주세요!"

"다 죽입시다!"

"우린 11군단으로 갑니다, 취이잇!"

위드는 목표를 11군단으로 정했다.

대충 고른 것 같기도 하지만, CTS미디어에서 생방송으로 중계를 하고 있는 것도 중요한 이유였다.

"가자!"

당당한 오크 카리취의 모습을 한 위드가 앞서서 걸어가니 무대 주변의 유저들이 다 같이 따라나섰다.

끝도 없는 유저들의 이동.

중간에 합류하는 유저들도 많아 갈수록 행렬의 덩치가 몇 배나 더 크게 부풀었다. 수백만 단위가 우습게 모이고, 새로운 유저들이 계속 접속하면서 행렬에 참여하고 있었다.

위드가 선봉에 서니 유저들의 자신감은 하늘을 찌를 듯했다.

"우릴 상대하다니… 11군단도 어지간히 재수가 없다."

"와, 위드 님과 같이 전투를 하게 되다니. 며칠 전부터 오늘만 기다린 보람이 있네."

"이길까, 질까?"

"이 인원이면 질 수도 없겠다."

"그래. 주변을 둘러봐, 유명한 사람이 한둘이 아니라고!"

중앙 대륙과 북부 가릴 것 없이 고레벨 유저들은 위드에게 적극적으로 호응했다. 부대장 임명 때문에라도 위드의 눈에 띄어서 명예와 인지도를 얻기 위해 고무되어 있었다.

11군단과의 전투를 지켜보기 위해 뒤따르던 마레이와 바드들은 정신적으로 2차 충격을 받았다.

"음 이탈, 가사 엉망의 노래 한 곡에 사람들이 이렇게까지 호응해?"

"음악이 사람의 마음을 움직인다지만 이런 영향력은 생각도 못 했어요."

"소문으로 들은 것 이상입니다."

"오크 카리취로 변신하는 순간부터 사람들이 완전히 빠져들었던 거죠."

11군단을 지휘하는 군단장 울타르는 강렬한 카리스마를 발휘하고 있었다.

"모조리 쳐 죽여! 제국에 저항한다는 것이 어떤 의미인지 이 미개한 놈들에게 가르쳐 주어라!"

제국군 전사들이 돌진하며 북부 유저들을 제거했다.

어떤 전사들은 화염의 검을 사용했다. 그들의 검에 맞은 북부 유저들은 5미터도 넘는 불길에 휩싸여서 목숨을 잃었다.

−연쇄 화염이 발동되었습니다.

화염은 가까이 있는 다른 유저들에게 옮겨붙어 폭발하며 공포를 심어 줬다.

헤르메스 길드원들도 선두를 달리면서 신나서 싸우고 있는 와중이었다.

스티어 : 위드가 나타났습니다.

위드가 등장하거나 말거나, 신경 쓰지 않았다.

'다른 군대가 알아서 하겠지.'

20개에 달하는 군단이 진격하고 있었으니 자신의 일이란 생각이 들지 않았다.

사방에 넘쳐 나는 적들을 상대로 무기를 휘두르고 스킬을 쓴다. 무시무시한 학살극을 벌이면서 스스로의 강함에 푹 취했다.

'재밌어. 로열 로드는 역시 약자들을 쳐 죽이는 맛이지. 이 즐거움을 얼마나 오랫동안 억눌러야 했던가.'

스티어 : 위드가 11군단을 목표로 이동 중!

"……."

새로 들어온 정보에, 울타르와 헤르메스 길드원들은 멈칫했다.

'위드가 우릴 잡으러 온다고?'

'여기로 와?'

울타르는 회심의 미소를 지었다. 그 역시도 로열 로드에서 레벨을 기준으로 랭킹 30위권 안에 포함되는 강자였다.

'위드와 싸운다.'

손발이 저릿저릿하는 쾌감과 두려움.

전투를 즐기는 그로서는 오히려 반갑기까지 했다.

라페이가 귓속말을 해 왔다.

-방금 소식은 들었을 겁니다.

-예. 꽤 많은 사람들을 이끌고 위드가 온다고요.

-자신은 있겠죠?

-다 쳐 죽일 자신이 있습니다. 진다는 건 생각도 안 합니다.

-저도 믿습니다만, 가까이 있는 몇 개 군단에 지원을 명령했습니다.

-흠, 굳이 그럴 필요까진 없을 텐데.

울타르는 항상 신중한 수뇌부가 거슬렸다.

헤르메스 길드를 여기까지 키워 온 라페이의 공로를 인정하긴 하지만, 그렇더라도 너무 머뭇거린다.

'나라면 진작 북부를 점령하고 정복을 끝내 버렸을 거다. 힘이 있는데 안 쓰는 게 멍청하지.'

그렇더라도 불타는 유성 소환이나 알킨 병 등은 감탄하긴 했다.

─미리 짜 놓은 전투 계획대로입니다. 다만 그들 역시 적진을 뚫고 도착해야 하니 시간이 걸릴 것입니다.

─큿, 더 늦어져도 상관없습니다. 천천히 하시죠.

─불타는 유성 소환 마법의 준비도 서두르고 있습니다. 1시간 이면 사용이 가능합니다. 소멸의 창도 최대한 지원될 겁니다.

울타르는 가까이 달려오던 드워프 전사를 검으로 베어 버렸다.

─알아들었습니다.

─무운을 빕니다.

울타르는 솔직히 준비가 과하다고 여겼지만, 그렇다고 싫다고 하진 않았다. 승리를 거둔다면 역사에는 자신의 공으로 남을 것이기 때문이다.

조인족들이 위드에게 합류하기 위해 찾아왔다.

하늘은 달과 별이 보이지 않을 정도로 조인족들이 가득 채우고 있었다.

조인족의 대장을 맡은 유저, 날쌘 찬바람은 제비에서 독수리로 변이를 마쳤다. 넓게 벌어진 어깨와 딱딱한 부리는 강철이라도 맛있다고 쪼아 댈 정도였다.

날쌘 찬바람이 위드를 향해 정중하게 말했다.

"우리도 북부 유저로서 이번 전투를 치르고 싶습니다. 목숨을 바쳐 싸울 것입니다."

"……."

위드는 그저 말없이 날쌘 찬바람을 보고 있었다.

오크 카리취의 형태로 가까이에서 만나니 상대가 받는 압박감은 보통이 아닐 것이다.

카리취의 흉터와 힘줄로 뒤덮인 팔뚝은 당장이라도 목을 비틀어 버릴 정도로 강인했다. 오크 카리취의 실물이란, 인적이 뜸한 밤거리에서 만나면 경험 많은 전사라도 두렵게 느낄 만한 것이었다.

위드가 단단한 이빨을 드러내며 씩 웃었다.

"취췻, 허락합니다."

조인족들의 합류!

그들은 하늘을 빠르게 날 수 있기에 전투 부분에서는 탁월한 강점을 가졌다. 평원을 날아다니며 약한 몬스터를 사냥하고, 또 넓은 시야로 약초 같은 걸 얻는 것도 가능했다.

하지만 조류의 특성상 대부분은 밤눈이 어둡다는 단점도

가지고 있었다.

"아침이 올 때까지 저희는 병력 수송을 우선하겠습니다."

"네, 취췻."

"전투 지역 공수부대 낙하는 무제한적으로 이루어질 것입니다."

"원하는 대로, 췍!"

당장 전투에 참여하지 않는다고 해도 조인족들의 도움은 제국군의 전투 진형을 파괴하는 효과를 갖고 있었다.

위드에게 합류하는 무리는 조인족 외에도 많았다.

"도와 드리러 왔습니다!"

쟌을 비롯한 네크로맨서들은 끓고 있는 라면에 투하되는 계란 같은 존재!

그들이야 언제든 환영이었다.

"병아리죽 부대입니다. 정식으로 합류 요청합니다!"

"죽순죽 43분대입니다. 조촐하게나마 싸우도록 하겠습니다."

"산딸기죽입니다. 참고로 딸기죽 부대와는 친하지만 별도로 존재합니다!"

위드가 11군단으로 병력을 데려가는 사이에 풀죽신교의 여러 죽 단체들도 합류했다. 11군단과 전투가 벌어질 때쯤에는 1,000만이 넘을 것으로 예상될 정도였다.

"소프 님이 이끌어 주세요, 취익!"

위드는 일정 수의 병력이 모일 때마다 지휘관을 임명했다.

그것은 전체적인 병력 운용의 효율을 감안하고, 유저들에게 소속감을 안겨 주는 효과가 있었다.

'고레벨 유저들과 인연을 많이 만들어 둬야지. 언제 써먹을지 모르니 말이야.'

명예의 전당에 오르거나 게시판에서 유명한 유저들도 뒤늦게 합류하여 위드의 주변이 북적였다.

"페일 님! 보고 싶었습니다."

"예, 오랜만입니다, 팔알토 님. 잘 지내셨어요?"

"그럼요. 항상 페일 님과 다시 만날 날을 기다렸죠, 핫핫핫!"

페일은 어디서나 유저들에게 인기가 있었다.

모라타에서 꽤 오래 활동했고 위드와의 친분에 궁술 실력까지 겸비하고 있는 만큼, 발이 넓었다. 궁수가 있으면 난이도가 훨씬 떨어지는 특정 퀘스트에 자주 도움을 주기도 했다.

"이리엔 님, 완전 회복 마법을 익히셨다면서요?"

"네. 아직 숙련도가 낮아서 생명력의 절반을 채우는 정도예요."

"하아, 그것도 놀라운 수준이네요. 언제 파티라도 한번 할 수 있는 영광이 있을까요?"

"기회가 되면 불러 주세요."

이리엔은 사제로서 독보적인 명성을 보유했다.

사제의 회복 스킬은 쓸 일이 잦지만 숙련도를 높이는 조건이 다양하고 까다로웠다. 회복력을 높이기 위해서는 약한 자들을 많이 치료해 주거나 죽음의 위기에 처한 이들을 살려야 한다. 어떤 때는 패배의 위기에 놓인 전투를 치유의 능력으로 기적을 발휘해 승리로 이끌어야 숙련도가 쌓인다.

적성에 맞지 않는다면 불가능한 직업이었는데, 그런 만큼 사제는 어디서나 높은 대우를 받았다.

대중적인 인기를 얻은 화령과 벨로트.

수르카, 로뮤나를 비롯한 다른 동료들 역시 사람들에게 둘러싸였다.

"하하하."

"후후후."

친근하게 웃고 있는 그들이었지만 속으로는 인사를 나누는 이들의 이름을 기억해 두고 있었다. 나중에 위드에게 부대장으로 써먹을 유저들을 추천해 주기 위해서였다.

울타르가 이끄는 11군단은 대규모 병력이 진군해 오는 것을 발견했다.

"놈들이 옵니다! 확실히 많습니다!"

"어디에 있나?"

"아직 안 보입니다."

11군단에 속해 있는 유저들은 위드가 나타나지도 않았는데 평원 너머가 불빛으로 가득한 걸 발견했다. 끝을 알기 힘들 정도의 불빛들이 자신들에게 다가오고 있었다.

울타르는 기대가 되는 한편 예상을 웃도는 광경에 조금은 당황스러웠다.

"처음에는 접근하는 놈들부터 차근차근 제거하며 이득을 본다. 마법 함정을 여기서 몽땅 쓴다는 생각으로 아끼지 말고 깔자."

병사들은 명령에 따라 땅을 파거나 바위를 옮겨서 벽을 세웠다.

"보급 마차의 문을 열어!"

"가리지 말고 뭐든 다 꺼내라."

헤르메스 길드원들의 지휘 아래 1개에 500골드가 넘는 마법 함정들도 설치했는데, 땅에 깊게 파묻히는 대지 계열이나 폭발하며 피해를 입히는 유형이 많았다.

"이게 다 얼마야. 비싼 것들을 다 쓰려니 아깝군."

"그래도 남겨 둘 필요가 없지. 잘하면 여기서 전투가 끝날 수도 있으니까."

"이기면 우린 전설이 될 거야."

"당연한 이야기. 대륙 정복의 역사를 나 금라덴이 쓴다."

헤르메스 길드원들은 두근거리는 마음으로 기다렸다.

가르나프 평원을 밝히는 불빛의 행렬이 빠르게 밀려오고 있었다.

"아직 기다려라."

울타르는 냉정한 눈으로 그들을 주시했다.

불빛들이 꾸준히 접근해 온 끝에 결국 사람들의 얼굴까지 보일 정도의 거리가 되었다.

"쏴라!"

11군단 진영에서 화살과 마법 공격이 일제히 퍼부어졌다.

"공격해라!"

"선봉은 우리닷!"

"조기죽, 출동요!"

횃불을 든 유저들은 화살과 마법을 맞으면서 11군단을 향해 질주해 왔다.

초보자 복장을 입고 싸구려 장검을 든 유저들!

운이 나빠 맞으면 목숨을 잃고 회색빛으로 변해서 사라지지만, 그다음 사람들이 자리를 채운다. 하벤 제국군이 가르나프 평원으로 와서 이미 숱하게 상대해 본 초보자들과 비슷했다.

콰콰광!

유저들이 마법 함정을 밟자 여기저기서 화려한 불꽃을 일으키면서 폭발이 일어났다. 숱한 사람들이 그 폭발에 휘말려서 사라졌지만, 돌격해 오는 속도는 조금도 줄어들지 않았다.

검을 들고 달려오는 어마어마한 숫자의 유저들!

울타르는 가슴을 뜨겁게 하는 전쟁의 기운을 물씬 느꼈다.

"쌍검 전사들이 전면에 나선다. 다가오는 놈들은 모조리 쳐 죽여라!"

채챙!

양손에 검을 든 제국군 병사들이 전열에 섰다.

미리 연습한 진형에 따라 창병과 방패병이 도열했으며, 기병도 대기했다. 궁수와 마법사는 계속 활시위를 당기고 마법을 발현시켜서 날렸다.

"제국에 영광을!"

"황제 폐하를 위하여!"

검을 들고 뛰어오는 유저들에게 화살이 비 오듯이 쏟아지고 마법 폭발이 일어났다.

"망설이지 말고 부딪치세요! 우리는 해낼 것입니다!"

"풀죽, 풀죽, 풀죽!"

죽을 줄 알면서도 달려오는 선두의 유저들!

그들에게는 목숨보다 소중한 것이 등수 놀이였다.

"내가 1등으로 왔다. 내 이름은 바이타르다!"

"아자, 아슬아슬하게 2등이다."

"3등, 순위권!"

힘껏 달려온 유저들과 11군단이 정면으로 부딪쳤다.

"방패로 밀치고 창으로 찔러라!"

"크억!"

"악!"

대부분은 온 힘을 다해서 달려온 연약한 유저들이 제국군에 막혀서 회색빛으로 변해 죽어 갔지만, 일부는 돌파에 성공했다. 모라타 시절부터 아르펜 왕국을 일궈 온 1세대 유저들이 선두에서 병사들을 제압하고 뚫어 낸 것이다.

"싸워요! 이곳을 더 넓혀야 해요!"

"승리를!"

"버티십시오. 나머지는 동료들에게 맡기고요!"

제방을 무너뜨리듯이 유저들이 밀려오고 있었다.

"늑대 기사단 투입해!"

울타르는 가만히 지켜보다가 기사단을 추가로 보내 유저들을 몰아냈다.

'약간은 쓸 만한데?'

가르나프 평원에 와서 지금까지 싸운 유저들과는 많이 달랐다. 레벨과 실력도 더 높았지만, 그보다는 속도와 기세가 대단했다.

대규모 군중이 메뚜기 떼를 연상시킬 정도로 전력을 다해서 뛰어왔다. 믿을 건 검 하나밖에 없는 유저들이라 힘껏 부딪치고 죽어 갔기 때문에, 전투력과 수비의 부담은 몇 배가 되었다.

울타르가 지켜보는 와중에도 제국군 병사들이 조금씩 죽

어 나가고 있었다.

"울부짖는 마검!"

어느 한 유저가 검을 들어 올렸다.

'저것은 레벨 제한 450이 넘는 스킬?'

울타르와 헤르메스 길드원들은 깜짝 놀랐다.

유저의 검이 붉게 달아오르더니 휘두를 때마다 제국군 병사들이 무참히 죽어 나갔다.

방어력에서 큰 차이가 나면 막아 내지 못하는 검술이다.

그러나 제국 기사들과 헤르메스 길드원들이 미처 대응하기도 전에 그 유저는 뒤로 물러났다. 잠깐 사용한 스킬을 제외하고는 다들 비슷한 초보자 복장을 입고 있었기 때문에 전투 중에는 찾아낼 수가 없었다.

"혼을 강타하는 도끼!"

이번에는 웬 도끼 전사가 병사들을 공격했다.

방패병들이 막아 내긴 했지만, 강력한 공격에 절반이 넘는 방패들이 그대로 부서지고 말았다. 어쩌다 조금이라도 스치면 금세 기절하며 전투 불능에 빠졌다.

그 도끼 전사 역시 힘과 마나를 실컷 소모하며 활약하더니 뒤로 물러났다.

인해전술로 밀려오는 유저들 사이에서 숨은 실력자들이 활동하고 있었다. 평범한 초보자 복장을 하고 있는 레벨 300대, 400대, 드물지만 500대의 유저들까지!

아르펜 왕국 편에 선 정예 유저들이 대거 위드를 따라왔던 것이다.

"매우 안 좋아."

울타르는 위드를 따라온 유저들의 수준을 만만하게 보고 있었다. 그러나 위드가 직접 이끌고 온 군중에는 고레벨 유저들이 많이 섞여 있어서 병력의 질 자체가 예상과 달랐다.

"조금이지만 위기가 느껴질 정도로 강해. 그러니 재밌어지는군."

11군단은 단기간에는 어떤 병력이 오더라도 무너지지 않는다. 그사이에 다른 군단들이 도착하고, 불타는 유성 소환 마법도 준비를 마치게 될 것이다.

'여길 위드의 무덤으로 만든다. 오히려 약간쯤은 손해를 보는 것이 싸워 볼 만하다고 느끼게 만들지도…….'

울타르가 욕심을 내고 있을 때였다.

"오크 카리취!"

"전면에 위드가 등장했습니다."

유저들로 구성되어 밀려오는 대병력의 중심에 생각보다 빨리 위드가 등장했다.

다른 인간들보다 키와 덩치가 훨씬 커서 눈에 확 띄는 흉악한 오크!

온갖 범죄는 다 저질러서 지명수배 된 이들의 외모 특징을 전부 모아 놔도 카리취에게는 안될 것이다.

'왔다. 이제 진짜 싸움이 벌어진다. 총공격이다.'

울타르와 헤르메스 길드원들의 긴장감이 더해졌다.

아껴 둔 마법과 화살, 원거리 무기.

전투 병력의 제한을 전부 해제하리라.

11군단이 모든 것을 걸고 전면전을 벌이기 직전이었다. 위드가 사자후를 터트렸다.

"울타르! 너에게 일대일 승부를 청한다! 취취치칙!"

그 순간, 격렬하던 전투의 소음이 크게 줄어들었다.

달려가던 유저들이 당황해서 멈춘 것이다.

'일대일 승부라고?'

울타르도 뒤통수를 망치로 거하게 두들겨 맞은 것처럼 황당했다.

위드가 다시 사자후를 터트렸다.

"울타르! 취췻, 거기 있는 거 안다. 빨리 나와라! 췩!"

거침없는 도발.

짧은 순간이었지만 바로 결정을 내려야 했다.

'싸움을 걸면 당연히 응해야지.'

울타르는 오히려 반가운 기분이었다.

제국군 11군단장은 만만한 자리가 아니다.

위드에게도 전쟁의 신이라는 별명이 붙었지만, 과하게 고평가된 거라고 판단하고 있었다.

'마법의 대륙 시절의 별명이 이어진 것이다. 게다가 퀘스

트를 잘 수행하는 것과 전투력은 별개야. 고급 수련관을 통과했다고 기고만장해졌나?'

투쟁의 길에서의 활약도 방송을 통해서 봤다. 꽤나 인상적이긴 했으나, 솔직히 대단하게 여겨지진 않았다.

헤라임 검술의 운용이 놀랍지만 일대일 싸움에서는 그런 게 잘 먹히지 않으니까. 연속 공격을 이어 나가려 해도, 상대가 뒤로 빨리 물러서기만 해도 중단될 수밖에 없다.

'초보자들이 보면 놀랍기도 하겠지. 그러나 전쟁이 빈번하게 벌어진 중앙 대륙이다. 쓸 만한 전투 스킬들은 수없이 검증되었어. 헤라임 검술이 주목받지 못한 것도 다 이유가 있었다.'

위드가 불패의 신화를 이룩해 오고 있었지만, 그것은 헤르메스 길드의 1할도 안 되는 전력이 북부로 갔기 때문이다.

실제로 바드레이에게 대인전에서는 패배하고 죽음을 맞이한 전력도 있지 않은가.

여러 가지 상황 판단이 있었지만 결론은 정해진 것이나 다름없었다.

CTS미디어를 비롯하여 여러 방송국들이 생중계를 진행하고 있을 것이다. 자존심 때문에라도 위드와의 일대일 승부를 거부하고 꼬리를 마는 겁쟁이가 될 마음은 없었다.

'기꺼이 응해 준다. 하지만 그 전에……'

울타르는 대지의 여신 미네의 성기사 노돔에게 슬쩍 고개를 돌렸다. 그는 성기사로서는 드물게 최근에 모험으로 미네의 선물 중 한 가지를 얻었다.

대지의 갑옷.

수많은 옵션이 있었지만, 가장 중요한 건 두 가지였다.

최대 생명력을 350%나 늘려 준다. 그리고 갑옷을 발동시키면 10분 동안 상대방에게 입은 물리 피해를 87.4%나 감소시켜 준다는 것.

'내가 대지의 갑옷을 입는다면 절대 질 수가 없지 않나?'

울타르의 뜨거운 시선을 받은 노돔이 고개를 끄덕였다.

오랜 친분이 있기도 했고 서로 많은 도움을 주고받았으니 갑옷을 빌려주는 정도는 어렵지 않은 일이다.

울타르는 조용히 귓속말로 속삭였다.

-고맙다, 친구.

-크크, 위드를 해치우고 나면 그 공의 절반은 나한테 있음을 잊지 말라고.

-위드에게 얻은 전리품은 그게 뭐든 한 가지를 고르게 해 주지.

-거래 성립이야.

울타르는 전사의 외침 스킬을 사용했다.

"일대일 승부라고? 이쪽에서 원하던 바다. 기꺼이 받아 주마!"

위드와 울타르가 마음껏 싸울 수 있도록 평원에 넓은 공터가 생겼다.

제국군은 남쪽으로 물러났으며, 유저들은 북쪽을 차지하고 자리에 앉았다.

"와, 누가 이길까?"

"당연히 위드 님이 이기겠지."

"울타르도… 그래도 최상위권 랭커잖아. 바드레이를 제외하고는 져 본 적도 없을걸."

"일대일 결투에서는 바드레이 못지않게 강하다는 소문이 있던데."

"그런 건 싸워 보지 않고서는 몰라. 다 소문이야."

"확실한 건 우리 눈이 호강하게 될 거란 거지. 그리고 전쟁의 신 위드 님이 이길 거야."

위드!

울타르!

이름만으로도 구경꾼들은 긴장이 되는 결투였다.

위드는 결투를 위해 로아의 명검을 뽑아 들었다. 갑옷은 파비오와 헤르만이 아직 완성시키지 못했다.

'일대일 승부를 정말 받아들일 줄은 몰랐는데. 실컷 즐겨 줘야지.'

오크 카리취로서 절로 비겁한 미소가 지어지려는 것을 억지로 참아야 했다.

'결투는 익숙한 건 아니지만 그래도 못하지도 않지.'

기사나 전사는 퀘스트에서 자주 결투를 경험한다. 주로 어디의 누구를 이기라는 의뢰를 많이 받기 때문이다.

인맥과 명성을 쌓고 전투 실력을 향상시키는 데 결투 퀘스트는 상당히 중요했지만, 조각사와는 인연이 없었다.

그렇지만 위드는 수단과 방법을 가리지 않고 이기려는 편이었다.

'낭만적인 결투… 그런 건 세상에 없지. 승자와 패자가 있을 뿐.'

위드는 오징어 먹물보다 새까만 속마음을 감추고 씩 웃었다.

"취익, 멋지게 싸워 보자, 울타르."

"물론이다. 이렇게 빨리 싸울 수 있을 줄 몰랐는데. 고맙다."

"왜? 취칫."

"전투가 일찍 끝날 것 같군. 덕분에 나나 헤르메스 길드에서도 수고를 덜게 되었어."

울타르는 양손에 검과 석궁으로 무장을 했다. 당연하게도 강력한 마법이 걸려 있는 무기들이었다.

"후회하기 전에 미리 경고해 두지만 석궁을 단단히 조심해야 할 거다. 조금만 방심해도 네 이마에 화살이 박힐 테니까 말이다."

울타르의 전투 방식은 상당히 유명했다.

그는 레벨이 200대를 넘었을 때부터 검으로 싸우다가 들고 있던 석궁을 쏘는 방식을 즐겼다.

위드는 웃으면서 그 말을 받아 주었다.

"좋은 무기다. 강함에는 비겁함이 없다, 취췻. 재밌는 싸움이 될 것 같다, 췻!"

"당해 보고 나서도 그런 말을 했으면 좋겠군."

울타르는 몸이 조금 굳긴 했지만, 한편으로는 자신의 승리를 100% 확신했다.

'조각사 따위에게… 요즘 신경이 쓰이는 언데드는 소환하지도 못할 거 아냐? 게다가 둔한 오크의 형태를 하고 결투에 나서다니, 웃음이 나올 정도야.'

오크라면 과거에 수도 없이 잡아 본 몬스터!

오크 부락, 오크 성채를 휩쓸었던 경험은 셀 수도 없었다.

'투지를 발산해서 동료들의 전투력을 증가시키는 게 오크의 특징이지. 오크가 전사 집단이라고는 해도, 저 상태로는 장점도 못 살린다.'

오크는 쉽게 강해지지만, 아무리 강해져도 오크일 뿐이라는 판단이 있었다.

탁월한 힘과 발달된 육체를 가졌지만 다양한 스킬을 구사하며 전투를 치르지는 못하니 레벨이 높아질수록 한계가 드러난다. 덩치가 큰 것도, 그만큼 공격할 부위가 많아서 약점이 될 수 있다.

더군다나 위드는 오크의 형태를 하고 나서 갑옷도 제대로 입지 않고 있었다. 어디서 주운 것인지 허름한 오크 갑옷을 입고 있긴 했지만, 자신이 빌려 입은 대지의 갑옷과는 비교도 안 될 정도로 흔해 빠진 것이었다.

'가소롭게도 날 얕본 것이겠지. 헤르메스 길드에 바드레이가 아니더라도 위드 너를 이길 사람은 많다는 걸 증명해 주마.'

정작 결투에 나선 울타르는 위드가 무슨 생각을 하는지 전혀 알지 못했다.

'석궁이 꽤 비싸 보이는군. 다른 장비들도 싸구려는 없는 것 같으니… 매우 좋아.'

'반드시 이길 거다. 죽여 주마, 위드!'

"쯧쯧."

이 순간, 수많은 유저들이 위드와 울타르의 전투에 집중하고 있었다.

유병준 역시, 로열 로드를 통일하고 자신의 모든 것을 이

어받을지도 모를 위드라서 모니터로 지켜보고 있었다.

"울타르. 이놈은 도대체 누구야?"

-레벨을 기준으로 한 랭킹 77위. 전투력 순위로는 124위에 해당하는 유저입니다.

인공지능 베르사의 대답은 일반적으로 알려진 것과는 크게 달랐다.

울타르의 레벨은 대략 23등 정도로 알려져 있지만, 실상은 미공개 상태로 활동하는 유저들을 제외한 순위였다.

헤르메스 길드가 중앙 대륙의 좋은 사냥터와 퀘스트를 독점했지만 구석구석 많은 유저들이 살아가고 있었다. 어떤 유저는 알려지지 않은 미궁에서 오래도록 사냥을 했고, 금역에서 지내는 이들도 있었다.

로열 로드로 돈을 버는 다크 게이머들은 당연히 미공개 상태로, 그들끼리 협력했다. 암시장에서 물품과 정보를 교류하면서 성장을 해 나간다. 그들에게는 로열 로드가 직장이었기에 헤르메스 길드의 눈을 피해서 꾸준히 활동했다.

북부와 동부, 서부에도 어려움 속에서 끈질기게 실력을 성장시켜 온 숨은 유저들이 많았다.

하벤 제국의 통치가 강력한 것으로 보였음에도 불구하고 흔들렸던 건, 유저들의 전력도 만만치 않기 때문이었다.

유병준은 장검과 석궁을 들고 자신감에 차 있는 울타르를 보며 짜증이 났다.

"이놈은 스스로가 이길 거라고 생각하는 건가?"

－눈빛과 표정, 목소리에 담긴 감정으로 유추해 보면 98.4% 정도 확신하고 있습니다.

"애송이 같은 놈이로군."

절로 한숨이 나올 것만 같은 일이었다.

유병준은 위드의 모험을 중점적으로 지켜봤기 때문에 페일 등의 동료들보다 숨겨진 흑막을 더 잘 알았다.

"일단은 조각 변신술이란 말이지. 그것도 오크 카리취로……."

위드가 한 짓은 당연하게 의심부터 해 봐야 한다.

단순히 군중을 열광시키기 위해 인기 있는 오크 카리취로 변신했을 수도 있다. 어쩌면 최근에 계약한 오크 카리취의 음식 광고 때문일 가능성도 높았다.

라면과 피자, 통닭 광고!

위드는 통 크게 세 종류나 되는 브랜드와 동시에 계약을 맺었다. 오크 카리취가 맛있게 먹어 치우는 광고였는데, 광고 후에 매출액의 증가에 따라서 인센티브를 받을 수 있었다.

로열 로드에서 촬영을 하면서 요리까지 직접 했고, 맛있게 먹는 그 모습에 광고주들은 대박을 외쳤다고 한다.

'위드가 이런 기회를 놓칠 놈이 아니지.'

그러나 광고만을 위해 오크 카리취로 변신했다고 생각한다면 위드에 대해 잘 모르는 것이다.

'일석이조. 혹은 항상 그 이상을 한꺼번에 노리는 놈이다.'

조금이지만 더 짚이는 구석이 있었다.

조각 변신술로 오크 카리취처럼 물리적인 전투에 최적화된 상태로 종족을 바꾸면 스텟에도 변화가 생긴다. 잡캐로 쌓은 다양한 스텟이 힘과 민첩을 중심으로 편성되는 것이다.

위드는 바뀐 육체의 무게중심이나 덩치, 종족에 따른 특성마저도 완벽히 파악하고 이용한다.

'오크라고 얕봐서는 곤란하지. 지금껏 겪어 봤던 오크들과는 완전히 다를 테니까.'

위드가 감춰 둔 꼼수는 이것만이 아니다.

투쟁의 길을 걸으며 얻은, 유효기간이 조금 남은 투신의 축복 몇 가지!

검사의 휘호, 물러서지 않는 투사, 최상의 육체, 꿰뚫는 검.

투신이 직접 내린 축복의 효과는 사제의 축복과는 비교가 안 된다.

팔랑카 전투까지 치르며 받은 차원문의 장갑도 결정적인 한 수다. 눈 깜짝할 사이에 이리저리 사라지고, 공격은 공간을 넘어서 갑자기 튀어나올 것이다.

상당히 어려운 전투법이고 따로 연습하는 걸 본 적은 없지만 위드의 바퀴벌레 같은 적응력을 감안해야 한다.

'굉장히 잘 써먹겠지, 아마도.'

반면에 장검과 석궁이라는 전투법만 꾸준히 고수하고 있

는 울타르는 답답한 면이 있었다.

'상대방의 신경을 거슬리게 하는 데는 효과가 있겠지만, 어디 그게 될 놈인가?'

대지의 갑옷을 빌려 입었다고는 하지만, 맞아도 덜 아프다고 해서 싸움도 이길 거라는 건 단순한 생각이다.

'근데 이걸로도 끝이 아니야.'

위드의 언데드 소환 레벨은 중급 8에 달했다.

결투 중에 둠 나이트 같은 언데드 소환을 하지는 않겠지만, 써먹을 스킬은 그 외에도 다양하다.

착취의 손.

딱 위드가 좋아하게 생긴 이름을 가진 이 스킬은 언데드 소환이 중급 8레벨에 오르면 배울 수 있다.

공격이나 방어에 성공할 때마다 상대방의 체력과 생명력을 일부 빼앗아 오는 스킬!

바르칸의 마법서에 기록된 마법으로, 위드는 당연히 이미 익혔다.

착취의 손을 익힌 지는 얼마 안 되지만, 1레벨이더라도 없는 것보단 나았다. 무엇보다도 상대방의 생명력을 꾸준히 흡수하게 되면 결투에서 누릴 수 있는 이점은 굉장했다.

"위드가 이렇게 많은 꼼수를 가지고 있는데… 그저 석궁에 좋은 갑옷 하나 입었다고 자신만만한 모습이라니."

유병준은 위드가 생고생을 하는 모습을 원했지만 아무래

도 힘들 것 같았다. 울타르는 딱 위드를 더 빛나게 해 주는 엑스트라 정도의 역할이랄까!

"문제는 불타는 유성 소환과 알킨 병이 될 텐데."

이번 전쟁이야말로 헤르메스 길드의 승리 가능성이 대단히 높아 보였다.

20개나 되는 군단이 빠르게 습격하여 아르펜 왕국 편에 선 유저들을 학살하고 있었다. 어떤 수단을 써서 힘들게 그들을 막아 내더라도, 시간은 헤르메스 길드의 편.

"유성이 다시 떨어지면 대규모로 죽어 나가겠지. 위드는 어찌어찌 피하더라도, 그를 따르는 유저들은 많이 죽을 거야."

고레벨 유저들이 한곳에 많이 모일수록 헤르메스 길드에서는 한꺼번에 쓸어버리기 좋을 것이다.

"전염병이라… 알킨 병을 막지 않으면 모두 죽을 거다. 전투는 자연히 패배하게 되겠지."

유병준은 인공지능 베르사에게 물었다.

"그런데 알킨 병이 대체 무엇이지?"

-연금술과 저주가 결합되어 만들어진 전염병입니다. 탄생하고 374년 동안 붉은 바위에 봉인되어 있었으며, 헤르메스 길드 측의 발굴단이 찾아냈습니다.

"위험도는?"

-특급으로, 전염 속도가 매우 빠릅니다. 35시간이 지나면 가르나프 평원에 모여 있는 유저들 중 86% 이상이 감염될 것으로 추정됩

니다.

알킨 병은 너무나 지독하다. 전투가 벌어지는 중이라 아르펜 왕국 진영에서는 제대로 피해 파악도 하지 못하고 있었다.

"그러면 거의 못 막겠군."

유병준은 비로소 확신이 섰다.

이번에야말로 진정으로 위드의 실패를 보고야 말리라!

그의 후계자가 바드레이보다는 기왕이면 위드가 되는 편이 낫다고는 생각한다. 그래도 매번 성공하기보다는, 한 번쯤 망하는 꼴을 보여 주는 것도 좋지 않겠는가.

"이 전쟁은 확실히 위드가 지겠어. 어떤 꼼수를 쓰더라도 말이야."

유병준은 혼잣말로 이야기한 것이었는데, 친절한 인공지능이 대답했다.

─양측의 승리 확률을 계산해 볼까요?

"아니야. 하지 마."

기대되는 영화의 결말을 미리 아는 것처럼 김빠지는 일이 되리라. 그렇지만 더 두려운 것은, 이 불리함에도 불구하고 왠지 위드가 이길 것 같다는 느낌 때문이었다.

"죽여! 죽여라, 죽여!"

"전쟁의 신 위드가 이길 거야!"

"울타르, 헤르메스 길드의 힘을 보여 주자고."

"한 방에 끝내 버려!"

"위드! 위드! 위드!"

유저들의 거센 함성이 들렸다.

위드의 편에 서 있는 이들이 백배도 넘게 많았지만 결투에서 응원이 중요한 건 아니었다.

오크 카리취!

울타르!

둘은 원을 그리며 빙빙 돌면서 상대방을 노려보았다.

양쪽 다 전투의 시작을 어떻게 해서 이어 나가야 할지 치밀한 계산을 하고 있는 것이었다.

푸숙

선공은 울타르.

그가 갑자기 석궁을 쏘며 덤벼들었다.

티잉!

위드는 검을 살짝 비트는 것으로 화살을 튕겨 냈지만 꽤 묵직한 힘이 느껴졌다.

'이 정도라면 높은 공격력에 파괴력 추가, 관통, 밀쳐 내기 정도의 옵션이 담겨 있겠군.'

석궁의 경우에는 일반적으로 장전 속도가 느리고 연사가 안 된다는 취약점을 갖는다.

그렇지만 울타르가 들고 있는 석궁은 마나 화살을 쏠 수 있었으며 자동으로 장전까지 이루어진다. 단점 따위는 없고, 근거리에서도 마음껏 사용이 가능한 무기였다.

'확실히 비쌀 거야.'

오크 카리취의 커다란 몸, 울타르는 오른쪽에서 파고들었다. 둔한 오크의 몸으로는 사각지대가 될 수 있는 방향이었다.

검이 유난히 빛나는 것을 보면 공격력을 높이는 어떤 스킬도 사용했으리라.

'어림도 없지.'

위드는 오른쪽으로 마주 뛰쳐나가면서 가볍게 손을 휘둘렀다. 오크들이 주로 사용하는 글레이브 대신에 젓가락처럼 얇아 보이는 로아의 명검이 바람을 갈랐다.

까아아아아앙!

울타르는 검이 부딪치는 순간 강한 충격에 손목이 꺾였다. 검과 검이 부딪쳤는데 팔과 어깨가 끊어지는 것만 같았다.

−막강한 충격!
생명력이 3,487 감소합니다.
검의 내구도가 1 떨어집니다.

레벨 차이가 심하지 않고서야 마주 싸우면서 무기의 내구도가 떨어지는 건 처음이었다.

그야말로 상상할 수 없는 압도적인 힘!

'오크에게 이런 괴력을 발휘하는 스킬이 있었단 말인가.'

위드는 꼼수 중의 하나로, 조각 파괴술로 모든 예술 스텟을 힘으로 바꿔 놓은 상태였다.

막강한 힘으로 검을 휘둘렀을 뿐이고, 자연스러운 체중 이동과 어깨와 허리 움직임에 따라 대단한 위력이 발휘되었다.

"크합, 오크 삼단치기!"

위드는 스킬명까지 친절하게 외치면서 공격했다.

연속으로 세 번을 휘두르는데, 공격 속도가 갈수록 빨라지고 마지막에는 기절의 효과가 있는 일격까지 날린다.

"제기랄."

울타르는 급하게 검을 휘두르고 석궁을 쏘면서 뒤로 물러났다.

까가강!

두 번을 받아치고 나서야 공격 범위 자체에서 벗어난 것이었는데, 놀라서 등줄기가 서늘했다.

위드가 흉기나 다름없는 근육으로 뒤덮인 왼손을 앞으로 내밀었다.

까딱.

들어오라는 듯 거만하게 움직이는 손가락!

전투는 이제부터 시작이었다.

울타르는 부딪쳐서 낭패를 보고 즉시 전략을 바꿨다.

'무식한 오크와 힘으로 맞설 필요는 없지. 애초에 그러려고 하지도 않았고. 기본 실력부터 가늠해 본 것이니 힘보단 기술 위주로 싸운다.'

상대의 힘이 부담스러우니 근접전이라도 속도와 현란함으로 승부를 봐야 하리라. 난전을 이끌어 내어 다른 유저들을 해치웠던 것처럼, 기회를 봐서 석궁을 쏘는 것이다.

마비, 기절, 중독의 효과가 있는 화살은 스치기만 해도 상대의 전투력을 크게 떨어뜨린다.

"다른 하나의 검!"

검술의 비기.

울타르는 검을 소환하여 날아다니도록 했다.

모든 전투 스킬 중에서도 최상의 활용도를 자랑하는 기술.

"피 안개의 검!"

이것은 검술의 비기는 아니지만, 생명력을 약간 소모하는 대신에 안개에 몸을 감춘 채 공격할 수 있었다.

울타르의 몸이 핏빛 안개에 휩싸여 사라졌다.

일반적으로 적의 모습이 보이지 않으면 당혹과 두려움에 휩싸이기 마련!

붕붕붕!

위드는 장난감처럼 손아귀에서 로아의 명검을 돌리면서 기다렸다.

'넌 모르겠지만 오크 카리취의 모습을 한 이상 절대로 질

수 없다.'

차라리 평소의 모습이라면 막 일어났을 때 끼어 있는 눈곱만큼의 손해 정도는 보면서 싸울 수도 있었다.

그러나 오크 카리취의 광고 매출, 캐릭터 산업을 감안한다면 패배란 있을 수 없는 일!

'압도적인 강함으로 꺾어야 한다.'

위드는 담담하게 기다릴 뿐이었다.

묵묵히 몇 초 정도의 시간이 흘렀다.

울타르는 자신의 의도대로 상대가 휘말렸으리라고 확신했다.

"받아 봐라. 이것이 젤크의 검술이다!"

핏빛 안개에서 잔상처럼 희미한 검들이 위드에게로 날아왔다.

젤크의 검술은 마나 소모가 크지만 반경 10미터까지 검의 공격 반경에 들게 만들었다.

쐐애애액!

다른 하나의 검 역시 쏜살처럼 위드를 노리고 날아왔다.

"취취췻."

위드는 장난감처럼 휘두르던 로아의 명검으로 다른 하나의 검부터 받아쳤다.

까앙!

간단하게 막아 낸 후, 젤크의 검술은 유연하게 상체를 눕

히면서 옆으로 한 걸음 옮겨 피했다.

푸숙!

그때, 조금 전보다 3배는 더 빠른 속도로 석궁 화살이 쏘아졌다.

'반드시 맞힌다. 이건 기회다.'

울타르는 화살이 저 흉악한 오크의 몸에 그대로 박히는 것을 기대했다. 실제로도 화살은 눈에 보이지도 않을 정도로 빠르게 날아가는데 위드는 피하거나 막을 움직임도 보이지 않고 있었다.

위드가 성큼 한 걸음 더 옆으로 걸었다.

그러고는 감쪽같이 사라졌다.

"……!"

울타르는 본능이 시키는 대로 몸을 날렸다.

반경 3미터 정도 되는 피 안개에 숨어 있었지만, 왠지 불길한 예감이 들었던 것이다.

쐐애애애액!

땅을 구르자마자 그가 있던 자리에 로아의 명검이 크게 휘둘렸다. 조금이라도 늦었다면 그대로 당했겠지만, 숱한 경험 끝에 얻은 빠른 반응 속도 덕에 살았다.

"제법이다, 취익!"

위드는 이어서 전진하면서 검을 휘둘렀다.

그는 피 안개에 가려진 울타르를 정확히 인지하고 있었다.

발소리와, 검을 피하면서 흘리는 기척.

게다가 검술 자체도 토끼를 사냥하듯이 적의 방향을 한쪽으로 유도하는 것이었다.

"이런……!"

울타르는 피하고 막으면서 버텼다.

–막강한 힘에 의해 데고르 소드의 내구도가 3 감소합니다.
부수적인 피해!
공격을 막았지만 생명력이 3,492만큼 줄어듭니다.

막강한 공격력 탓에 막아도 계속 생명력이 떨어졌다.

석궁을 넣고 방패를 꺼내는 것도 순간 고민했지만, 그렇게 되면 영영 수비만 하다가 끝날 것 같았다.

그래도 검술의 비기인 다른 하나의 검이 위드의 머리를 향해 날아가고 있었다.

'잠시 후면 너도… 최소한 막거나 피해야 한다.'

다른 하나의 검이 위드의 머리를 꿰뚫으려는 순간이었다.

'생각도 못 하고 있나? 오호라, 방심했구나! 그렇다면 맞는 순간 반격이다.'

검이 적중되는 순간 위드의 몸이 또다시 사라지더니 울타르의 뒤에 나타났다.

'이게 도대체 뭐야!'

스킬도 아닌데, 어떤 사전 조짐도 없이 공간 이동이 사용되었다. 투신 바탈리에게 받은 차원문의 장갑에 대해 모르니 당연히 어리둥절할 수밖에 없었다.

울타르는 본능을 믿고 이번에는 앞으로 굴렀지만, 그사이에 정면에서 위드가 나타났다.

부우우우웅!

위드가 골프채를 휘두르듯이 올려친 로아의 명검이 울타르를 말 그대로 강타했다.

"꾸엑!"

-통렬한 일격!
매서운 충격이 육체를 뒤흔들었습니다.
생명력 53,481 감소!
대지의 갑옷이 상태 이상을 막아 냈습니다.
체력의 최대치가 6% 줄어들었습니다.
신체의 회복 능력이 저하됩니다.

순식간에 생성되는 메시지를 다 읽지도 못할 정도였다.

포물선을 그리며, 울타르의 몸이 상공 40미터 높이까지 속절없이 날아갔다.

"취익!"

위드는 땅을 박차고 점프했다.

육중한 오크 카리취의 몸이 먹잇감을 포착한 듯이 땅에서 솟구치는 광경은 실로 어마어마한 압박감을 주었다.

위드가 하늘에서 로아의 명검을 도끼 패듯 두 손으로 잡았다.

"아, 안 돼!"

울타르는 공중에서 빙글빙글 돌다가 눈앞에 보이는 광경에 경악했다. 오크 카리취의 몸으로 그런 자세를 하니 정말로 흉악하기 짝이 없었다.

"으아."

"꺅!"

지켜보는 군중도 손이 땀으로 젖었다.

헤르메스 길드 유저들은 그저 두려울 뿐이었다.

불과 1초도 안 되는 순간이었지만 저보다 더 무서운 광경이 또 어디에 있단 말인가.

"한 번만 살려……."

울타르는 두려움에 휩싸여 본능적으로 말했다.

씨도 안 먹힐 부탁.

위드의 차가운 눈길은 이미 울타르의 전신에 붙어 있는 장비와 액세서리를 훑고 간 이후였다.

"죽어서 아이템을 남겨라."

"뭐, 뭣?"

오크 카리취의 육중한 힘을 실어, 로아의 명검이 강력하게 울타르에게 내리쳐졌다.

콰드드드득!

얼마나 강한 타격이었는지, 실로 끔찍한 소리가 들렸다.

검치와 검둘치는 사막 전사들을 이끌고 있었다.

"크흐흐! 약탈이다, 약탈!"

"모조리 휩쓸자!"

시미터를 휘두르며 낙타를 달리는 용맹한 사막 전사들.

그들은 솔직히 헤르메스 길드의 주요 타격 대상이 아니라서 전력을 그대로 보존할 수 있었다.

"사부님, 저희 왔습니다."

"그래, 뒤따라와라."

검육치 이하 수련생들도 합류하면서 그들은 가까운 제국군을 향해 몰려갔다.

"삼치랑 몇 명이 안 보이는구나?"

"고기 먹다가 유성 맞았답니다."

"죽었더냐?"

"아니요. 그냥 좀 아팠다고 합니다. 살이 이글이글 타오른다고 하는데요."

"재밌는 경험이었을 텐데, 아쉽군. 철이 좀 덜 들었을 때 공업용 알코올 가지고 불장난 많이 했었지."

"타이어 쌓아 놓고 태워 보셨습니까? 폐차장에서 하는 불장난이 정말 재밌지 말입니다."

"어릴 때 추억이 다 아름다운 것 아니겠냐."

그때 위드가 11군단의 군단장 울타르와 일대일 결투를 벌인다는 소식이 전달되었다.

검치와 사범들, 수련생들은 유저들이 꺼낸 수정 구슬로 전투 장면을 지켜보기로 했다.

"재밌겠네."

"듬직하게 생긴 오크라니… 막내가 아주 즐겁게 싸우는 법을 아는 것 같습니다."

"그래. 우리도 좀 저렇게 멋진 모습을 하고 싸워 보고 싶구나."

그들은 위드에 대해서는 전혀 걱정하지 않고 있었다.

도장에서 이미 무수히 많은 싸움을 가르쳤다. 몸과 머리에 새겨진 경험들은 로열 로드에서도 가진 것을 최대한 발휘하게 해 준다.

애초에 레벨이나 스킬의 차이가 극심하게 나서 진다면 그건 어쩔 수 없는 일이다. 그렇지만 비슷한 정도의 레벨을 가지고 있다면 감각이나 전투 실력으로 압도한다.

검치조차 인정하는 것이 위드의 스킬 운용, 순간 판단력, 심리전을 포함한 다양한 공략법이었다.

착실한 기본기를 바탕으로 변칙적으로도 잘 싸우고, 정면 승부에도 뛰어난 역량을 보였다.

"구운 감자라도 하나씩 돌려라. 먹으면서 보자."

"예, 스승님. 근데 다 먹을 시간을 줄지 모르겠습니다."

그리고 위드와 울타르가 전투를 시작했다.

많은 유저들이 손에 땀을 쥐고 지켜보려고 했지만, 울타르는 시작부터 시원하게 처맞았다.

급기야는 불쌍하게 여겨질 정도로 마구 패는 오크 카리취!

한순간의 허점을 공략하더니 정신을 수습할 겨를도 없이 다양한 방법으로 두들겨 팼다. 강한 스킬이라도 한 번 쓴다면 발동되기까지 여유라도 있을 텐데, 그냥 쥐 잡듯이 몰아치는 것이었다.

검치는 혀를 찼다.

"역시… 막내는 사람을 많이 안 때려 봐서 어설프구나."

검둘치도 고개를 끄덕였다.

"자잘하게 때리면 과격해 보이죠. 깔끔한 맛이 부족합니다."

"보는 맛은 있긴 하다. 어릴 때 우리도 저렇게 싸우지 않았더냐."

"아름다운 추억이었죠."

"멋진 인생이었다."

화려한 과거를 간직한 채 위드의 전투를 지켜보는 그들이었다.

"위드 님이 이기고 있어!"

"만세!"

위드의 압도적인 모습에 군중은 환호성을 올렸다.

"크헤헤헤헤, 역시 이겼군."

산적왕 스타이너.

하벤 제국에서 활동하던 그는 부하들을 잔뜩 이끌고 가르나프 평원에 와 있었다.

"와, 굉장하지 말입니다."

"무서운 실력입니다."

수정 구슬을 보던 산적들도 감탄을 터트렸다.

보통 직업으로 도둑을 선택할 수 있었지만, 산적은 스타이너가 최초로 발견한 직업이었다. 산을 중심으로 활동하고, 괜찮은 전투력을 발휘하며, 약탈의 페널티가 적다.

레인저, 전사, 도둑이 뒤섞인 것 같은 직업!

영주처럼 산채를 운영하여 크게 성장시킬 수도 있다는 점이 특히 매력이었다.

"우리도 한탕 해 봐야지 않겠습니까."

"물론입니다, 대장!"

스타이너가 이끄는 산적 떼는 하벤 제국군의 토벌에도 끈질기게 버틴 만큼 정예화되어 있었다. 중앙 대륙 출신의 패잔병이나 유저도 흡수하여 나름 강력한 군단을 자부했다.

"이쪽에서 가까운 건 13군단 같은데."

"거리 4.3킬로. 말을 타고 달리면 금방입니다."

"그래요? 그럼 놈들을 칩시다."

스타이너와 산적들이 뜨거운 눈빛을 교환했다.

"우린 산적이니, 베르사 대륙의 정의니 뭐니 말하지 맙시다. 그냥 놈들이 부유하니까 호주머니를 턴다는 합리적인 개념으로 접근해야겠죠."

"그렇습니다. 산적답게 멋지게 해내죠."

"갑시다, 한탕 하러!"

"누가 누구와 싸운다고?"

"전쟁의 신 위드가 울타르와 결투를 합니다. 어느 채널을 돌리더라도 곧 방송에 나올 겁니다."

헤르메스 길드원들은 느닷없이 위드와 울타르의 결투 소식을 듣게 되었다.

라페이와 수뇌부는 상세한 전투 계획을 세워 놓았지만 일대일 결투에 대해서는 생각하지 않았다.

결투가 벌어지면 싸워서 이기면 된다.

"위드만 이긴다면… 이 전투는 의외로 허무하게 끝나는 것 아닌가?"

"많은 준비를 했는데. 그래도 울타르가 승리하면 우리 헤르메스 길드가 전 대륙을 정복하는 것이나 마찬가지야."

헤르메스 길드원들은 위드와 결투를 펼치는 당사자가 자신이 아님을 아쉬워했다. 승리를 하면 돈과 명예를 비롯해서 모든 것을 가질 수 있다.

울타르가 당당하게 결투 제안을 받아들였을 때만 하더라도 누구나 당연하고 올바른 생각으로 여겼다.

퍼버버벅!

콰직!

따다다다다닥!

울타르가 실컷 얻어맞기 전까지는.

"……."

"허……."

"야무지게도 맞네요."

멍하니 지켜볼 수밖에 없을 정도로 무참히 벌어지는 매질이었다.

"검이란 보통 찌르거나 베는 거 아니었나?"

"휘둘러서 패고 있는데."

"위드가 비열하게 울타르를 농락하고 있는 것 아닌가?"

"그렇게 볼 수도 있겠지만, 일부러 약하게 때리는 건 아냐. 어지간히 맞으면 죽어야 하는데 안 죽는 거야."

"입고 있는 장비가 좀 특이해 보이는데."

"대지의 갑옷 때문인 것으로 보여."

위드가 실로 어마어마하게 두들겨 팼지만 울타르는 맷집

때문에 버티고 있을 뿐이었다. 그나마도 다부지게 맞다 보니 모든 능력치가 감소하여 저항은 꿈도 못 꾸고 있었다.

결투가 벌어지던 건 초반의 잠깐이었고, 지금은 위드가 압도하고 있다. 울타르의 전투력 절반가량을 차지하는 석궁이 이렇게 몰린 상태에서는 무용지물이 된 것도 아주 컸다.

라페이도 수정 구슬로 전투를 지켜보다가 눈을 찌푸렸다.

"위드가 예상보다 강한 것인가, 아니면 울타르가 과대평가되었던 건가? 이 승부가 대세에 큰 지장을 주지는 않겠지만……."

군중의 심리는 중요하다. 울타르가 위드를 꺾었다면 훨씬 쉬워질 전투였겠지만, 이렇게 되면 반가운 일은 아니었다.

'그럼에도 불구하고 모습을 드러내고 시간을 끈 건 실수였다.'

라페이는 20군단에 위드를 공략하라는 명령을 내리고, 캐들러의 마법병단에도 지시했다.

-불타는 유성 소환이 준비되는 대로 사용합니다.

-목표물은 역시 위드겠죠?

-물론입니다. 아르펜 진영의 고레벨 유저들도 같이 모여 있으니 간단히 쓸어버리면 되리라 생각합니다.

-목표물 확인 완료. 마법사들이 회복 중이라 다음 공격까지는 40분 정도 걸립니다.

-너무 늦습니다. 그때는 위드가 다른 곳으로 떠날지도 모르

니 흑마법을 써서라도 시간을 단축하세요.

 -좀 무리가 됩니다만, 그렇게 하지요.

 바드레이도 위드의 전투 영상을 지켜봤다.

 '강해.'

 명예의 전당이나 방송국에서 중계한 위드의 전투 동영상, 모험 영상은 사실 빠짐없이 챙겨 봐 왔다.

 '방심해서는 안 될 상대라는 게 다시 확인되었다. 그렇지만 저런 전투 방식을 파악한 건 크게 도움이 되겠군.'

 울타르와 싸우는 광경을 통해 위드의 전투 방식을 다시 머릿속에 새길 수 있었다. 과거에도 싸워 본 적이 있고 그 이후 동영상으로도 분석을 했는데, 정말 만만치 않게 느껴졌다.

 '만약 싸우게 된다면 거리 유지와 강한 스킬, 내게 유리한 것을 활용해서 끝내는 쪽이 나아. 근접전을 펼치더라도, 강력한 한 방으로 반격하는 것도 내게 기회가 될 테고.'

 하벤 제국의 황제와 아르펜 왕국의 국왕!

 둘이 결투를 벌일 기회가 오기는 쉽지 않을 테지만 바드레이도 기다리고 있었다.

 제국군의 군사력만으로 대륙을 통일하는 것은 어딘가 아쉽다. 오랫동안 호적수로 불리고, 최근에는 더 큰 명성을 날리고 있는 위드를 직접 꺾어 주고 싶었다.

 '만약 나와 만날 때까지 살아 있다면, 그동안의 준비가 섭섭하지 않게 해 주도록 하지.'

와삼이의 기사

울타르는 11군단장답게 끝까지 포기하지 않았다. 땅에 틀어박히고도 벌떡 일어나서 반격을 노렸다.

"섬광의 질주."

사정거리 10미터, 일직선으로 3개의 섬광을 쏘는 스킬을 사용했다.

헤르메스 길드에서도 손에 꼽는 유저답게 스킬 발동과 공격하는 각도가 날카로웠다.

덩치 큰 오크에게는 피하기가 어려운 기술이었다.

위드는 로아의 명검을 들었다.

"달빛 조각 검술!"

검술 스킬이 여럿 있긴 했지만 익숙하기도 했고, 무엇보다도 섬광의 질주 같은 스킬을 막아 내기에 좋았다.

오크 카리취의 몸으로 휘두르는 검이지만 느리면서 부드럽다. 빛을 일으켜서 꼭 필요한 만큼의 빠르기로 막아 내니, 울타르가 쏘아 낸 섬광들은 아무 피해도 입히지 못하고 튕겨났다.

"취이이익!"

그 직후 위드는 땅을 박차며 돌진했다.

당당하기 짝이 없는 근육질에 힘상궂은 오크가 고장 난 트럭처럼 정면에서 맹렬하게 달려온다.

시각적으로 가하는 무자비한 폭력!

"으으익!"

순간 울타르의 머릿속에서 여러 가지 스킬들이 스쳐 지나갔다. 효율이 높은 방어 스킬들도 떠오르긴 했지만, 막기만 해서는 이기지 못한다.

'가르곤의 해머!'

울타르는 모험을 해 보기로 결심했다.

검을 내려치면, 벼락과 바위가 동시에 떨어지면서 반경 8미터 정도를 아수라장으로 만든다.

"이거나 먹어라!"

위드는 울타르가 검을 들어 올릴 때부터 경계하고 있었다.

머릿속에 몇 가지의 스킬들이 스쳐 지나가고, 전기의 힘이 검에 맺히는 것을 보고 확실한 판단이 섰다.

'가르곤의 해머다. 저것도 익히고 있었구나!'

위드는 그 스킬을 확인하자마자 대응했다.

"분검술!"

오크의 몸으로 펼치는 검술의 비기!

쿵쿵쿵쿵!

50명이나 되는 오크 카리취가 한꺼번에 땅을 울리며 달려왔다.

"이익!"

울타르가 정면으로 스킬을 내려치자 벼락과 바위가 대지를 강타했다.

위드의 분신들은 스킬을 온몸에 맞고 소멸되거나, 검을 휘두르면서 바위들을 격파했다. 어떤 오크들은 괴성을 지르며 뛰어올라서 울타르의 시선을 끌기도 했다.

"어디냐!"

울타르가 분노와 경계로 고함을 질렀지만, 이미 위드는 차원문으로 몸을 던진 후였다. 3개의 차원문을 연속해서 이동하면서 울타르의 옆에 붙었다.

"때리는 맛이 좋은데, 조금 더 맞자."

위드가 입을 열기 전까지 울타르는 전방만 주시하고 있었던지라 미처 알아차리지도 못했다.

"너, 너……!"

울타르는 당혹스러웠다.

몬스터나 유저 가릴 것 없이 많은 전투를 치러 봤지만 위드를 상대로는 석궁 견제 같은 건 의미가 없었다.

전투의 속도가 빠르고 움직임이 예측 불가능했다. 정확히 자신의 허점만을 공략해 오는데, 완전히 말려든 기분이었다.

'참격!'

울타르가 반사적으로 검을 휘둘렀지만, 위드는 육중한 오크의 몸으로 발레를 하듯이 유연하게 발을 뻗어서 손목을 걸어찼다.

"커억!"

그러더니 울타르 쪽으로 몸을 바싹 붙인 후 팔꿈치로 옆구리를 연속으로 두들겼다.

바위도 부술 정도로 엄청난 힘이 실려 있는 공격이었다.

빠바바박!

위드가 잡캐이기는 하지만 전문적으로 주먹질까지 연마하진 않았다. 그럼에도 오크 카리취인 상태로 때린다면, 맞으면 무조건 아플 수밖에 없다.

위드는 힘과 체중의 차이로 뒤로 밀려나는 울타르의 목덜미를 잡아챘다.

"츄르르!"

거침없이 전진하며 다리를 걸어 균형을 무너뜨린다. 그러고는 겁에 질린 울타르를 종잇장처럼 가볍게 한 바퀴 돌려서 땅에 내리꽂았다.

꽈아아앙!

울타르가 땅에 메다꽂히자 굉음이 터졌다.

—맹렬한 힘이 발동되었습니다.

　체력을 약화시키는 공격!

　상대방에게 7.8배의 피해를 입힙니다.

조각 파괴술로 예술 스탯을 힘으로 몰아넣은 덕분에 육체적인 공격이 커다란 위력을 발휘했다.

그것으로 끝난 것도 아니다.

위드는 어느새 로아의 명검을 높이 들어 올렸다.

"더 맞자! 헤라임 검술!"

투쟁의 길에서 멋진 움직임으로 적들을 상대하던 것과는 다르게 사정없이 검을 내려치려고 했다.

"빌어먹을. 대지의 갑옷 발동!"

울타르가 입고 있는 갑옷에서 뿌리와 줄기가 자라더니 몸을 감쌌다. 10분 동안 피해량을 87.4%나 줄여 주는 옵션을 발동시킨 것인데, 그 결과는 처참했다.

빠바바바박!

맞아도 죽지를 않으니 계속 맞았다.

울타르는 일어나서 반격을 가하기도 했지만, 위드의 움직임은 부드러우면서 느렸다. 꼭 필요한 만큼만 이동하면서, 때론 폭발적으로 빨라지더니 차원문을 통과하며 공간을 마음껏 이용했다.

위드가 휘두르는 연속 공격에 울타르는 정신이 쏙 빠질 정도였다. 맞고, 맞고, 또 맞는다.

"이대로는…….".

"아직 끝나지 않았다!"

"승부는 이제부터다."

울타르는 궁지에 몰릴수록 상황을 반전시킬 수 있는 큰 스킬에 의존하게 되었다. 위드는 토끼를 막다른 길로 몰아가듯이 울타르를 완벽하게 공략하고 있었다.

결국 방송으로 수많은 유저들이 보는 가운데 울타르는 목숨을 잃었다.

-먼 곳의 학살자 울타르가 결투 중에 죽었습니다.
　악명이 자자하던 보넴 성의 영주가 사망했습니다.

　전투 공적으로 힘이 2 증가합니다.
　명성이 4,391만큼 늘어났습니다.

압도적인 승리!

위드는 오크들이 전투에 이겼을 때처럼 고함을 내질렀다.

"흐우아아아아아아아!"

결투를 지켜보던 유저들도 따라서 함성을 질렀다.

가르나프 평원이 떠나갈 듯, 커다란 외침이 가득했다.

그렇게 모든 유저들이 열정적으로 오크 카리취의 얼굴을

쳐다보고 있는 사이.

샤샤샥!

위드의 손은 눈보다도 빠르게 움직이며 전리품을 수거했다.

-전리품, 대지의 갑옷을 습득하셨습니다.

대지의 갑옷!

대지의 여신 미네의 성물이며, 울타르가 빌려 입었던 갑옷이 전리품으로 떨어졌다.

위드는 메시지 창을 보고 나서 입이 쩍 벌어졌다.

'이게 웬 로또냐. 아닐 거야. 내 운이 그럴 리가 없어.'

의심도 해 봤지만, 손끝에서 느껴지는 감촉이 진짜라고 말하고 있었다. 명품 특유의, 만질만질하면서도 믿음이 갈 정도로 묵직하고 깔끔한 감촉!

'이놈의 팔자가 드디어 한 건 해내는구나.'

울타르는 살인자 상태인 데다 악명까지 높았기 때문에 귀중한 대지의 갑옷을 잃어버리고 만 것이다.

'내가 잘 써야 되겠다.'

일반적인 전리품이라면 뺏어서 자신이 사용해도 상관이 없다. 그렇지만 대지의 교단의 성물이라면 언젠가 돌려주는 편이 좋긴 하리라.

악덕 기업들이 이런저런 핑계를 대며 하청 업체들에 제때 돈을 안 주는 것처럼 말이다.

'잘 쓰고, 천천히 주면 되겠지. 아주 천천히 말이야.'

위드는 전리품에 만족하며 사자후를 터트렸다.

"진격하라, 취익!"

"우리도 싸우자!"

벤트 성의 성주 오베론!

그는 중앙 대륙에서 차가운장미 길드를 이끌 때부터 높은 신망을 얻어서 따르는 유저가 수만 명에 달했다.

오베론은 평소에 벤트 성에서 지역 발전과 안정, 영역 확대를 위해 발을 벗고 나섰다. 초보 유저들이 던전에 갇혀 있다는 소식을 듣고 직접 구출하러 간 적도 많았기에 명성이 높았다.

게다가 이곳은 가르나프 평원이었다.

아르펜 왕국의 성주, 영주, 마을의 자경단장.

어느 직책에 있든 깃발 하나만 들면 구름처럼 많은 유저들이 따랐다.

"여기 오베론이 말한다! 우린 싸우러 갈 것이다!"

오베론이 반격의 외침이라는 워리어 스킬을 이용하여 고함을 질렀다.

그러자 사방에서 횃불을 든 유저들이 모여들기 시작했다.

"싸웁시다!"

"닭죽 부대에 속해 있는 전사 300여 명, 함께 참여합니다."

"오베론 만세!"

"바지락죽 부대원도 있습니다. 근데 뭐, 소속이 어디든 무슨 상관이겠습니까. 싸우러 가자는데요."

"고위 마법사 3명 있어요. 우리 자리도 있을까요?"

주변에서부터 호응하는 유저들.

저 멀리까지 금세 이야기가 퍼지면서 오베론을 중심으로 유저들이 뭉쳤다. 밤이라서 인원수는 도저히 알 수 없었지만, 많은 사람들이 함께한다는 것은 추측할 수 있었다.

오베론은 다시금 외침을 터트렸다.

"이 부근에 있는 적은 하벤 제국의 12군단입니다! 우린 그들을 칩시다!"

"예!"

오베론은 병력을 전진시켰다. 중간에 마주치는 수많은 북부 유저들도 합류시키면서 덩치를 불려 나갔다.

그리고 마침내 그레놀이 이끄는 12군단과 조우했다.

"캬하."

"저 위용은 정말 대단하네."

제국의 마법 전투 마차들이 환히 빛을 밝히고 있었다.

마차를 끄는 8마리 말의 속도와 지구력을 마법으로 향상시키고, 물리 피해도 감소시켜 주는 효과를 가진다.

그 위에는 기사들이 탄 채 긴 창을 휘두르며 선두에서 북부 유저들을 학살하며 전진했다.

12군단 소속의 궁병과 마법사가 원거리 공격으로 일대를 파괴하고 있었으며, 헤르메스 길드 유저들도 마음껏 날뛰었다.

개개인이 레벨 400대 후반에서 500대에 이르다 보니 스킬한 번에 수십 명씩 우습게 죽었다. 처음 헤르메스 길드를 상대로 싸우는 유저들은 겁에 질리고 몸이 얼어붙을 정도였다.

"우리의 목표가 여기 있습니다!"

오베론어 이끄는 대규모 무리는 그대로 달려가서 12군단의 측면을 공략했다.

제국군 군단장인 마법사 그레놀은 부엉이 눈이라는, 밤의 시야를 확보하는 마법으로 그 광경을 확인했다.

"어이가 없군. 고작 저런 녀석들로……."

오베론이 끌고 온 유저들의 상당수는 싸울 줄도 몰랐다. 마법 전투 마차에 달려가서 몸으로 부딪치고 그대로 회색빛으로 변해서 사라졌다.

"인해전술이라더니, 이건 단순히 머리 숫자만 채우는 게 아닌가."

그레놀은 중앙 대륙을 정복하던 시절의 전투를 떠올렸다.

지금에 비하면 레벨이 낮긴 했지만, 한때는 다른 명문 길드의 정예들과 팽팽하게 다퉜다. 승리는 매번 자신들의 것이었지만 전투 때마다 언제 죽을지 모른다는 긴장감이 있었다.

"영상으로도 봤었지만 확실히 수준 낮은 놈들이군."

그레놀은 광역 마법을 몇 개 일으켜서 습격해 온 무리에게 날렸다.

화염과 바람 마법이 조합을 일으켜서 불의 해일이 휩쓸고 지나갔다. 그것만으로도 어느 정도 기선을 제압했으리라고 믿고 시선을 돌리던 그때였다.

"그레놀!"

커다란 고함 소리가 들렸다.

그레놀은 깜짝 놀라서 마법이 펼쳐진 곳을 봤다.

온몸에 불이 붙은 키 작은 드워프 워리어!

오베론이 마법을 뚫고 일직선으로 달려오고 있었다.

하벤 제국군의 병력, 헤르메스 길드 유저들 몇 명이 막아 보려고 했지만 도끼와 방패 밀치기에 의해 튕겨 나갔다.

그 순간, 그레놀은 유명했던 드워프 워리어의 이름이 생각 났다.

"네가 오베론이었구나!"

한때 로열 로드에서도 80위권 안쪽의 강자로 소문이 자자 했었다. 하벤 제국이 중앙 대륙을 차지한 이후로는 신경 쓰지 않았는데 이곳에 나타난 것이다.

"죽여 버려."

그래도 200미터 이상의 거리가 있으니 헤르메스 길드원들이 어떻게든 해 주리라고 생각했다. 12군단에는 1만 명의 길드원들이 있었고, 거의 전방에서 싸우고 있긴 하지만 그레놀의 옆에 있는 이들도 100명은 넘었다.

오베론을 노리고 정령술과 마법 공격이 일제히 날아갔다.

"거스름의 바람!"

워리어의 이동과 회피를 겸한 기술이 발동되었다.

몸이 작은 드워프 워리어!

오베론은 지그재그로 방향을 바꾸며 기가 막힐 정도로 아슬아슬하게 피했다.

빗나간 정령술과 마법은 오히려 제국군을 덮쳤다. 마법 전차가 뒤집어지고 대지가 그대로 폭발했다.

"걱정 마. 우리가 막아 줄 테니까."

군단장 호위 역할을 맡은 근접 계열의 헤르메스 길드원들은 자신감을 보였다.

상대가 오베론인 걸 알게 되니 오히려 반갑기까지 했다.

"아무리 그래도 혼자 들어오다니, 자살행위를 하는군."

"포위망을 구성하자고. 도망칠 때 못 잡으면 안 되니."

오베론은 1명이고 자신들은 여럿이다.

호위병이라 전투도 별로 못 하고 심심할 줄 알았는데, 이미 유명한 유저이자 아르펜 왕국의 성주인 오베론을 죽인다면 마땅히 자랑거리가 될 만했으니까.

"밀레암 투척!"

그때 오베론의 손에서 도끼가 날았다.

빙글빙글 무서운 속도로 회전하며 날아오던 도끼가 수백 배나 거대해졌다.

"도끼의 비기?"

"방어 기술을 펼쳐!"

어마어마한 도끼 투척 기술!

거대화된 도끼가 그레놀이 있던 지역을 강타했다.

헤르메스 길드원들 중에서 마법사와 정령사 5명이 죽긴 했지만, 그 외의 피해는 크지 않았다.

"……!"

그러나 그레놀은 봤다, 오베론이 호위 역할을 맡은 헤르메스 길드원들 사이를 통과하는 모습을!

길드원들도 뒤늦게 알아차리고 공격을 가했지만, 여러 개의 공격을 몸으로 막는 동안 오베론이 빠르게 통과해 버린 것이다.

"비상하는 날개의……."

근접전은 마법사인 자신에게 절대적으로 불리하니 그레놀은 비행 마법을 펼쳐서 도망치려고 했다.

"어디든 나의 전투 영역을 벗어나지 못해. 이끌림의 속박!"

워리어 계열의 스킬. 적이 도망치거나 다른 곳으로 움직이는 것을 막아 버리는 스킬이다.

오베론의 속박에 걸려서 비행 마법은 취소되었다.

"이런 무모한."

그레놀 입장에서는 주변을 살피지도 않고 무작정 달려온 오베론이 멍청해 보였다. 설혹 자신이 먼저 죽더라도, 곧이어 오베론 또한 헤르메스 길드원들에게 죽임을 당할 게 아닌가.

오베론은 단검을 꺼내서 그레놀을 찔렀다. 맷집과 생명력이 낮은 마법사의 목숨을 빼앗기에는 충분한 공격이었다.

회색빛으로 변해서 사라지는 그레놀을 보며 오베론이 씩 웃었다.

"제국군의 대장을 처리하다니, 나도 실력이 녹슬진 않았군."

바로 옆에 있던 헤르메스 길드원이 외쳤다.

"멍청한 놈! 너도 저들의 대장이 아니더냐?"

오베론이 끌고 온 병력이 12군단과 싸우고 있었다.

분명히 12군단의 전투 능력이 우세했지만, 일부 유저들은 용감하게도 마법 전투 마차 위로 뛰어올라서 싸우고 있었다. 수많은 무리를 이끌어야 할 대장이 단독으로 돌진해 온 것이 헤르메스 길드원들에게는 이해가 되지 않았다.

그러나 오베론에게 후회는 없었다.

"나 같은 놈의 지휘 같은 건 필요 없어. 우린 막 싸울 거야. 다들 싸우기 위해서 모였으니 말이다."

헤르메스 길드원들 중 누군가가 말했다.

"그래도 죽는 게 아쉽지 않나?"

"아니. 나 같은 놈이 이곳에는 아주 많을 테니까. 지옥은 너희가 보게 될 거야."

"크롸라라라라라라라!"

빙룡을 선두로 와이번들은 먼 곳의 하늘을 맴돌고 있었다.

조각 생명체들은 전투에 참여하지 않고 대기했다.

그 이유는 위드의 명령 때문!

섣불리 나섰다가 대규모 마법에 당할 수 있기에 먼 하늘만 맴돌며 경계를 펼쳤다.

"우린 왜 이렇게 약한가."

"가서 싸우고 싶다."

"기다려야 한다. 주인이 우리를 소중하게 여기는 거다."

불사조, 불의 거인, 데스 웜, 이무기, 킹 히드라, 백호, 나 일이, 누렁이, 금인이 등등.

모여 있는 위드의 조각 생명체들은 전투에 나서지 못하는 것을 아쉬워했다.

"뭐라도 하고 싶은데."

"난 머리가 9개라서 싸워도 될 것이다."

"인간들이 많이 모여 있으니 무리다. 착한 인간들도 죽이게 될 거다."

조각 생명체들이 한창 떠들고 있을 때였다.

"무언가가 다가온다."

빙룡이 서쪽 하늘을 향해 몸을 틀었다.

대형 비행 생명체로서의 본능으로, 먼 곳에서 강렬한 존재들이 다가오고 있는 것이 느껴졌다.

"전원 전투준비."

빙룡이 더 높은 하늘로 올라가고, 와이번들은 흩어지면서 자리를 잡았다.

조각 생명체들 중에서도 강대한 전투력을 가진 불사조와 불의 거인은 함께 싸울 준비를 했다. 데스 웜은 땅으로 모습을 감추었으며, 킹 히드라는 9개의 머리를 꼿꼿하게 세우고 독을 내뿜기 위해 숨을 크게 들이마셨다.

위드가 조각 생명체들을 아껴서 함부로 사용하진 않지만, 이들의 전력만 하더라도 성 1~2개 정도는 간단히 함락할 수 있었다. 로열 로드 초창기였다면 사상 최악의 괴물들로 불리기에 충분한 전투력.

어둠 속에서 달과 별들을 가리며 거대한 형체들이 소리도 없이 날아오고 있었다.

새의 형태를 하고 있지만 활짝 펼쳐진 날개의 총길이는 300~500미터에 달했다. 몸 역시 우락부락한 근육으로 뒤덮여 있는 전투 비행 종족 바라그!

바라그는 50마리에 달했으며, 그들이 가까이 올수록 조각 생명체들은 움츠러들었다.

킹 히드라의 머리가 살짝 숙여졌으며, 빙룡은 조금씩 뒤로 물러났다. 불사조 역시 깃털을 바짝 세우고 있었지만 그만큼 커다란 위협을 느낀다는 증거였다.

"너희는 우리의 적이냐!"

불의 거인이 땅과 하늘이 울릴 정도로 함성을 내질렀다.

파라라라락!

지상에 돌풍을 일으킬 만큼 빠르고 위협적으로 날아오던 바라그들이 속도를 조금씩 줄였다. 그리고 기특하다는 듯이 누렁이를 비롯한 위드의 조각 생명체들을 보았다.

"모르겠느냐. 우린 친구다."

"친구라고?"

"우리도 예술과 조각술로 탄생했다."

조각 생명체들의 만남.

게이하르 폰 아르펜 황제가 안배해 놓은 바라그 종족이 멸종하지 않고 찾아온 것이다.

풀숲에 숨어 있던 누렁이가 슬그머니 몸을 일으켰다.

"음머어어어, 난 저들을 알고 있다. 본 적이 있다."

"우리도 부모의 부모로부터 말을 들었다. 무척 맛있게 생긴 소가… 아니, 멋진 소 친구가 있다고. 과연 그 명성 그대로구나."

바라그의 번뜩이는 눈동자가 누렁이의 갈비뼈들을 살피며 지나갔다.

쿠르르릉!

데스 웜도 땅에서 솟구쳐 나오고, 기사 세빌과 엘프 엘틴도 인사했다.

비행 생명체들은 땅으로 내려와서 간단히 서로를 마주하는 시간을 가졌지만, 바라그들은 날개를 펼치며 다시 떠날 준비를 했다.

"이 지역에 전투가 벌어졌는가?"

"그렇다."

빙룡이 당당하게 몸을 세웠다.

허약한 얼음 드래곤이지만 그래도 사냥을 해서 몸집만큼은 바라그들과 비교해도 당당함을 유지할 수 있었다.

"우린 싸우러 갈 것이다. 예언에 따르면 위대하신 분께서 조각술의 힘으로 살아나실 것이다. 그분께 힘이 되어 드려야 한다."

게이하르 황제를 위해 싸우려는 충성스러운 바라그 종족!

"오래전 조각 생명체들이 자유롭게 살아가던 그 세상을 다시 만들기 위해 우린 싸우러 간다."

바라그 종족은 그 말을 남긴 채 날아올라서 가르나프 평원으로 향했다.

"……."

위드의 조각 생명체들은 그럼에도 일단 가만히 있었다.

그들도 세상을 위해서, 혹은 조각 생명체들을 위해 싸우고 싶기도 했다. 하지만 위드가 아직 나서지 말고 기다리라는 명령을 내렸다.

적보다는 위드의 말을 안 들었을 경우에 듣는 잔소리가 훨씬 더 무서웠던 것이다.

어두운 밤.

수많은 유저들이 횃불도 밝히지 않은 채 바글바글 모여 있었다.

불타는 유성이 강타한 대지!

대형 조각품들이 건설되었던 이곳은 유성이 떨어지며 충격파가 땅을 뒤흔들었다. 수백 미터 높이로 세워 놓았던 조각품들은 그 충격을 이기지 못했다.

완성과 미완성의 조각품들.

이곳에 있던 유저들은 3,000개가 넘는 작품들이 우수수 허물어지는 광경을 무력하게 보고만 있어야 했다.

"우리가 그렇게 노력했는데 헤르메스 길드가 다 날려 버렸어."

"끝났어. 기린 조각상까지 무너졌잖아."

대형 조각품마다 수많은 유저들의 땀방울이 묻어 있었다. 그 조각품들이 순식간에 잔해로 변해 버린 것에 유저들은 낙담했다.

그렇지만 누군가가 외쳤다.

"아직 멀쩡한 조각품도 있어요!"

"와! 갈구하는 고블린 궁수, 이 작품은 끄떡없네요."

"도약하는 타조의 조각상, 이것도 허물어지지는 않았는데… 조금씩 흔들립니다."

"보수공사를 해요. 뭐라도 지지대를 세워서 받쳐 주면 될 거 같아요!"

대형 조각품을 만들던 유저들에게는 이제 전쟁이 문제가 아니었다. 무너진 조각상에서 쇠막대와 석재를 빼내 다른 작품의 붕괴를 막아 내느라 바빴다.

그르르르르릉!

돌고래 조각품이 중간 부분부터 위태롭게 흔들렸다.

"꺅, 무너져요!"

"어서 빠져나와요!"

"이것만… 이쪽만 보강하면 됩니다!"

"안 돼요! 늦었습니다. 밖으로 빨리…….."

꽈르르르릉!

돌고래 조각상이 산산조각 무너지면서 대지가 흔들릴 정도의 충격이 일어났다. 끝까지 작업하던 유저들도 함께 여럿 사망했지만, 오히려 남은 이들의 눈에는 더 독기가 어렸다.

"이판사판! 건축가님들, 위험도 측정하지 맙시다."

"네? 공사장에서는 안전 절차를 지켜야 하는데요. 안전이

제일이에요. 풀죽신교에서도 조각품 건설하면서 희생자가 나오지 않도록 얼마나 애썼는데요."

"오늘만큼은 빼 두죠. 이제부터는 전쟁입니다."

독이 오른 유저들은 남아 있는 조각상들의 보강 작업을 서둘렀다. 밧줄로 몸을 고정하지도 않고, 그냥 손으로 타고 오르면서 철근과 석재를 보강했다.

건축가들도 마찬가지로 희생을 감수하면서 무너지기 직전의 조각상을 기어올랐다.

"이건 내가 만든 작품인데. 그러니 내가 살려야지."

콰르르르르르!

여기저기서 대형 조각품이 무너지는 소리가 끊임없이 들리는데도 사람들은 주저하지 않았다.

소식을 들은 유저들이 조각상이 있는 곳으로 모여들면서, 작업이 활기를 띠었다. 그들은 목숨이 아깝지 않은 게 아니라 지금까지의 노력과 희망을 짓밟히고 싶지 않은 것이었다.

"전사의 조각상은 멀쩡합니다."

"북부의 개척자상도 이상 없어요!"

기적처럼 유성 낙하의 충격에도 멀쩡한 조각상들이 400여 개나 나왔다.

조각사 뎁스.

그가 땀과 흙먼지로 뒤덮인 얼굴로 외쳤다.

"손상된 조각품들, 고칠 수 있는 건 우리 힘으로 고쳐 보는 게 어떻습니까?"

"예?"

"이 조각품들은 무너지고 일부가 깨졌습니다. 그렇지만 여기에 있는 분들이 도와주시면 고칠 수 있는 부분도 꽤 됩니다."

전체가 파괴되지 않은 경우에는 조금만 손을 보면 복원할 수 있었다. 끊어지고 깨진 부분은 다시 붙이고, 안되면 강철을 박아서라도 연결하면 되는 것이다.

"충분히 할 수 있겠네요!"

"조각상이 너무 커서 문제지만… 그러니까 따닥따닥 연결하면 가능합니다. 노동력만 충분하다면 말이죠."

유저들은 그렇게 생각하고 자신이 할 일을 찾으려고 하는데, 뎁스의 제안은 끝난 게 아니었다.

"무너진 조각상도 그냥 버리기 아깝습니다. 그러니 망가진 작품들도 괜찮은 부분들을 결합하는 방식은 어떨까요?"

파괴된 조각품의 결합!

몸통과 머리는 멀쩡하지만 팔다리가 사라진 조각품, 그리고 그 반대 역시 흔히 존재했다. 부서진 것들 중에서 활용할 수 있는 부위들을 찾아서 끼워 맞추자는 이야기였다.

"그래도 되나?"

"사람이야 이렇게 해도 되겠지만, 많은 작품들이 종족도 다르고 크기에도 차이가 있잖아."

"조각품인데… 막 만드는 것은…….."

유저들은 잠시 갈등에 빠졌지만, 곧 동의했다.

현실적으로 이미 50%도 넘게 부서진 조각품의 경우에는 되살리는 것이 다시 만드는 것보다 어려울 수 있다. 그렇지만 조금씩 손을 봐서 일부라도 재생한다면 좋을 것이다. 설혹 정말 실패작이 나온다면 그때 포기해도 되는 문제였다.

"우린 모두의 희망입니다. 어떻게든 해 봐요!"

"힘을 내세요. 우리는 할 수 있습니다."

"으쌰으쌰!"

"소식을 들은 일꾼들이 계속 오고 있어요. 노력합시다. 기적을 만들어 내게 될 거예요."

15일간 가르나프 평원 일부를 대형 조각품들로 채운 유저들의 힘!

노동에 참여했던 유저들이 이 소식을 듣고 계속해서 몰려들었다. 부서지고 무너진 조각품들의 폐허에서, 재건을 이루기 위한 땀방울을 쏟아 냈다.

위드가 울타르를 이기고 진격의 사자후를 터트리자, 수많은 유저들이 무기를 들고 일어섰다.

"돌격요, 돌격!"

"황소 기사단은 모여서 다 함께 갑시다."

"공수부대여, 낙하를 시작하라!"

지상에서는 검과 방패를 든 유저들이 달려갔고, 하늘에서는 조인족들이 유저들을 떨어뜨렸다.

11군단은 군단장을 잃어버린 상태에서 전투를 개시해야 했다.

제국군 병사들은 사기가 하락해서 전투력에도 20%가 넘는 손실이 생겼다. 대군에게 이만한 차이라면 매우 큰 것이었으며, 기세로도 아르펜 왕국의 진영이 압도적이었다.

승리를 확신한 유저들이 전력을 다해서 싸우고 있었기에 제국군은 물러서기 바빴다.

"이렇게 놀고 있을 수만은 없지, 취칫."

위드는 손가락을 입에 넣고 휘파람을 불었다.

삐이이이익!

전장을 가로지르는 날카로운 소리.

가까이 있던 사람들이 왜 그러는지 궁금해할 때였다.

위드는 조각 소환술을 써서 와삼이를 불렀다.

"나를 태워라."

"주인, 설마 그 모습으로 탈 것인가?"

"당연하지. 실컷 싸우자."

등이 넓고 편안한 승차감의 와삼이는 오크 카리취의 형태까지 태워야 했다.

주인 잘못 만나면 평생 고생!

위드는 전투에 앞서서 와삼이를 위해 준비한 몇 가지 방어구들을 꺼냈다. 검은색으로 물들인 강철을 얇게 펴서 만든 목 보호대와 가슴 보호대, 투구였다.

뮬의 그리폰 부대가 착용하던 것처럼 와이번 전용 갑주를 만든 것이다.

"이런 귀한 걸……."

"직접 만들었다, 췻."

"고맙다. 주인."

와삼이는 크게 감격했지만 정작 하나씩 입으면서는 실망을 금치 못했다.

너무 얇고, 가벼웠다. 대충 휘두른 검도 제대로 막을 수 있을지 의문일 정도로 방어력마저 낮았다.

"마법을 막는 물건인가?"

"그런 기능 없어, 취췍."

"화살은?"

"못 막아, 취이익."

"그럼 이걸 왜 입나?"

"화면발이 좋잖아, 췍!"

위드가 원한 것은 오크 카리취가 흑색 갑주를 입은 와이번을 타고 하늘을 호령하는 장면이었다.

"전투를 시작하자! 취취췍!"

"꾸아악!"

비행 노예 와삼이가 날개를 떨치며 힘차게 날아올랐다.

"우와아아아!"

"카리췩! 카리췩!"

위드가 와삼이를 타고 하늘을 나는 모습만 보여 줘도 유저들의 환호성은 어마어마했다.

"아래로 가까이 가자, 췩!"

땅으로 낮게 내려가서 유저들과 제국군이 맞붙어서 싸우고 있는 지역을 스쳐 지나갔다.

창과 무기들이 와삼이의 다리에 닿을 듯했지만 그 정도로 겁을 먹진 않았다. 여러 전투를 경험했으며 꾸준히 비행 능력이 향상된 와삼이는 일반 병사쯤은 우습게 볼 정도로 강해진 것이다.

주인을 잘못 만나기는 했지만 그 본성은 사납기 짝이 없는 와이번!

"꾸우에에엑!"

와삼이는 전투기처럼 공중에서 곡예를 부리며 폭발적인 속도로 날았다.

"위드 님이다!"

"저것이 소문으로만 듣던 와이번?"

"와삼이가 어마어마하게 빨라!"

와삼이가 지나가는 곳에서는 환호하며 무기를 드는 유저

들로 사기가 치솟았다.

검은색 갑주를 착용한 와이번. 그리고 오크 카리취!

이 어울리지 않는 조합이야말로 전장에서는 폭군 역할을 하기에 충분했다.

위드의 눈에 제국군의 기사단이 보였다.

"전방에 먹잇감이다, 췻."

"간다."

와삼이는 방향을 바꾸어서 수직에 가깝게 치솟았다. 그러더니 급강하하며 제국군 기사들을 덮쳤다.

위드는 로아의 명검과 선더 스피어를 동시에 휘둘렀다.

"취이익!"

무쌍난무!

와삼이가 땅에 닿을 정도의 높이에서 검과 창을 휘두르며 돌파했다.

"끄억!"

튼튼한 갑옷을 입은 제국군 기사들이 사방으로 수십 미터나 나가떨어졌다.

"저기다, 췍!"

다른 기사들은 내버려 두더라도 기사단장만큼은 해치워야 한다. 전투에서 지휘관을 먼저 공략하는 게 기본이기도 하지만, 그가 착용하고 있는 황금 관 때문이었다.

"최소 1킬로그램은 되어 보인다. 순금이다, 췍!"

위드의 지시에 따라 와삼이는 기사단장을 따라가더니 발톱으로 붙잡고 난폭하게 벽에 내던졌다.

"크웨에에엑!"

즐거워하는 와삼이!

그 모습은 당연히 헤르메스 길드원들의 주목을 받았다. 오크 카리취에 와삼이까지 있으니 단연 눈에 띄지 않을 수가 없는 외모였다.

"어쨌든 저놈만 해치우면 되잖아."

"위드야. 결투에서처럼 일대일로 싸울 필요도 없어."

"죽이자!"

헤르메스 길드원들에 의해 공중에 화염의 벽이 생성되고, 얼음의 창이 날아오기도 했다. 와삼이는 빠른 속도로 뚫어 내거나 공중에서 회전하며 피했다.

저공비행을 하며 지그재그로 방향을 바꿀 때마다 제국군의 마법 공격이 마구 작렬했다.

"어서 달려요!"

"모두 쓸어버리는 겁니다!"

위드와 와삼이가 이목을 끄는 동안에 유저들은 11군단을 거세게 압박하고 있었다.

고레벨 유저도 다수 포함된 병력은 11군단을 사방에서 에워싸고 빠르게 숫자를 줄여 나갔다.

함정 격파

판데그가 이끄는 제국군 20군단은 특별한 부대였다.

"우린 전투에 거의 참여하지 않지. 그렇지만 일단 싸우면 끝을 보는 병력이다."

헤르메스 길드의 많은 유저 중에 20군단 소속은 고작 100여 명밖에 되지 않았고, 나머지 병력은 모두 병사들로 채워졌다. 기형적이라고 해도 좋을 만큼 특이한 구성이었다.

사실 중앙 대륙을 정복할 당시에는 존재하지도 않았던 부대다.

가르나프 평원으로 진군하면서도 느긋하게 다른 군단의 뒤를 따르던 그들에게 라페이의 직접적인 명령이 떨어졌다.

-위드를 공격하세요.

－알겠습니다. 계획대로입니까?

－끝까지 변동 사항은 없습니다.

－바로 진행합니다.

판데그는 다른 군단장들에게도 알려지지 않은 비밀 계획을 수행하기 위해 병력을 진군시켰다.

7군단과 14군단을 우회하여 전투를 최대한 치르지 않은 채로 11군단이 있는 지역으로 신속하게 진군했다. 다른 군단들은 길드 수뇌부의 명령으로 길을 터 주는 역할까지 맡아야 했다.

"저들은 뭐야?"

"제국군 복장인데. 왜 우릴 보고도 합류하지 않고 그냥 지나치지?"

헤르메스 길드 유저들은 이상하게 생각했지만 한가롭게 궁금증이나 해소해 줄 시간은 없었다. 가르나프 평원의 어느 곳에 위드가 나타나더라도, 20군단의 목표는 오로지 하나뿐이었다.

'위드만 잡아도 이번 전투는 9할 이상 이긴 싸움이라는 게 명백해. 잔챙이들은 무시하고 우린 가장 큰 공을 세우는 것이야.'

판데그의 20군단은 신속하게 이동해서, 11군단과 싸우고 있는 대규모 유저들과 마주했다.

"다 죽여!"

"풀죽, 풀죽, 풀죽!"

"아르펜에 승리를! 우아아아아아!"

유저들이 절규하는 소리가 귀를 가득 울렸다.

어디선가 악기를 연주하고 합창단이 노래를 하는 소리도 들렸다.

산을 옮기자

강을 만들자

메마른 땅에서 태어나 씩씩하게 걸으리

약하지만 우리는 하나

검 한 자루를 들면 불가능을 바꾸리

나아가자

싸우자

기적을 우리의 손으로!

아르펜 왕국 진영의 유저들에게 힘을 안겨 주는 전쟁의 노래.

전장에서 노래를 들으면서 싸우는 유저들은 불굴의 의지를 자랑했다. 11군단의 정예 병력을 상대로 벌이는 총력전은 폭풍이 몰고 오는 거센 빗줄기처럼 쏟아지고 있었다.

"막앗!"

"나중 일은 생각하지 말고, 화살이든 마법이든 뭐든 퍼부어!"

"방패병을 전진시켜서 여유를 벌어야 해. 뭐라도 하라고!"

11군단은 전력을 다해 덤비는 유저들을 상대로 수비 진형으로 버텼지만 여러 곳에서 밀리고 있었다.

하늘에서 유저들이 떨어지면서 몸으로 부딪치고, 땅에서는 달려와서 죽을 때까지 싸운다.

하나를 죽이고 돌아서면 두셋으로 늘어 있는 엄청난 속도와 기세!

위드를 보고 따라온 고레벨 유저들도 곳곳에서 활약하면서 제국군 병사들을 제압했다.

"공격해라!"

판데그는 20군단에 즉각 공격을 지시하고 전투에 돌입했다.

지원군의 출현으로 아르펜의 유저들은 당황했지만 금방 새로운 전선이 형성되었다.

"얼마든지 오너라!"

"이놈들도 전부 다 싸잡아 먹읍시다."

초보들이 밀려오고, 고레벨 유저들이 든든하게 뒤를 받친다. 위드에 의해 임명된 부대장들은 유저들을 이끌고 20군단을 향해 사방에서 반격을 가했다.

"싸우자!"

"반데르트를 따르라."

"우리의 전술은 달리기입니다. 어렵지 않죠? 각자 무기를 들고 뛰어요!"

이번 전투를 위해 가르나프 평원에 모인 유저들은 매일 밥을 먹으면서도 인해전술에 대한 내용을 들었다.

"숫자가 힘입니다. 앞에서 달리면 따라서 달리세요. 그러다가 적 앞에 도착하면 싸우는 겁니다. 절대로 뒤처지지 말아야 해요."

"밀집대형! 출근길 만원 지하철처럼 똘똘 뭉쳐야 합니다. 그러지 않으면 주저하는 사람 때문에 전부가 망해요."

"무엇을 위해 싸우는지만 기억하세요. 바르게 살지 맙시다. 하고 싶은 대로 살아야죠. 그래도 다가올 그 순간에 주저하지는 마세요. 방송 화면에라도 잡힐지 모르잖아요."

"손해 보고 싶지 않다면 전투에 끼어들지 않으면 돼요. 지난 북부의 전투들도 마찬가지였어요. 원하는 사람들만 싸웠고 자랑스러워했어요. 싸우고 싶다면 나서세요. 모두 환영할 거예요."

축제를 개최하면서 저절로 진행되었던 세뇌 작업.

최적화된 인해전술, 물량에 속도가 받쳐 주면 그 위력은 폭발하게 된다. 소모해도 소모해도 끝없이 채워진다.

다른 구역에서도 격렬한 싸움이 벌어지고 있었지만, 위드가 이끌고 온 이곳에는 특히 실력자들이 넘쳐 났다. 20군단이 합류해 온 것을 오히려 반가워하면서 밀려오고 있었다.

"병력 피해는 상관없다. 단 한 번의 기회만 만들면 된다."

판데그는 냉정하게 전투를 지켜봤다. 평원을 가득 메운 양측의 병력끼리 죽고 죽이는 싸움을 하고 있었지만 그에게는 그저 늦지 않게 와서 다행이란 생각뿐이었다.

"병사들은 다 죽어도 좋아. 다 죽어도……."

20군단은 정복 전쟁을 할 당시에 여러 왕국의 패잔병들을 모은 병력이었다. 병력의 수준은 하벤 제국 평균에 미치지 못하고, 몰살을 당해도 아깝지 않았다.

밤이라서 잘 보이지 않았지만, 방송이 나오는 수정 구슬로 확인해 본 바에 의하면 위드는 와이번을 타고 날아다닌다고 했다.

"놈이다."

판데그는 이를 드러내며 웃었다. 한참 만에 11군단의 기사들을 털어 먹고 있는 위드를 발견하고야 만 것이다.

위드는 와삼이를 타고 전투를 펼치고 있었다.

"취췻! 더 빨리, 더 낮게 날아라!"

"그러면 위험하다. 그리고 이미 최고 속도다."

"날개를 더 파닥여! 췩!"

"어떻게 더 빠르게 하란 말인가."

"그 방법은 네가 생각해 봐야지, 츄추익!"

하늘에서 화살을 쏘기도 했지만, 주로 와이번을 타고 저공비행을 하며 거침없이 선더 스피어를 휘둘렀다.

위드가 창을 휘두를 때마다 벼락이 기사들에게 작렬한다.

여러 개의 마법 공격이 집중되어도 와삼이는 곡예와 같은 비행으로 피해 냈다.

"잘했다고 칭찬해 다오, 주인."

"칭."

"그게 뭔가?"

"절반만 칭찬한 거야. 앞으로 더 잘해라, 취익!"

와삼이는 저공비행에 급선회, 어쩔 때는 땅으로 내려와서 말처럼 달리다가 다시 솟구쳤다.

위드의 까다로운 요구 사항들. 장비가 좋은 기사들을 제거하려다 보니 전장에서 어쩔 수 없이 묘기들을 부려야 했다.

"만세!"

"대박이네. 이런 전투를 하다니 말이야."

"역시 위드 님이다!"

같이 싸우는 유저들의 사기는 최고 수준!

와삼이의 등에는 몇 개나 되는 배낭이 묶여 있었다. 기사들을 해치우고 얻은 전리품들로 묵직하게 채워진 배낭이었다.

그렇지만 오크 카리취의 표정은 잔뜩 화가 나 있었다.

"잡템을 이렇게 버리다니… 취췻, 초심을 잃어버렸어. 어떤 상황에서도 잡템을 포기해서는 안 되는 건데."

위드의 자괴감 넘치는 목소리!

전투의 속도가 너무 빠르다 보니 전리품을 줍는 게 쉬운 일이 아니었다. 어쩔 때는 차원문의 장갑까지 이용해서 기사들이 떨어뜨린 전리품들을 수거해 왔다.

날아가는 와삼이의 등에 간신히 다시 탈 정도라서 잡템 몇 개, 혹은 싼값에 팔리는 물품들은 줍는 것에 실패하고 말았다.

와삼이가 고개를 갸우뚱하며 물었다.

"싸구려 100개보다 비싼 거 1개를 얻는 게 낫지 않나?"

"뭐가 더 낫다고 할 수 없는 문제야, 췩!"

"이해가 안 간다."

"통장에 1억이 있다고 해서 길에 떨어진 100만 원을 안 줍진 않지, 추이익. 아무튼 그런 줄 알고 있어, 취췩!"

위드와 와삼이는 방송을 보는 이들에게는 환상처럼 느껴지는 묘기를 펼치며 전투를 치렀다.

그야말로 화려한 공중전에 시청자들은 감탄하기 바빴다.

-제국군이 더 몰려옵니다. 20군단이라는 소문이 있습니다.

위드는 다가오는 제국군에 대한 마판의 보고를 일찌감치 받았다. 임명장을 남발했던 지휘관들로부터 전투 현황 보고라는 것도 들어왔는데, 새로운 군대가 등장했다는 소식이었다.

'이해가 안 가는군. 저들이 오더라도 크게 달라질 건 없을 텐데.'

위드는 바드 마레이의 공연장에 나타나 이곳까지 유저들을 끌고 왔다. 북부 유저, 중앙 대륙 출신 유저가 뒤섞인 이곳에는 아르펜 왕국 전력의 핵심이 대거 모이게 되었다.

울타르와 결투까지 펼치는 동안 더 많은 유저들이 합류하면서 질과 양, 어느 쪽으로도 자신이 있었다.

하벤 제국군 3개 군단이 오더라도 거뜬히 싸울 수 있는 전투력이 뭉쳤으니 20군단의 합류가 반가울 정도였다. 실제로도 아직 싸우지 않고 기다리고 있던 후방의 유저들에게 전투의 기회가 생기기도 했다.

'와 주었으니 차라리 고맙군. 여기서 한꺼번에 처리할 수 있으니 말이야.'

위드는 11군단에서 전투를 펼치다가 적당한 때에 와삼이를 타고 20군단으로도 넘어가서 싸울 생각을 했다. 전투 공적을 세우고, 전리품도 듬뿍 얻을 수 있는 기회였다.

'잘됐어. 좀 더 쉽게 하벤 제국의 전력을 깎을 수 있을 테니 앞으로의 전투에 유리할 거야.'

산뜻한 마음으로 전투를 이어 나가려는 그때, 갑자기 가슴 한구석이 무거워졌다. 악덕 집주인에게 반지하 방을 싸게 빌렸다고 기뻐하던 과거의 기억이 떠올랐다.

'내 인생이 이렇게 쉽고 간단히 풀린 적이 있었나? 그리고 지금 상대를 무시하고 있는 건 아닌가?'

그때의 반지하 방은 습기가 너무 심해서 아침마다 방에 뿌옇게 안개가 낄 정도였다. 오죽하면 이불까지 축축해지던 집!

할머니와 여동생은 매일 기침을 달고 살았었다.

여름에는 이상하게도 서늘해서 더위를 못 느끼긴 했지만, 기본적으로 벽에 시퍼런 곰팡이들이 울창하게 자랐었다.

집을 구하면서 범한 최악의 시행착오 중의 하나였다.

'뭐지. 뭐가 어떻게 잘못된 것일까.'

위드는 슈퍼컴퓨터가 곱셈을 하는 연산 처리 속도로 그간의 상황들을 되짚어 봤다.

결투를 벌여 울타르를 이긴 것까지는 납득할 수 있었다.

조각 파괴술에 오크의 형태로 몸을 바꿨고, 차원문의 장갑을 적극적으로 썼다.

울타르는 석궁에 의존하고 근접전이 좀 약하다는 사전 정보까지 알고 공략한 것이다. 매우 빠른 호흡으로 이루어지는 개싸움으로 그가 실력 발휘를 할 기회도 주지 않고 이겼다.

'11군단과 싸우기 위해서 온 것도 내가 주도한 거야.'

동시에 진격해 온 20개의 군단 중 적당한 상대를 골라 온 것이다.

여기까지는 의심할 여지가 없다.

그런데 헤르메스 길드의 대응이, 엉뚱하게도 1개 군단을 추가로 보내는 것이었다.

'이대로 우리가 11군단만 몰살시켜도 놈들에게는 큰 손해야. 근데 20군단이 제 발로 걸어 들어와 준다고? 다른 군단과 연합하지도 않고?'

전형적인 1+1의 상황.

위드는 헤르메스 길드가 이런 멍청한 짓을 저지를 리는 없다고 생각했다.

'세금을 거두는 방법이나 독재를 하는 측면에서는 배울 점이 많아. 그렇게 뛰어난 사람들이 이런 무모한 진군을 해 왔다면……'

칙칙한 의심이 더 짙어졌다.

이득에 눈이 멀어 아무 생각 없이 덥석 삼키면 위험하다.

'뭔가가 있어. 냄새가 심하게 난다.'

판데그는 두 눈을 부릅뜨고 기회가 오기만을 기다리고 있었다. 11군단의 유저 몇 명이 적들을 뚫고 합류하기도 했다.

"소멸의 창은 어떻게 되었습니까?"

"아직 안 썼습니다. 군단장님이 죽어 버리는 바람에……."

"잘됐군요. 그럼 우리에게 더 좋은 기회가 올 겁니다."

깊은 함정을 파고 기다린다.

판데그는 군단장임을 그대로 드러내는 화려한 복장을 하고, 가까운 곳에는 마법 등불도 환하게 밝혔다.

"여러분도 이 근처에 계십시오."

"좋습니다."

"놈이 오더라도 신호를 보내기 전에는 나서지 마십시오."

"알겠습니다."

헤르메스 길드 유저들은 판데그 가까이에 잠복하며 기다렸다. 11군단의 병력이 줄어들고 있었지만 그들은 오로지 위드를 잡을 생각뿐이었다.

전쟁의 규모가 크지만, 그렇기에 위드의 목숨에 붙어 있는 가치는 절대적이었다. 왕이 사라지면, 그가 퍼뜨리는 희망이나 저항의 정신도 함께 소멸하리라.

"놈이 11군단의 기사단을 죽이고 있습니다."

"침착하게 기다리죠. 자리를 지키면서 말입니다."

"이쪽으로 넘어오더라도 섣불리 움직일 필요 없습니다. 워낙 도망을 잘 치는 놈이라 기회를 잘 잡아야 합니다. 판데그 님, 더 눈에 띄는 위치에 계세요."

"와이번이 날아오기 좋은 지역에서 기다리고 있겠습니다."

그렇게 헤르메스 길드원들은 숨죽이며 때가 오기만을 기다렸다.

30여 분이 지나는 동안 11군단의 병력은 유저들에 의해 산산조각이 났고, 20군단도 심한 압박을 받고 있었다.

"하벤 제국을 전부 물리쳐요!"

"이대로 돌진합시다. 승리다!"

유저들의 환호성이 가까워진다.

초조한 기다림에 숨이 막혀 올 지경이 된 순간, 문득 하늘에서 커다란 날갯짓 소리가 들렸다.

"와이번이 옵니다."

"쉬잇! 가까이 오기만 노립시다."

판데그는 병력을 지휘하는 척하며 하늘을 봤다. 무언가 시커먼 형체가 날아오고 있었다.

밤눈을 밝게 해 주는 마법에 의해 판데그는 그것이 무엇인지 선명하게 볼 수 있었다.

검은 갑옷을 입은 와이번과 그 위에 타고 있는 오크!

이제는 정말 흥분을 감추기가 어려웠다.

─드디어 때가 왔습니다. 모두 자리에서 철저히 준비해 주세요.

은밀한 신호를 받은 헤르메스 길드 유저들만 약 200여 명이나 되었다.

일반 병사, 시종으로 위장하고 무기를 숨겼다. 위드를 죽이기 위한 기다림이 큰 결실을 맺는다는 희열로 가득했다.

이윽고 거짓말처럼 와이번에서 오크 1마리가 땅에 툭 떨어졌다.

20군단의 대장인 판데그를 직접 상대할 생각인지, 고작해야 8미터 정도 떨어진 거리였다.

"취이익! 널 상대하러 왔다!"

오크가 글레이브를 높이 치켜들었다.

"놈이 왔다! 지금이다!"

판데그가 소리쳤다.

그 순간, 20군단에 속해 있던 주술사들이 주문을 외웠다.

군단장을 호위하는 병사 복장을 하고 있었지만, 그들은 숨겨진 비장의 무기 중 하나였다.

"피와 육신에 새겨진 허약함을 저주하라. 모든 악령들이 이 자리에 모여 너를 갉아먹을지니… 이면의 징벌!"

주술사들은 귀한 보석들을 제물로 바치며 전투력을 쇠약하게 하는 주술을 발동시켰다. 각종 전투 능력과 스킬 효과 하락, 최대 생명력을 절반 넘게 감소시키는 주술이었다.

이어서 정신 혼란, 극심한 피로, 흔들리는 시야와 같은 저주들도 사용되었다.

"쳐라!"

헤르메스 길드원들도 사방에서 뛰쳐나와서 오크를 향해 질주하기 시작했다.

어떤 이들은 금속 막대를 손에 들었는데, 이것이야말로 헤르메스 길드에서 준비한 소멸의 창이었다.

1회용이기는 해도, 저장되어 있는 태양의 기운을 발출하여 빛의 기둥을 일직선으로 내뿜을 수 있었다.

위력이 강해서 개인을 대상으로 쓸 무기가 아니다.

공성전이나 군대를 상대해야 마땅한 소멸의 창까지 꺼내든 건, 반드시 여기서 죽이겠다는 의지였다.

"뭐, 뭐야!"

그때 판데그는 오크의 얼굴을 가만히 보다가 놀라고 당황해서 소리쳤다.

"넌 누구냐!"

"취이익!"

오크의 외모가 카리취와 닮기는 했다. 커다란 덩치에 못생긴 외모 때문에 착각하기 쉬웠지만, 그래도 카리취보다는 훨씬 순박하게 생겼다.

카리취가 산전수전 다 겪은 거친 사자의 느낌이라면 지금 나타난 오크는 집 나온 늑대 정도.

자세히 보면 어깨너비나 근육에도 차이가 컸다.

오크가 글레이브를 들고 웃었다.

"헤르메스 길드 바보, 췩."

주술이 적중되어 심상치 않은 보랏빛 기운이 오크의 몸을 휘감았다. 그럼에도 오크는 신경 쓰지 않는 기색이었다.

"별거 다 쓰네. 나 레벨 19인데. 캬캬취취췻!"

"……"

막 거세게 공격하려던 헤르메스 길드원들을 기운 빠지게 만드는 말이었다.

"이런."

"위드가 이걸 볼 수 있다."

헤르메스 길드원들은 소멸의 창을 비롯한 무기들을 서둘러 숨겼지만 이미 늦은 후였다.

"이거 방송인데, 취치칙!"

오크를 상대로 덤벼들던 모습이 방송으로 모두 중계되었으리라.

'어떻게 위드가 자기 대신 초보를 우리에게 보낸 거지?'

판데그는 속은 것이 납득이 되지 않았다.

20군단의 존재 이유, 함정을 만들어서 위드를 잡겠다는 계획은 이걸로 물 건너갔다.

그들로서는 빠져나오기 힘든 함정을 팠고, 20군단까지 기꺼이 먹이로 던져 주었다. 하지만 노리던 물고기가 떡밥만 먹고 빠져나가 버린 상황이었다.

판데그는 방송을 의식하며 목에 힘을 주었다.

"너희는 착각하고 있군. 위드가 안 왔다고 해서 뭐라도 얻은 것 같나?"

"에? 취췻."

이번에는 오크를 당황하게 만들 차례였다.

"직접 위드를 잡으면 좋지만… 그렇지 않더라도 시간만 끌면 충분했다. 그 이유는…….."

판데그가 손가락으로 하늘을 가리켰다. 아주 먼 곳에, 깨

알보다도 작은 3개의 붉은 점들이 보였다.

"불타는 유성이 이곳으로 떨어지기 때문이지."

"취이이이잇!"

오크는 하늘을 올려다보고 경악했다.

판데그와 헤르메스 길드원들은 하늘에서 유성이 떨어진다는데 겁먹지 않을 이는 거의 없으리라고 생각했다.

"저 유성이 떨어지면 우리도 죽겠지. 그렇지만 방송을 보는 이들이여, 너희도 똑똑히 알아 두어라. 아르펜 왕국의 진영에 선 유저들 중에 실력자들이 여기에 많이 모인 걸 알고 있다. 이곳에 유성이 떨어지면 어떻게 될까?"

"……."

"맞혀 줄까? 대부분 죽겠지? 어쩌면 위드와 함께 말이다."

미끼로 던져진 오크는 입을 벌린 채 한마디도 하지 못했다.

판데그가 흐뭇한 승리의 쾌감을 느끼며 말을 이었다.

"운이 좋아서 살아남더라도 기뻐할 것 없다. 그 이후에는 가까이 있는 제국군 군단이 와서 전부 쓸어버리게 될 것이다. 엉망진창이 된 너희와 위드를 말이지."

판데그의 말을 들은 헤르메스 길드원들의 얼굴에 미소가 맴돌았다. 전형적인 승리자의 만족스러운 표정들을 보며, 못생긴 오크가 코를 실룩이며 웃었다.

"키키킷, 위드 님 말씀 그대로네, 취익!"

"뭐라고?"

"위드 님이 분위기가 이상하다고, 나보고 대신 가라고 했는데, 췩."

"으음."

"그리고 위드 님은 이곳에 없다, 취칫. 풀죽신교의 실력자들을 모아서 다른 군단 상대하러 갔다, 취지익!"

"헉!"

실로 가슴이 내려앉는 듯한 충격이었다.

불타는 유성 소환이 이곳으로 시전되었는데 이미 위드가 떠났다면 그보다 더한 낭패가 없었다.

"어, 어떻게 알고 빠져나간 거지?"

"나도 잘 이해 못 한다, 췩. 그냥 감이 안 좋다고 하셨다."

"우리의 함정을 피해 갈 정도로 감각이 그렇게 예민하단 말인가?"

"노력도 안 했는데 눈먼 돈이 떨어지는 느낌? 췩. 이렇게 쉽게 인생이 잘 풀릴 리가 없다고 말씀하셨다, 취칫!"

서윤은 북부 유저들과 중앙 대륙 출신 유저들 일부를 모아 기다리고 있었다.

"저겁니다."

"보입니다. 유성이 떨어집니다."

불타는 유성 소환!

시력이 좋은 궁수들이 먼저 깨알처럼 작은 유성을 발견해 냈다. 밤하늘에 생겨난 불타는 유성은 금세 누구나 알아볼 수 있을 정도로 크고 선명해졌다.

"목표는 아직 모르겠습니다만, 위드 님이 있는 지역이 아닐까요?"

"그쪽을 걱정할 여유는 없어요. 우리가 맡은 임무에 충실해야 해요."

"우리가 잘해야만 더 이상의 피해가 없을 겁니다."

서윤을 따르는 이들은 풀죽신교 내에서도 최정예 병력!

대지의 궁전 전투에서도 혁혁한 공을 세운 이들로만 구성된 아르펜의 핵심 전력이었다.

"불타는 유성 소환의 마법 시전 범위는 모르지만 마법 발동은 서남쪽에서 이루어졌습니다."

"5군단과 7군단이 의심스럽군요."

"그들 중 하나가 마법사들을 지키고 있을 겁니다. 양쪽 다 쳐 보는 수밖에 없겠죠."

처음에는 모르고 당했지만, 모든 마법에는 발동되는 거리라는 게 있다. 불타는 유성 소환이 두 번째 사용되었을 때에는 측량을 통해 대략적이나마 방향을 가늠할 수 있었다.

"바로 가도록 해요."

서윤은 와삼이가 아니라, 무시무시하게 생긴 비행 몬스터의 등에 탑승했다.

"크우와아악!"

조각 생명체 바라그!

근육질의 몸에 기다란 몸체, 사냥과 전투에 최적화되도록 부리와 발톱은 칼날을 세워 놓은 것처럼 날카로웠다.

최상위 포식자답게 살벌한 눈빛만으로도 뭇 몬스터들을 겁에 질리게 만든다. 실제로도 조금 전에 바라그들이 등장했을 때는 북부 유저들조차도 가슴이 철렁 내려앉았을 정도다.

"위대한 게이하르 폰 아르펜 황제께서 남기신 말씀을 듣고 오늘을 기다려 왔다."

위풍당당하게 나타난 바라그들은 북부 유저들 앞에서 마음껏 포효했다.

-절대적인 공포!
극심한 두려움에 빠집니다.
육체적인 위축!
정신 쇠약!
이동 불가!
모든 스킬의 성공 확률이 88% 감소합니다.
생명력의 최대치가 레벨에 따라 최대 85%까지 감소합니다.

절대적인 강함을 자랑하는 몬스터.

레벨 100 이하 유저는 바라그를 감히 보는 것만으로도 다리가 후들거려 움직이지 못했다.

"저게 몬스터라고?"

"으아… 방송으로 보긴 했지만 정말…….."

"저런 게 사냥이 돼?"

"놀랍고도 무섭다."

북부 유저들은 직접 보게 된 바라그의 실물에 충격을 받았다.

300~500미터에 달하는 날개 길이를 자랑하는 바라그.

드래곤과도 맞먹는 크기의 그들이 하늘을 장악하자 평소에 사냥하던 짐승이나 몬스터가 귀여운 놈들이었다고 느껴질 정도였다.

던전의 보스급 몬스터라고 해도 적당히 치고받는 맛이 있었는데, 이건 완전히 도시를 일거에 박살 내고 국가를 상대로 싸울 수 있는 수준이었다.

지상의 인간들은 언제라도 발가락으로 밟아 죽일 수 있을 것처럼 가공할 기세를 자랑했다.

"너희가 영광스러운 아르펜 제국의 뜻을 잇는 자들인가!"

바라그들의 거센 위협에 평원에는 무거운 침묵이 흘렀다.

그때 서윤이 앞으로 나섰다.

"맞아요."

"감히, 건방지게 대제의 후예를 자처하는…….."

바라그들의 번들거리는 붉은 눈동자가 서윤에게로 향했다.

"아… 엥?"

한동안 멍하니 쳐다보는 초대형 비행 생명체들.

충격, 놀람, 현실, 빠져듦, 행복.

미녀, 미녀, 미녀, 미녀.

광포하던 녀석들의 눈이 순하게 바뀌었다. 그리고 부끄러움이라도 타는 것처럼 앞발을 공손하게 모았다.

"안녕하세요. 저희는 바라그 종족입니다."

"네, 반가워요."

예쁘게 자란 유치원생들처럼 착하게 인사하는 바라그들.

심지어 몇몇은 고개를 숙이면서 배꼽 인사까지 했다.

게이하르 폰 아르펜 황제의 조각 생명체!

미녀를 좋아하는 그를 따라 모든 조각 생명체들도 아름다움엔 약하게 만들어졌다.

"반갑대."

"우릴 보고 기뻐하는 거야?"

"진작 올걸."

"빗물에 목욕이라도 할 걸 그랬다."

서윤이 인사를 받아 주자 바라그들은 서로 쑥덕거리면서 기뻐했다.

"저희가 도와 드릴 일이 없을까요?"

"시키는 일은 무엇이든 잘할 수 있습니다."

"대제께서 남기신 말도 있었고요. 뭐라도 하게 해 주세요."

"네, 도와주세요. 힘든 일이 정말 많아요."

어차피 게이하르 황제의 명령에 따라 여기까지 온 바라그들이었지만 크게 만족하면서 아르펜 왕국의 진영에 합류했다.

서윤과 아르펜 왕국 최정예 유저들은 든든한 바라그의 등에 탔다.

밤하늘을 조용히 날아오른 바라그들.

거대한 성채가 떠오르는 것처럼 묵직한 승차감을 자랑했다. 게이하르 황제가 전투용으로 제작한 조각 생명체인 만큼 밤눈도 뛰어난 편이었다.

"움직이겠습니다."

바라그는 빠르게 가속하더니 무시무시하게 바람을 가르며 밤하늘을 날았다.

"이렇게 된 이상 모두 쓸어버리자고."

"음, 피가 부글부글 끓어오르는군."

바라그의 등에 탄 유저들은 하늘에서 점점 다가오는 유성을 더 확실하게 볼 수 있었다.

1초라도 빨리 싸우고 싶었지만 자신들의 임무는 불타는 유성 소환을 시전한 마법사들을 처리하는 것.

한 번, 두 번은 모르고 당했지만 더 이상 허용해서는 안 된다.

지상의 병력과 싸우는 것 이상으로 중요한 임무였고, 생존을 장담하기 어려운 일이었다. 그럼에도 불구하고 임무에 참여한 것을 후회하는 이는 없었다.

아르펜 왕국에서 뛰어난 공을 세운 유저는 명예를 얻는다.

셀지움에서 끝까지 싸우다가 죽은 영웅들이 어떤 대우를 받는지 가르나프 평원에서 직접 봤기에, 목숨을 던지는 것이 전혀 아깝지 않았다.

"크크, 명예롭게 죽어서 세상에 이름을 새겨 보자고."

"로디움 조각사 연합에서 전쟁 기념관을 세워 준다는 소식 들었어?"

"전쟁 기념관?"

"못 들었나? 승리하면 가르나프 평원에 위대한 건축물로 전쟁 기념관이 만들어질 거야. 거기에 공을 세운 유저들의 동상을 세워 준다는데."

중앙 대륙의 예술가들은 당연히 먹고살기 좋고 존중까지 해 주는 아르펜 왕국 진영의 편에 섰다. 그들이야 뭐 넘어가든 말든 헤르메스 길드에서는 1%도 신경 쓰지 않았지만, 가르나프 평원의 조각품 건설에는 절대적인 역할을 했다.

건축가들이 전쟁 기념관을 만든다고 하니 예술가들은 기꺼이 영웅의 조각품이나 그림을 만들어 주겠다는 제안을 했다.

"저쪽이 5군단입니다."

"음, 확실히 의심스러운데……."

서윤을 비롯한 유저들은 바라그를 타고 5군단이 보이는 곳까지 날아갔다. 제국군 5군단도 바라그가 공중에서 다가오는 것을 보자마자 고슴도치가 몸을 웅크리듯 일부 병력에 대한 방어 진형을 편성했다.

"불타는 유성 소환은 궁극 마법입니다. 지금 알려진 유저들의 수준으로는 쓴 것도 의아할 정도지만, 사용하고 나서 당분간은 무력한 상태일 거예요."

"우리가 알고 온 것인지 모르고 온 것인지는 저들도 확인이 안 될 겁니다. 그러니까 대비하고 있는 것이 아닐까요?"

"싸워 보면 알겠죠. 갑시다."

여러 말이 오고 갔지만 사실을 확인하기 위해서라도 전투는 해야 했다.

바라그가 서윤에게 공손하게 물었다.

"저희도 싸워도 되겠습니까?"

"네. 그렇게 해 주세요."

"고맙습니다. 실망시키지 않겠습니다."

제국군 궁수들이 활시위에 화살을 걸었지만 선제공격을 가한 건 바라그였다.

바라그들은 날개를 좌우로 활짝 펼치더니 숨을 크게 들이마셨다. 그렇잖아도 거대한 몸이 풍선처럼 크게 부풀어 오르면서 어마어마한 열기를 축적했다.

잠시 후, 바라그들은 참았던 숨을 한꺼번에 토해 냈다.

"이 열기가 예술과 아르펜을 지키는 힘이다!"

어두운 밤하늘에서 붉은 화염 줄기들이 쏘아져 나가 제국군을 뒤덮었다. 풀과 나무가 불타 사그라지고, 대지마저 달구는 초고열의 브레스!

"으아악!"

"브, 브레스다!"

"방패도 소용없어. 도망쳐!"

브레스가 쏟아질 때마다 반경 100여 미터가 화염으로 뒤덮였다. 불의 길은 1킬로미터까지 이어졌으며, 그 안쪽은 죽어 가는 병사들로 아비규환이었다.

최상위 몬스터로 분류해야 마땅할 바라그들의 등장은 정예 병력으로 꼽히는 제국군마저 공황 상태로 몰아넣었다.

"우, 우린 다 죽을 거야."

"신이 노하셨어."

유저가 아닌 주민들로 구성된 제국 병사들 중에는 겁에 질려서 도주하는 무리도 있었다.

헤르메스 길드원들조차도 손을 놓고 그저 지켜보기만 했다. 비행 마법이 걸린 장비나 스크롤이 있긴 했지만 감히 바라그 무리를 향해 날아오를 자신은 없었던 것이다.

"영상에서 본 그 몬스터들이 등장했구나."

"우리로는 상대하지 못해. 2군단이 와야만 승부를 벌일 수 있겠지."

"한꺼번에 공략해야 잡을 수 있는 몬스터야. 그것도 마법의 지원이 필수다."

병사들이 헤르메스 길드원들에게 다가와서 애원했다.

"제 부하들을 살려 주세요, 대장님!"

"나도 어쩔 수 없다."

"검에 봉인된 치료 마법이라도 써 주시면 부상병들에게 도움이 될 겁니다."

"이건 중요한 순간을 위해 아껴 둬야 한다."

제국군 병사들의 사기가 크게 감소하는 일이 도처에서 벌어졌다. 헤르메스 길드원들조차도 화염의 브레스를 피해 도망 다니거나 그 이후의 전투를 준비하기 바빴던 것이다.

"우리를 귀하게 생각하지 않는군."

"하벤 제국의 명예를 위해서 싸우라고 하지만, 정작 우리의 가족은 과도한 세금으로 굶주리고 있다고."

"자유롭게 약탈하던 그 시절이 그리워."

제국군 병사들의 사기는 또다시 떨어졌다.

그사이에도 바라그들은 화염의 브레스를 내뿜으며 제국군을 구석구석 타격했다.

"힘이 빠질 때까지 흩어져서 기다린다."

"기사들을 아껴라. 어떻게든 전투력을 보존해야 하니 말이다."

5군단은 그래도 최고의 정예인 만큼 빠르게 병력을 분산 배치하면서 피해를 줄이려는 움직임을 보였다.

그러던 와중에 바라그의 브레스가 여러 겹의 보호 마법에 의해 막히는 일이 벌어졌다. 하늘에서 지상으로 쏘아진 화염 브레스가 갑자기 생성된 보호 마법에 의해 약해지더니 마침내 흩어진 것이다.

"저곳이구나!"

"최소 열두 종류 이상의 보호 마법이 동시에 사용되었습니다. 마법사들도 있어요."

아르펜 유저들의 눈에 허둥지둥 도망치는 마법사들이 보였다. 헤르메스 길드 유저 상당수가 호위하고 있었다.

일반적으로 전쟁에 참여하는 마법사가 아니라, 레벨이 매우 높은 고위 마법사들이 한 지역에 몰려 있었다.

이것이야말로 불타는 유성 소환을 시전한 이들이라는 확실한 증거!

서윤이 검을 들어 마법사들을 가리켰다.

"공격해요!"

밤하늘을 가로지르는 불타는 유성들.

첫 공격에도 그랬지만, 이번에도 유저들은 넋을 놓고 유성이 그리는 궤적을 보고 있었다.

"으아아아아."

"이곳으로 올까? 아니겠지?"

"다가온다. 남쪽으로 지나가고 있어!"

하늘에서 떨어진 3개의 유성은 가르나프 평원의 대지를 다시 크게 뒤흔들었다. 거대한 폭발이 일어나는 것을 누구나 볼 수 있었고, 그 위치가 11군단과 20군단을 상대로 싸우던 장소라는 사실도 금방 알려졌다.

그 파괴력은, 아르펜 왕국의 진영을 겁에 질리게 만들지 않았다. 마음에 불이 붙어서 활활 타오르고 있었다.

"다 죽여!"

"형제들의 복수를 하자."

"자유를 위하여!"

유저들이 제국군과 사방에서 격렬하게 전투를 펼쳤다.

"뭐야, 이것들이 더 날뛰네?"

4군단장 학살자 칼쿠스.

가르나프 평원에 막 진격해 왔을 때와 지금은 완전히 달랐다. 유저들이 미친 듯이 덤벼드는 통에 제국군 병력도 손실을 입는 격렬한 전투가 펼쳐졌다.

"그래 봐야 약한 놈들뿐이다. 더 강하게 공격한다."

칼쿠스는 흑기병을 전진시켰다.

중앙 대륙 정복 전쟁을 치러 내고 반란군을 제압하며 성장시킨 정예 군대!

어떠한 방어선이라도 돌격하여 전투를 끝냈던 병력이 과감하게 북부 유저들을 돌파했다.

"풀죽, 풀죽, 풀죽!"

"싸워요. 끝까지 버티면 우리는 이길 수 있어요!"

"빽빽하게 밀집하세요. 그리고 달려야 합니다."

고레벨 유저들이 섞여 있긴 했지만 그럼에도 제국군을 상대하는 주역은 아르펜 왕국에서 시작한 초보들이었다.

4군단은 인해전술로 밀려오는 유저들을 궤멸시키며 피와 시체가 가득 깔린 땅을 진군했다.

"거침없이 쓸어버려라! 이 전장은 우리가 지배한다."

칼쿠스는 기사단을 직접 이끌었다.

전투를 좋아하는 성격이기도 했고, 기사단을 데리고 전장을 압도하는 쾌감을 포기하지 못했다.

"후아, 이거 칼춤 한번 제대로 추네."

"가장 많이 죽인 건 우리 군단이 되지 않겠어?"

헤르메스 길드원들 1만여 명도 전장에서 저마다 공을 세우고 있었다.

마법사 유저들이 가장 많은 전과를 기록했지만 선두에 선전사들 역시 만만찮은 능력을 자랑했다. 각자가 보스 몬스터처럼 혼자서 100명 이상의 유저들의 합공을 견디면서 밀어붙였던 것이다.

분노에 차서 막무가내로 덤벼들던 북부 유저들조차 견고한 4군단의 공세에 위력을 잃어 갈 때였다.

"쿠우아아아아아취이이이!"

평원을 떨게 만드는 고함 소리가 들렸다.

"뭐, 뭐야."

"누구야, 이 소리는?"

멀리 있음에도 불구하고 싸우고 있던 유저들의 마음을 흔들어 놓았다.

"무슨 고함 소리가 이렇게 크고 무시무시해?"

"몬스터 아냐? 엄청난 몬스터가 나타난 것 같아."

그리고 욕심과 비열의 표본으로 삼을 만한 커다란 오크가 대규모 유저들을 이끌고 나타나는 것을 볼 수 있었다.

"저기 위드 님 아냐?"

"맞는 것 같은데?"

"틀림없잖아. 오크 카리취야."

위드는 11군단과 싸우다가 이상한 낌새를 느끼고 고레벨 유저들을 이끌고 떠났다.

이곳으로 오는 동안에도 가르나프 평원에 흩어져 있던 유저들이 속속 합류했다. 한 걸음 걸을 때마다 사람들이 늘어난다. 어디서든 위드가 사자후 한 번만 터트리면 수십만의 병력이 순식간에 모일 것이다.

"우아아아아!"

"위드 님이 오셨다!"

"이겼어! 이겼다고!"

위드가 도착한 것만으로도 4군단과 싸우던 유저들의 사기는 절정에 달했다.

아군의 죽음을 등에 업고 힘겹게 전투를 펼치고 있는데 어마어마한 대군을 이끌고 지원군, 그것도 오크 카리취의 모습으로 위드가 오고야 말았다.

　위드가 사자후를 터트렸다.

　"유성 소환으로 죽은 형제들을 애도하자, 취췩!"

　"그래, 유성을 또 떨어뜨렸지!"

　"맞아. 얼마나 많이 죽었을까."

　"그들의 죽음을 헛되이 하지 말자. 전군 진격!"

　"돌격!"

　"달려라!"

　"풀죽, 풀죽, 풀죽!"

　"순교, 순교, 순교!"

　위드가 끌고 온 새로운 병력이 함성을 지르며 달려들었다.

　"위드라면 여기서 꺾어야 되겠다."

　칼쿠스는 인근의 다른 군단장들에게 지원을 요청했다.

　북부 유저들이 인근에 깔려 있어서 지상 병력의 도착에는 시간이 걸릴 것이다. 하지만 용기사 뮬이 지휘하는 2군단은 공중 병력으로 이루어져 있어서 신속하게 올 수 있다.

　칼쿠스가 혀로 입술을 핥았다.

　"2군단까지 오면… 진짜 한바탕 제대로 어우러질 수 있겠어."

　헤르메스 길드에는 전투를 즐기는 이들이 아주 많았다.

－전쟁이 벌어지고 있다. 우리의 원한이 잠들어 있는 땅에서…
감히!

모험가 체이스가 데려온 팔단 왕국의 유령 5만이 크레볼
타가 이끄는 7군단을 공격했다.

"차분하게 대응해라. 사제들의 전력이 부족하긴 하지만…
귀찮긴 해도 공격력이 강하진 않을 것이다. 저주에만 신경
써라."

크레볼타는 대규모 던전 공략을 통해 지휘력이 정평이 나
있었다. 로열 로드에서 10위권 내에 드는 실력자일 뿐 아니
라 친화력이 있어서, 그를 따르는 길드원들도 많았다.

팔단 왕국의 유령을 중심으로 북부 유저들이 끝없이 모여

들어 만만치 않은 전투가 벌어졌다.

유령 군단과 그를 따르는 북부의 유저들.

그리고…….

"이거 저주받은 물품입니다. 착용해 주실래요, 머리 긴 유령님?"

"저주받은 마검도 있어요. 이름만큼 대단한 건 아니지만요."

"전 불행의 목걸이 가지고 있는데, 도움이 될까요?"

유저들은 유령들에게 선뜻 저주받은 물품들을 내놨다.

살아 있는 이들이 착용하면 생명력을 빼앗기고 불행해지지만, 유령에게는 적합한 아이템들.

군단장 그로스가 이끄는 6군단은 꽃과 잡초, 나무의 공격을 받았다. 빠르게 움직이며 땅속을 기어 다니기까지 하는 전투 식물들.

아르펜의 진영에 함께하기로 한 엘프들이 같이 공격했다.

"제자리에 멈춰 있지 마세요. 쏘고 움직입니다."

"조금만 기다려요. 조인족이 우릴 태워 준다고 했어요!"

탁월한 궁술을 가진 엘프들은 전쟁에서 놀라운 위력을 발휘한다.

제국군 입장에서 레벨 100~200의 유저라면 칼질 한 번이면 제거할 수 있지만 엘프들은 먼 곳에서 화살을 쏘며 빠르게 달리기 때문에 지속적으로 피해를 입어야 했다.

제국 궁병들이 대응했지만 곧 북부 유저들이 엘프들이 다치는 것을 막아 주었다.

게다가 농부 미레타스는 분노를 숨기지 않았다.

"땅을 일구고 사랑해 왔다. 단 한 번밖에 쓸 수 없는 스킬이지만, 오늘을 위해 존재했던 것 같구나."

미레타스는 스스로를 희생하여 '땅의 분노' 스킬을 활성화시켰다.

그는 하나의 씨앗으로 변해 땅으로 가라앉았다.

목숨을 바치는 희생으로, 농부가 오직 한 번 사용할 수 있는 스킬.

말 그대로 땅이 분노한다.

지진이 난 것처럼 땅이 출렁거리더니 제국군 병사들과 헤르메스 길드 유저들을 집어삼켰다. 모래와 돌로 된 땅의 병사들이 일어나서 전투를 치르기도 했다.

"아, 악마인가?"

제국군 기사가 모래 병사에게 힘껏 창을 찔렀지만 그대로 관통할 뿐이었다.

옷도, 갑옷도 입지 않은 투박한 모래들이 병사의 형체를 이루고 진군해 왔다. 그들이 달려올 때마다 마치 안개처럼 모래가 모이고 흩어지면서 많은 병력으로 늘어났다.

"완전히 날려 버려라!"

"파이어 버스터!"

헤르메스 길드원들이 강력한 스킬을 써서 모래 병사들을 공격했지만, 그조차도 섣부른 공격이었다.

화아아아앗!

불붙은 모래들이 사방으로 흩어지더니 수없이 많은 벌레로 변했다. 불의 벌레들이 제국군 병사들을 먹어 치운 후, 그 영양분을 흡수하면서 미라처럼 만들었다.

"어? 우리도 흑마법을 쓰는 거야?"

"적이라지만 저건 조금 심하다."

잔인하기 짝이 없는 광경에, 미레타스의 희생을 모르는 북부 유저들조차도 눈을 돌렸다.

그런데 영양분을 얻은 모래에서 풀이 나고 꽃이 피었다. 어떤 것들은 멋진 나무로 자라기도 했는데, 순식간에 성장하여 넓게 가지를 뻗고 열매까지 맺었다.

농부 미레타스가 땅의 분노를 일으켰지만, 멸망과 죽음은 곧 새로운 탄생을 이끌어 냈다.

뒤늦게 미레타스가 죽으면서 시전한 스킬이라는 이야기도 금세 퍼졌다.

"우와아아아, 대박이다!"

"이게 다 스킬이라고? 끝내주는 위력이잖아!"

"농부가 최강이네. 이건……."

6군단 입장에서는 상상을 초월하는 공격에 휩쓸려 병력의 절반가량을 잃은 셈이었다.

엘프들은 숲을 바탕으로 추가적인 공격력과 은신처를 얻으면서 지속적으로 제국군을 괴롭혔다.

"싸우고 싶은 사람, 모두 나를 따르라!"

검삼치.

그는 불타는 유성에 얻어맞은 분노로 고함을 내질렀다.

불타는 유성 소환에서 살아남은 유저들과 평원 중앙에 밀집해 있던 사람들이 그를 따랐다. 분노에 찬 유저들도 물불을 가리지 않고 전투에 참여하기로 했다.

"아니, 우리가 왜 싸워야 하는데."

"모르지만 일단 가 보자."

"야, 분위기가 한가롭게 나쁜 짓이나 할 때가 아냐."

"미치겠네, 정말."

할마, 마르고, 레위스, 그랜.

뒤치기의 4인조도 어쩔 수 없이 제국군을 상대로 진군했다.

악당은 강해야 한다!

그런 신념을 갖고 있었지만, 15군단의 세력을 접하는 순간 말문이 탁 막히는 것은 사실이었다.

제국군은 마법으로 하늘에 빛을 환하게 밝혔다.

검과 방패를 들고 걸음걸이까지 질서 정연하게 전진해 오는 병사들의 모습은 실로 압도적이었다.

"계란에 바위 치기 아냐?"

"바위로 계란을 친다고?"

"아니, 뭐가 좀 이상하기는 하지만… 저기서 싸우면 우린 확실히 죽어."

"눈치를 봐서 도망치자."

뒤치기의 4인조는 도주할 기회만 노리고 있었다.

"전투다아아아아아아! 모두 돌겨어어어어어억!"

검삼치는 지휘 같은 건 전혀 하지 않았다. 선두에서 고함을 지르며 달려가서 싸우고 또 싸운다.

그가 나서자 북부 유저들도 무작정 달려가면서 전투가 벌어졌다. 마법과 화살이 유저들을 한차례 쓸어버리면 빈자리를 금세 뒷사람들이 메웠다.

"빨리 앞으로 가 주세요!"

"저기, 우린 그냥 구경을……."

"풀죽, 풀죽, 풀죽, 풀죽."

헤르메스 길드만 풀죽신교를 무서워하는 줄 알았다. 그렇지만 막상 뒤에서 달려오는 풀죽신교를 보니 뒤치기의 4인조도 무서웠다.

"어어, 이대로 멈춰 있지 못하겠는데?"

"일단 가 보기는 하자고."

"싸우려고?"

"안 갈 수도 없잖아."

뒤에서 밀려오는 유저들에 의해 뒤치기의 4인조는 제국군 코앞까지 밀려가야 했다.

"이거나 먹어라. 단검 던지기!"

"내 무기는 쇠사슬이다!"

뒤치기의 4인조가 공격하면 주변 유저들도 호응해서 제국군 병사들을 잡았다.

"와, 이분들 강하시네."

"잘하시네요."

병사들로 이루어진 몇 겹의 방어벽을 뚫으며 유저들에게 칭찬을 받으니 그들도 신이 났다.

"완전 잘 싸우고 있네. 방송에 나오겠지?"

"우리 이러다가 영웅 되는 거 아냐?"

"아르펜의 영웅? 그것도 좋은 일인데."

뒤치기 4인조의 기분은 한껏 들떴다.

그 순간, 그들이 있던 곳에 수십 줄기의 벼락이 떨어졌다. 헤르메스 길드의 마법사가 마구잡이로 날린 마법이 작렬한 것이다.

벼락이 떨어진 곳에는 그들이 최후의 유품으로 남긴 잡템들만 떨어져 있었다.

"페일 님, 우리도 함께 싸우게 해 주세요!"

"수르카 님, 평소에 흠모하고 있었습니다."

위드의 동료들은 워낙에 유명했기에 다수의 유저들이 함께 싸우기를 바랐다.

페일은 난처한 기색을 숨기지 않았다.

"부대 지휘에는 자신이 없는데요."

"그냥 싸우면 되지 않겠습니까? 우린 구심점이 필요합니다."

레벨 300~400이 넘는 유저들이 모여서 대장을 맡아 주길 청했다.

페일이라는 이름도 널리 알려졌지만, 위드의 전투 노예라는 수식어가 더 유명한 인물!

"아, 이래서 위드 님이 나한테는 굳이 부대장 자리를 맡으라는 말도 안 했던 건가?"

"예?"

"혼잣말입니다. 알겠습니다. 같이 싸우죠!"

페일이 그를 따르는 대규모 병력과 같이 전투를 하러 갔다.

수르카와 로뮤나, 제피도 상당히 많은 병력을 맡아야 했다. 이리엔은 사제단을 따라서 전투가 힘든 지역을 순회하기로 했고, 화령과 벨로트는 따로 할 일을 찾았다.

"평원 밖으로 나가자."

"왜요?"

"우리가 조금이라도 아는 유저들이 많이 있잖아."

하벤 제국에 의해 중앙 대륙의 영주로 임명되었던 화령이다. 헤르메스 길드에서도 그리 신경 쓰진 않았고, 북부 유저들에게 보여 주기 위한 상징적인 존재에 불과하기는 했다.

그러거나 말거나 화령은 매일 파티를 열면서 영주 생활을 했고, 그러면서 인사를 나눈 유저들이 많았다.

"전투에 참여하지 않은 중앙 대륙 유저들에게 도와 달라고 하자."

"목숨을 걸어야 하는데 쉽게 승낙하겠어요?"

"명분이 없어서 굳이 싸우지 않고 망설이는 사람들도 많이 있을걸. 게다가 남자들이잖아."

"예?"

"남자한테는 거절당해 본 적이 없는데?"

화령은 개인적으로 누군가에게 뭔가를 부탁하는 일 자체가 드물었지만, 부탁한 일이 거절당한 경험은 더더욱 없었다.

"진형이 무너진 병력은 군대라고 할 수 없습니다. 어떻게든 시간을 벌어서 체계적으로 싸워야 됩니다."

"가르나프 평원 서쪽은 구경꾼들도 많이 섞여서 아르펜 왕국 측이 취약한 것으로 보입니다. 그래도 무너지는 속도를 늦출 필요가 있습니다."

"12군단을 보십시오. 헤르메스 길드에서 전투 마차를 이용한 대규모 전격전을 시도하고 있습니다. 일제히 달려갑니다!"

KMC미디어와 CTS미디어를 중심으로 한 방송국들은 전 직원들이 철야를 각오하고 있었다.

여러 편성 프로그램들을 준비하긴 했지만, 막상 베르사 대륙의 운명이 걸린 결전이 벌어지니 그 전투는 너무나도 빠르게 진행되었다.

"6군단이 밀리고 있습니다. 엘프 군대가 대활약을 하는 광경을 보십시오!"

"드라카 군단장이 이끄는 13군단. 산적들을 맞이하여 혁혁한 전공을 세우는 중입니다. 그렇지만 북부 유저들이 사방에서 접근하는 공중 화면을 보면 앞으로는 만만치 않을 것 같습니다."

"불타는 유성 소환을 일으킨 것으로 추정되는 헤르메스 길드의 마법병단. 마법사 캐들러가 등장했습니다."

"가장 치열한 격전지 중 한 곳은 12군단이라고 할 수 있겠습니다. 오베론이 죽고 나서, 유저들은 표현 그대로 몸을 던지며 싸우고 있습니다."

방송 진행자들은 모니터를 보며 정신없이 상황에 몰입했

다.

드넓은 가르나프 평원 전역이 고작 3~4시간 만에 전면전이 펼쳐지는 전쟁터로 변했다. 그것도 죽고 죽이는 속도가 너무나도 빠른 전장이었다.

"하벤 제국군이 굳건하게 버티고 있습니다. 화염 마법이 북부 유저들의 진군을 막아 냈습니다."

"하늘을 보십시오. 너풀거리며 떨어지는 건 눈이 아니라 사람입니다. 불리한 전황을 극복하기 위한 조인족의 대대적인 지원이 이루어지고 있습니다."

"14군단입니다. 하벤 제국군이 승리할 것 같다는 전망은 취소해야 할 것 같습니다. 북부 유저들, 저런 실력자들이 어디서 이렇게 많이 나왔을까요? 강합니다. 매우 강한 전사들입니다!"

현장 중계를 위해 파견 나간 유저들의 말이 수시로 바뀌었다. 카메라와 연출 팀에서도 수집된 영상을 분석하고 편집하며 한계 이상의 업무들을 처리하고 있었다.

"불타는 유성 소환으로 초반의 승기는 하벤 제국으로 넘어간 것으로 봤지만, 북부 유저들이 예상보다 훨씬 잘 싸웁니다."

"20개 군단, 제국군의 공격에 의해 지금까지 죽은 유저들의 규모를 가늠하기 어렵습니다. 천문학적인 숫자가 사라졌을 것으로 추측됩니다."

"제국군의 전투와 진행 경로를 보면 여러 군단들이 굉장히 복잡한 전술을 구사하고 있는데… 인해전술로 맞서고 있습니다."

"중앙 대륙 출신으로 보이는 유저들도 많이 보이는데요, 그들도 전염된 것일까요? 밀려오는 유저들 사이에 많이 섞여 있습니다."

방송국마다 가르나프 평원의 전투 중계 화면을 빠르게 바꾸었다. 모든 전투가 중요했기에 한곳에 오랫동안 화면을 집중시킬 수가 없다.

로열 로드에서 최정상의 랭커나 유명인이 한순간에 죽어 나가고, 대단한 전력의 기사단이 새로 모습을 드러낸다. 방송에 보여 줄 장면들이 너무 많다 보니 고민할 겨를조차 없었다.

과거라면 1~2주는 족히 우려먹었을 격렬한 전투가 도처에서 벌어졌다. 강력한 마법이 발동되더라도 따로 소개하거나, 기사단의 돌파 같은 장면도 부각시켜서 보여 줄 여력이 없을 정도였다.

"위드! 위드가 4군단과 마주쳤다."

"학살자 칼쿠스와의 전투? 그건 무조건 최우선순위에 올리도록."

복잡한 상황에서도 시청률의 보증수표인 위드에 대한 관심도는 높았다. 아르펜 진영의 핵심인 위드의 움직임 하나하나가 전장을 결정짓는 요소가 된다.

방송국들은 한편으론 뛰어난 실력자들로 구성된 분석 팀을 가동하고 있었다. 선거철에 어느 한쪽의 유불리를 따지며 투표 현황을 생중계하듯!

위드와 바드레이.

아르펜 왕국과 하벤 제국.

실시간으로 전투를 분석하여 최종 승자는 어디가 될지를 예상하는데, 가늠하기가 정말 어려웠다.

"도대체 지금 몇 명이 싸우는지도 모르겠습니다."

"어두워서 다행이죠. 밝은 상태에서 가르나프 평원을 보면, 전부 죽고 죽이고 있을 겁니다."

"드넓은 베르사 대륙의 유저 9할 이상이 한자리에 모였습니다. 아무리 많은 시간이 흐르더라도 규모 면에선 오늘의 전투를 능가하지 못할 겁니다."

분석원들은 두 손 두 발 다 들었다.

물고 물리는 접전이 아무렇지도 않게 일어나고, 눈 깜짝할 사이에 수만 명이 떼로 죽어 나간다.

스튜디오에 있던 KMC미디어의 강 부장이 부하 직원에게 물었다.

"CTS미디어의 전망은 어때?"

"그쪽에서는 하벤 제국에서 초반에 많은 이득을 거두었다고 보고 있습니다만, 승패 예상은 하지 못하는 모양입니다."

방송국들은 아침이나 낮이 되어야 베르사 대륙의 운명을 건 전투가 진행될 줄 알았다. 그런데 불타는 유성이 소환되고, 그때부터 발등에 불이 떨어진 듯 움직여야 했다.

"방송에 내보낼 정도로 근거가 확실한 건 아니지만 그래도 CTS에서는 하벤 제국의 승리 가능성을 더 높게 보고 있답니다."

"무슨 이유로?"

강 부장이나 가까이 있던 방송국 직원들의 표정이 좋지 않았다.

KMC미디어는 위드의 인기에 힘입어서 크게 성장했다. 하벤 제국이 승리하는 건 그들로서는 바라지 않는 결과였다.

"위드가 잘 싸우고 있잖아? 11군단도 쳤고, 20군단도 불타는 유성 소환에 무너졌어. 거의 잔당만 남아서 버티는 정도지."

하벤 제국군의 11군단과 20군단은 거의 힘을 잃었다. 다른 몇 개 군단도 유저들과 팽팽하게 싸우고 있거나 만만치 않은 타격을 받았다.

가르나프 평원 전역을 전장으로 만들어 낸 제국군의 손실은 무시 못 할 정도였다.

"그냥 무너져 내릴 줄 알았던 유저들이 무섭게 몰아치고 있지 않나? 유저들의 소모도 극심하겠지만 말이야."

"알킨 병에 대해서 살피고 나온 결론입니다."

"그게 왜?"

알킨 병!

시선을 빼앗는 화려한 전투들이 벌어지고 있었다. 그사이에 관심도가 줄어들기는 했지만, 알킨 병은 중독자를 무섭게 늘려 갔다.

"감염되어 죽은 사람도 많습니다. 죽은 시체에서도 병이 퍼지는 것으로 보이는데요."

"아직도 못 고치는 거야?"

"예, 속수무책입니다. 그리고 전염성이 매우 강해요. 이대로 시간이 흐르면 감당하지 못할 정도로 죽어 나가게 될걸요."

"흐음."

KMC미디어 일부 직원들은 알킨 병에 대한 영상들만 따로 모아 두기도 했다.

병에 걸려 힘없이 누워 있다가 죽어 가는 유저들.

레벨이 높을수록 쉽게 알킨 병에 걸리지 않고, 걸려도 오래 버티기는 했다. 그렇지만 걸렸다 하면 전투 불능 상태에 빠져 결과적으로 목숨을 잃게 되는 건 마찬가지였다.

"몇 명이나 걸렸어?"

"감염자 집단이 여러 곳에 흩어져 있습니다. 정확한 집계는 아니지만 400만은 넘는 것으로 추정됩니다. 그리고 더 빠르게 퍼져 나가고 있죠."

"그 정도라면 엄청나구나."

강 부장은 알킨 병이 적잖게 신경이 쓰였다.

앞에서는 열심히 싸우고 있지만 그 뒤에서는 수많은 유저들이 죽어 가고 있다. 이런 상황이 오래 지속될수록 아르펜 왕국의 진영은 사상누각처럼 무너져 버리고 말 것이다.

'설마 20개 군단이 한꺼번에 나서서 싸우는 것도 알킨 병을 감추기 위한 것일까?'

순간적으로 스쳐 지나간 의심이었지만, 어쩌면 사실일 수도 있을 것 같았다.

방송 화면에 위드가 이끄는 병력이 4군단과 부딪치는 장면이 나왔다.

힘과 힘의 대결!

아르펜 왕국 진영에 유저들이 많다지만, 위드가 있는 부근에는 확실히 실력자들이 즐비했다. 시청률에 울고 웃는 방송 관계자들이 기뻐 날뛸 전투가 벌어지게 되리라.

"알킨 병에 대해서도 인력을 투입해."

"예?"

"최대한 빠르게, 알킨 병에 대해서도 자세히 방송을 하자고."

하벤 제국의 공중군을 이끄는 뮬은 4군단장 칼쿠스의 귓속말을 받았다.

―당장 이곳으로 와서 위드를 죽이는 데 동참해!

5,000마리의 그리폰 군단.

사람이 타진 않지만 전투에 도움이 되는 드레이크를 비롯하여 하피, 멧차이, 고르골 같은 비행 몬스터들도 뮬의 지배 아래에 있었다.

하벤 제국에서도 넓은 영토를 가진 그가 길드의 방침에 따라 모든 자금을 군사력에 쏟아부은 결과였다.

―위드라면 반드시 내가 죽이려고 했는데.

―네 복수심도 잘 알고 있다. 해결할 기회도 줄 수 있겠지.

―좋아, 가도록 하지.

뮬은 기꺼이 수락하고 병력을 이동시켰다.

공중 병력의 장점이라면 지형지물이나 지상 병력에 상관없이 빠르게 움직일 수 있다는 점이다.

"지상이 정말 화려합니다, 형님들."

"이런 날이 올 줄은 몰랐네."

2군단에 속해 있는 유저 랑블과 도르케도 말했다.

하늘에서 내려다보는 가르나프 평원은 도시의 야경을 보는 것처럼 빛으로 가득했다. 유저들이 들고 다니는 횃불도 있겠지만, 곳곳에서 마법이 작렬하고 화염이 일어났기 때문이다.

심지어 먼 곳에서 불타는 유성이 떨어지는 순간에는 밤하늘이 대낮처럼 환해지기도 했었다.

'저런 광역 마법을 아무렇지도 않게 저지르다니, 헤르메스 길드도 미쳤다.'

뮬은 헤르메스 길드에서도 권력의 핵심에 속해 있었지만 모든 결정에 동의하는 건 아니었다.

헤르메스 길드는 자세히 들어갈수록 라페이와 바드레이에 의해 다스려진다는 걸 절감하게 된다. 나머지 유저들은 무력 기반을 형성하는 대가로 달콤한 꿀을 빨며 살아갈 뿐이었다.

'대륙의 운명이 결정되는 전투.'

뮬은 2군단에 속한 동료들에게 말했다.

"가 보자고. 우리가 어떻게 싸우는지를 보여 주자."

"어. 몸이 근질근질했는데 잘됐어."

"전속력으로 날아가자."

"제가 선두에 서겠습니다, 형님들!"

2군단의 구성은 다른 제국군에 비해서도 독특하다.

뮬의 동료들이며 비행에 관심이 많은 유저들!

처음에 그리폰을 길들인다며 뮬이 무모한 도전을 할 때부터 함께하던 유저들이 주축을 이루었다.

그런 만큼 하늘의 기병대라고 불릴 정도로 호흡이 잘 맞고 전투력도 뛰어났다.

"취이이이이익!"

오크 카리취의 모습을 하고 있는 위드!

그는 우연히 무기 하나를 주웠다.

일부러 얻으려고 한 건 아니었고, 근처에 있던 전사 유저가 죽으면서 떨어뜨린 것이었다.

무지하게 단단한 대형 도끼 : 내구력 190/200. 공격력 45~104.

자유도시의 어딘가에 정신 나간 대장장이가 존재했다.

그는 무려 10년이 넘는 시간 동안 한 자루의 도끼를 만들었다.

달구고, 두드리고, 달구고, 두드리고.

무거운 이 도끼는 정말 단단하다.

제한 : 힘 280.

옵션 : 양손을 사용하면 최대 공격력이 2.5배 증가함.

　　　힘의 차이가 심한 상대에게 치명적인 공격이 성공하면 피해량 200%.

　　　약자들을 밀쳐 냄.

"오호라, 이거 꽤 손맛이 있는 무기인데?"

위드는 꽤 오랫동안 콜드림의 데몬 소드를 써 왔다.

몬스터를 위축시키는 효과에 힘과 민첩 스텟 부여, 마법 저항 등 여러 옵션들이 달려 있었다. 기본 공격력도 103~121이나 되었으니, 데몬 소드에 비해서 이 도끼는 절대 좋다고 말할 수 없었다.

양손을 써야 한다는 제약, 대형 무기이고 도끼라서 검처럼 빠르게 찌르거나 베지 못한다.

그럼에도 불구하고 대형 도끼는 위드의 마음에 들었다.

"취이익!"

오크 카리취로서 로아의 명검은 너무 가볍고, 선더 스피어도 마찬가지라고 할 수 있었다. 그런데 도끼는 솥뚜껑 같은 손에 착착 감기는 맛이 일품이었다.

"으랴아아아아아!"

위드가 시험 삼아 제국군 방패진을 향해 도끼를 휘둘렀다.

"으아아악!"

섬광처럼 휩쓸고 지나간 도끼질에 병사들이 들고 있던 방패가 산산조각이 났다. 위드의 넘치는 힘은 그것으로도 모자라서 20명 정도의 병사들을 멀리 날려 버렸다.

"이거 괜찮은데?"

방패병들의 진형이 그대로 밀려나면서 엉망진창이 되어 버린 상황이었다.

붕붕붕!

위드는 도끼를 신나게 휘두르면서 달려들었다.

조각 파괴술로 늘려 놓은 힘을 대형 도끼로 아낌없이 분출한다.

방패병을 상대로 부수고 파괴하며 전진하는 오크 카리취!

"위드 님이 길을 열고 있습니다. 진격하세요!"

"만세! 방어벽이 뚫렸다!"

"돌진이다아!"

위드가 열어 놓은 틈으로 유저들이 쇄도했다.

저수지의 둑이 무너지듯이 작은 구멍이 벌어지면 유저들이 일제히 우르르 퍼져 나간다.

유저들이 적극적으로 싸우면서 4군단과 치열한 접전이 벌어졌다.

"나는 헤르메스 길드의 그순이라고 한다. 결투를 신청한다."

"위드다, 췻!"

위드는 때때로 덤벼드는 헤르메스 길드원들과의 결투를 즐겼다.

일대일 승부!

아직 져 본 적이 없는 사람들 중에는 여전히 위드를 얕보는 이들이 많았다.

'조각사 주제에······.'

'운이 좋아서 여기까지 왔겠지.'

'실력이 진짜라고 해도 꺾는다. 위드만 잡아 죽이면 내가 영웅이야.'

위드는 전투에 최적화되어 있는 오크 카리취의 형태로 참교육에 들어갔다.

"으랴합!"

도끼로 인정사정없이 두들겨 패고, 로아의 명검으로 베면서 승리를 거두었다.

빠바바바박!

세상에서 수없이 많은 욕을 먹는 헤르메스 길드원들은 떳떳하게 싸우고 목숨을 잃어 갔다.

로열 로드의 상위 1만 등.

그 정도쯤 되면 그럭저럭 눈여겨볼 만한 이들이 꽤 많다.

울타르처럼 기형적인 전투 방식이 아니라, 기본기에 충실하고 스킬의 숙련도도 최고치를 달성한 자들.

"내려치기!"

위드는 도끼질을 해서 상대의 균형을 무너뜨렸다.

현격한 체격의 차이.

조각 파괴술로 명작을 부수면서 모든 예술 스탯을 힘으로 몰아넣은 교활한 오크였던 것이다.

위드가 승리를 거둘 때마다 주위에서 함성이 터져 나오고, 헤르메스 길드원들은 끊임없이 결투를 신청했다.

'세상 아직 덜 살았군. 스스로 나쁜 짓을 저지르고 있다고 생각하는 사람들 중에도 의외로 순수한 이들이 많단 말야. 그럴 땐 눈탱이 몇 번 맞아 봐야 정신을 차리지.'

위드는 개인으로서도 싸웠지만, 4군단과의 전투도 지휘해야 하는 입장이었다. 검치나 다른 동료들과는 다르게 그는 전장을 인식하는 범위가 넓었다.

'동쪽으로 지원 병력을 보내야 하는데. 여기선 명령을 한다고 해도 듣기 어렵겠지.'

이름도 모르는 수많은 유저들과 같이 싸우고 있다.

부대장들을 찾아서 동쪽을 치라고 한다 해도, 뒤엉켜 있는 군중 사이에서 이동하는 것도 무리.

'직접 움직여야 한다.'

위드는 필요에 따라 돌진하고, 때로는 이동했다.

"동쪽이다, 취이이익!"

"동쪽이래."

"동쪽으로 가자!"

"위드 님도 동쪽으로 갈 거야."

위드가 터트리는 사자후대로 병력 전체가 한꺼번에 이동했다.

4군단은 강력한 전력을 갖춘 만큼 많은 유저들이 죽어 갔다. 어떤 이들은 위드를 호위하기 위해 제국군 기사단의 돌격에 맞서고, 또 어떤 이들은 마법 공격에 의해서 떼죽음을 당했다.

"곰죽 부대 집결 완료! 지원 왔습니다!"

"위드 님과 같이 싸울 수 있어서 영광입니다. 딸기죽과 바나나죽이 도착했습니다."

"저, 저희는… 생수죽입니다. 맑은 물을 죽과 함께 마셔 보아요!"

하지만 끝도 없이 도착하는 유저들이 든든하게 뒤를 받친다.

북부, 그리고 중앙 대륙 출신 유저들이 점점 더 많이 나타나 전투에 참여하고 있었다. 불타는 유성 소환에 겁을 먹긴 했지만, 전쟁의 열기가 그들을 이끌어 낸 것이다.

그 광경은 헤르메스 길드 유저들과 지휘부도 똑똑히 봤다.

"놈의 인기가 대단하군."

칼쿠스는 짜증으로 눈가가 파르르 떨렸다.

전쟁의 신 위드!

바드레이와 함께 로열 로드 최고의 명성을 자랑하지만, 인정하고 싶지 않았다. 세상 모두가 맞다고 해도, 혼자 아니라면 아닌 것이었다.

"우리 역시 지원군이 곧 도착한다. 이 자리에서 모두 끝장을 내 주마!"

칼쿠스는 4군단에 배치된 강철 기사단을 전부 출동시켰다.

무한대의 체력과 경악스러운 방어력을 가진 강철 기사단 10만!

강철로 된 골렘들이 진군하면서 유저들을 밀어붙였다.

"다 죽여라. 전면전이다."

4군단 병력에도 총동원령이 떨어져서 북부 유저들을 거세게 밀어붙이기 시작했다. 헤르메스 길드 유저들도 아끼지 않고 스킬을 쓰며 학살극에 동참했다.

"위드 님, 팬이에요!"

"저도 한칼 돕겠습… 으아악!"

주변은 변함없이 뒤따르는 유저들로 붐볐지만 위드는 전장의 흐름이 달라진 것을 느꼈다.

4군단이 모든 병력을 다 전투에 투입하고 있었다. 마법사나 궁수 부대도 뒤를 생각하지 않고 화력을 쏟아부었다.

-위드 님. 큰일입니다. 그쪽으로 제국군이 전부 모이고 있어요.

-제국군과 교전 중입니다. 그런데 기동력이 뛰어난 기사들이 일제히 위드 님이 있는 곳으로 빠져나갔습니다. 저희도 지금 지원군을 보내고 있지만 그들보단 늦게 도착할 것 같습니다.

-흠흠. 저 계장입니다. 8군단과 싸우던 중인데 이들 중 주력이 모습을 감췄습니다. 아무래도 위드 님이 있는 곳으로 가고 있는 것 같습니다.

곧 마판, 페일, 양념계장 등 동료들과 풀죽신교 고위급 유저들이 제국군의 결집에 대해서 다급하게 보고해 왔다.

하벤 제국이 동원한 20군단 중에서도 핵심 병력이 전부 이곳으로 모이고 있다. 중앙 대륙을 통일했던, 그 강대하기 짝이 없는 전력이 한자리로 모이는 것이다.

이것은 헤르메스 길드 수뇌부의 결단이었다.

라페이 : 전 군단장들은 4군단 지원을 우선순위에 둡니다.

라페이가 작전 지시를 내렸다.

11군단의 울타르가 뜻밖에 결투에서 허무하게 패배했지만 조금의 시간은 벌었다. 위드는 20군단을 동원한 공격과 불타는 유성 소환도 눈치 빠르게 빠져나와 버렸다.

두 번의 기회를 놓친 헤르메스 길드였지만, 가르나프 평원을 휘젓고 다니던 제국군이 노리던 것이 바로 이 순간이었다.

"가르나프 평원의 유저들이 1억에 달한다고 하지만… 전투에서 그 사람들이 전부 싸울 수 있는 건 아니다."

전술적으로 위드가 싸우고 있는 지역 인근을 제국군이 모조리 장악해 버리는 것이다.

아르펜 왕국 편에 선 북부 유저들이나 다른 이들이 오지 못하게 고립시켜 놓고, 위드와 그의 편에 선 이들을 싹 쓸어 버리면 된다.

이동 가능한 모든 주력은 4군단이 싸우고 있는 지역으로 움직였다. 나머지 병력은 아르펜 왕국 편에 선 유저들을 막아 내기 위해서 유격전에 나섰다.

"전투의 시작과 끝은 우리가 결정할 것이다. 여기가 위드의 무덤이다."

위드는 헤르메스 길드의 꼼수를 알아차리고는 사자후를

터트렸다.

"우리가 이기고 있다! 모두 공격하라!"

유저들은 미친 듯이 달렸다.

"이긴대!"

"당연히 우리가 이기지!"

"우아아아아, 싸우자!"

진짜인지 아닌지는 모른다. 그렇지만 사기를 올려서 상대방에게 맞불을 놓았다.

4군단의 전력은 웅크려 있지 않고 넓게 펼쳐져서 전투를 하고 있었고, 공성 무기들이 마구 불을 뿜었다.

그에 비해 이쪽에서는 수백만 명의 유저들이 넓게 펼쳐져서 있는 힘껏 달려가고 있다.

죽고 죽이는 소모전!

"다 부서져라!"

위드는 대형 도끼를 한 손으로 휘두르며 활약했다.

"마법이다!"

"마법이에요!"

그러다가 유저들이 지르는 비명을 듣고 돌아보니 동쪽에서부터 수백 개의 얼음 창이 날아오고 있었다.

4군단에서 기회를 보다가 위드와의 거리가 충분히 가까워지자 일제히 마법을 발동시킨 것이다.

위드의 머리가 빠르게 회전했다.

'프로즌 스피어. 위력은 강하지만 맞지만 않으면 된다. 공중에서 폭발하는 화염 마법이 더 골치 아팠을 거야.'

새하얗게 빛나는 얼음 창은 밀집도와 파괴력이 대단하다. 아마도 위드의 맷집이나 생명력을 고려해서 강한 마법을 쓴 것이리라.

'레벨 450 이상의 마법사들이 20명 이상 동원되었을 것 같다.'

명예의 전당이나 동영상 사이트에 올라온 마법들을 바탕으로 한 견적까지 뽑혔다.

충돌 5초 전!

'피할 수는 있어.'

차원문의 장갑을 이용하면 귀신처럼 피할 수 있었다.

혹은 놀라운 힘으로 땅을 박차고 도약하여 수십 미터를 이동하면 된다.

위드가 막 도망치려고 할 때였다.

"위드 님, 어서 피하세요!"

앳된 얼굴의 유저 1명이 소리를 질렀다.

수많은 북부 유저들 중 1명일 뿐이었지만, 북부 개척의 초창기 모라타에서 위드는 그에게 여우 조각상을 팔아먹은 적이 있었다.

─저, 위드 님… 조각상을 사고 싶은데요.

－여우 조각상 하나 남았습니다.

－7골드밖에 없는데… 이걸로는 위드 님의 작품을 구입하는 데 무리겠죠? 너무 죄송해요.

꿀꺽!

－모든 사람들이 돈에 연연하지 않고 예술품을 감상해 주기를 바라는 게 제 마음입니다.

－와앗, 그럼 저한테 팔아 주시는 거예요?

－예. 7골드에 팔겠습니다.

위드는 바가지를 듬뿍 씌워서 여우 조각상을 팔았었다.

그때의 초보 유저는 허름하고 낡은 장갑과 망토를 쓰고 있었고, 갑옷도 변변치 않은 물품을 착용했었다. 사냥이나 모험에 전념하진 않은 것인지, 지금도 레벨이 그리 높아 보이지는 않았다.

불현듯 그때 챙긴 7골드가 미안해졌다.

남이 하면 사기, 내가 하면 장사!

위드의 파란만장한 바가지 역사에도, 드물게 양심의 가책이 쥐꼬리만큼 느껴졌다.

프로즌 스피어 충돌 3초 전.

얼음 창들이 수십 미터를 꿰뚫듯이 날아오고 있었다.

'내가 피하면 이 사람은 죽겠지. 어쩔 수 없는 희생이다.'

죽음의 위기에서는 주마등처럼 과거의 기억이 스쳐 지나

간다고 한다. 양심이 조금 찔리니 스쳐 지나가는 기억이 무척 많았다.

위드는 도망치려던 마음과는 달리 로아의 명검을 단단히 쥐었다.

"취에에에엑!"

허벅지 근육이 두꺼운 밧줄처럼 꿈틀거릴 때, 땅을 박차고 뛰어올랐다.

수십 미터를 도약하여 공중에서 얼음의 창들을 맞이했다.

"분검술."

오크 카리취가 무려 50마리로 늘어났다.

하늘이 흉악한 오크들로 가득 차 버리고 만 것이다.

"달빛 조각 검술!"

위드는 얼음의 창들을 빛을 내뿜는 검으로 쳐 내기 시작했다. 분신들까지 함께 휘두르는 검에, 하늘에서 얼음이 산산이 부서졌다.

'빠르고, 너무 많다.'

마나의 소모를 아끼지 않고 빛의 검을 뿜어내며 얼음 창을 박살 냈다. 끝도 없이 날아오는 얼음의 창을 그저 반사 신경으로, 혹은 제대로 보지도 않고 막무가내로 검을 휘두른다.

거짓말처럼 부서진 얼음의 창들이 파편이 되어 땅으로 떨어졌다.

어떤 얼음 창은 그대로 위드나 분신들의 몸에 적중되었다.

분신들은 그대로 사라졌지만, 직접 맞은 것은 고스란히 피해를 입어야 했다.

-프로즌 스피어에 강타!
높은 맷집과 마법 저항력으로 피해를 87% 감소시킵니다.
이동속도가 3.5% 저하됩니다.
몸의 움직임이 1.4% 둔화됩니다.

-프로즌 스피어가 옆구리에 부딪쳤습니다.
단단한 피부가 꿰뚫림을 막습니다.
피해 부위가 얼어붙으면서 체력이 5% 감소했습니다.
생명력이 5초 동안 13,812만큼 감소합니다.

-프로즌 스피어에 연속으로 적중당하고 있습니다.
얼음 마법의 저항력이 일시적으로 8% 감소합니다.
몸이 얼어붙으면서 전체적인 신체 능력이 하락합니다.
상태 이상 발생 가능!
생명력이 4,991 줄어들었습니다.
심한 피로를 느낍니다.

-프로즌 스피어 연쇄 타격!
무자비한 얼음 마법이 단단한 결빙을 일으킵니다.
두꺼운 얼음이 달라붙어서 몸을 움직일 수 없습니다.
이동 능력을 상실합니다.
매초마다 생명력이 감소합니다.
3분 내로 결빙 상태를 해소하지 못하면 사망에 이르게 됩니다.

하늘에서 부서진 얼음의 창들이 눈처럼 반짝이며 지상으로 내렸다. 위드가 막강한 마법을 터무니없게도 맷집과 검만으로 막아 내고 있는 것이었다.

"꺄아아아아! 이거 너무 멋지다!"

위드는 누군가의 환호성을 들으면서 생각했다.

'음, 오크 카리취 인형을 더 팔아먹을 수 있겠군.'

"위드 님이 우릴 지켜 주려고 목숨을 걸었어."

'솔직히 목숨까지 걸진 않았는데. 다 할 만하니까 한 거지.'

"항상 저랬어. 사람들이 때로는 불평하고 의심했지만, 우리가 알고 있는 위드 님은 언제나 저런 분이었다고."

'좋은 건 알리고 나쁜 건 몽땅 숨긴 덕분이군. 아직까진 인생 감쪽같이 잘 살아왔어. 그래도 이렇게까지 효과가 크다니… 그래서 정치인이 할 만한 직업이겠지.'

"나는 우리 아버지보다 위드 님을 더 믿어!"

'저런 아들 낳지 말아야 하는데.'

그렇지 않아도 콩깍지가 제대로 쓰여 있던 유저들에게 두꺼운 안대까지 제공한 셈이 되었다.

"저 미친 짓을 해낸다고?"

"그냥 피하면 되는 것을… 정신 나간 거 아냐?"

헤르메스 길드원들도 깜짝 놀랐다.

위드를 목표로 하기는 했지만 먼 거리였기 때문에 당연히 피하리라고 예상했다.

얼음의 창을 공중에서 분쇄해 버린 것은 그 자체로 전투 능력을 보여 주는 대단한 일이었지만, 한편으로는 다시 오지 않을 기회였다. 그들이 보기에 위드는 최소 10개 이상의 얼음 창에 적중되었다.

"그래도 저건 제법… 무모했는데?"

"생명력이 크게 떨어졌겠군."

"마법의 위력을 감안하면 살아 있는 게 신기할 정도야."

위드는 고위 마법사들이 쏜 프로즌 스피어에 수차례 얻어맞고 땅으로 추락했다. 얼음덩어리가 되어 몸을 가누지도 못하고 비틀거렸다.

"기회다."

"죽여 버리자고."

헤르메스 길드원 중에서도 최상의 실력을 자부하던 이들이 마구 뛰쳐나왔다. 먹잇감을 본 뱀처럼 반응하며 돌격이나 도약, 비행 마법을 펼쳐서 유저들의 머리 위를 넘어왔다.

목표는 당연히 위드!

그들은 움직이면서도 위드에게서 시선을 떼지 않았다.

"몸이 완전히 얼음에 뒤덮였다."

"조금 의심했는데 제대로 맞았어."

"이번에는 진짜 기회다!"

베르사 대륙의 운명을 좌우하는 전투다. 그 막중함이야 이루 말할 수 없지만, 잠깐 사이에도 모든 것이 결정지어질 수 있었다.

역사가 바뀌는 순간이란 바로 그런 것 아니겠는가.

헤르메스 길드원들은 자신이 그 주인공이 되길 바라며 빠르게 위드와의 거리를 좁혔다.

"죽어라!"

"여기서 끝낸다. 방송국에서 인터뷰를 하거든 마카로에게 죽었다고 알려라!"

"내 이름도 받아 적어라. 튀긴이다."

헤르메스 길드원들은 막 땅 투기를 시작한 사람들처럼 확고한 자신감을 가지고 있었다.

'먼저 도착한 놈이 잡는다.'

'주변에 있는 잔챙이들은 무시. 그건 시간 낭비다.'

'아군을 더 경계해야 돼. 이 영광을 나눠 주긴 아깝다.'

안타깝게도 헤르메스 길드원들의 확신이 깨지기까지는 오래 걸리지 않았다.

위드가 주먹을 휘두르니 그를 가두고 있던 얼음덩어리가 와장창 소리를 내며 깨져 나갔다. 높은 마법 저항력과 체력으로 결빙을 극복해 낸 것이다.

'그래 봐야 딸피. 조금만 치면 죽는다.'

'저항해 봐라. 우린 100명이 넘어.'

'아무리 위드라도 우리를 동시에 상대하기는 불가능할 것이다.'

절호의 기회에 하이에나들이 뭉쳤다.

베르사 대륙 최정상에 있는 헤르메스 길드원들을 다 모아 보니 누구 하나 무시하지 못할 실력자들이었다.

위드가 몸을 둘러싸고 있던 얼음을 깨 내긴 했지만 몸은 확실히 정상이 아니었다.

체력 저하! 신체 능력 저하! 전투력 감소에, 크게 쇠약해 진 상태였다.

그리고… 그 순간 오크 카리취의 형태를 하고 있는 위드에게 수천수만 개의 빛이 모여들었다.

밝고 아름다운 빛!

각 교단의 성기사와 사제 직업을 가진 유저들이 정화와 신성 마법을 아끼지 않고 위드에게 써 준 것이다.

—생명력이 382 회복되었습니다.

—생명력이 931 회복되었습니다.

—생명력이 2,474 회복되었습니다.

—생명력이 894 회복되었습니다.

—생명력이 126 회복되었습니다…….

회복량의 차이는 있었지만 단숨에 모든 생명력이 가득 차고 말았다.

위드는 평소 상태를 회복한 것은 물론이고 온갖 종류의 축복까지 뒤집어썼다.

짧은 순간이었지만, 프로즌 스피어를 맞는 광경을 본 몇몇 사제들은 자기희생 주문까지 외웠다. 목숨을 바친 주문으로 위드의 방어력을 높여 주는 축복을 부여해 준 것이다.

오크 카리취!

그 강대한 육체에 걸맞은 힘과 생명력이 깃든다. 탄력 있는 근육이 꿈틀거리고, 몸은 불을 끌어안은 듯이 뜨거워졌다.

"후아아아아아아아!"

위드는 도끼를 들어서 사정없이 후려쳤다.

뻐어어억!

끔찍한 소리를 내며, 가장 먼저 도착한 헤르메스 길드원이 뒤로 튕겨 나갔다.

"으아아아… 어라, 괜찮네?"

도끼질에 당한 헤르메스 길드원은 비명을 지르다가 의외로 피해가 없음에 놀라고 말았다.

무지하게 단단한 대형 도끼의 공격은 방어구에 흡수되어 버렸다. 생명력이 7% 정도 줄어들긴 했지만 의외로 맞을 만했던 것이다.

"공격력은 약해!"

"위드, 네 전설도 여기서……."

그다음에는 5명이 동시에 둘러쌌다.

위드는 거짓말처럼 차원문의 장갑을 이용하여 사라졌다. 그러더니 엉뚱한 곳에 나타나서 헤르메스 길드원들을 로아의 명검으로 베었다.

베고, 베고, 후려치고, 벤다.

한 걸음 걸을 때마다 어깨와 팔이 저절로 움직이는 것처럼 군더더기 없는 공격을 가한다.

검의 움직임이 멈추면 안 된다. 아름다운 선을 그리면서, 검에 실린 힘이 끊어지지 않고 이어졌다.

순간적으로 헤르메스 길드원 3명은 큰 피해를 입으며 물러났다.

"완전히 멀쩡하잖아."

"그 이상이야."

"도끼는 약한데, 저 검은 진짜다!"

그들은 일생일대의 기회인 줄 알았는데 알고 보니 호랑이 굴에 발을 들이밀었다는 걸 깨달았다.

위드는 조금의 상처도 없이 회복되었고, 가까이에서 상대해 보니 확실히 강했다.

"크흐흐, 그래도 대물을 잡을 기회란 말이지."

"시간 끌지 말고 한 방에 해치우자고."

헤르메스 길드원 100여 명!

그들은 눈빛을 마주치는 것만으로 위드만을 제거한다는

목표를 공유하며 동시에 덤벼들었다.

"전뇌의 추!"

"하늘, 땅, 바람 강타!"

"무쇠 쇄도!"

헤르메스 길드원들이 가장 자신 있는 스킬들을 발동시키면서 달렸다.

'멧돼지 같군.'

위드의 머릿속이 빠르게 회전했다.

찰나의 조각술을 비롯해서 몇 가지 써먹을 스킬들이 떠올랐다. 게다가 장비 목록도 마치 파워포인트를 연 것처럼 스쳐 지나갔다.

대지의 갑옷!

최대 생명력을 350% 늘려 주고, 갑옷의 효과를 발동시키면 10분 동안 물리 피해를 87.4%나 줄여 주는 성물!

대지 교단의 사제들도 치유 마법을 써 준 덕분에 신성력이 보충되어서 언제든 발동이 가능했다.

심지어 이 갑옷은 오크의 몸으로도 입을 수 있었다. 모든 이들을 보살펴 주는 공평한 대지의 여신의 갑옷이었기 때문이다.

차라랑!

단숨에 인벤토리에서 갑옷을 꺼내어 바꿔 입었다.

흉기나 다름없는 오크 카리취의 몸에 흰색과 녹색이 어우러진 멋진 갑옷을 착용했다.

"물러서지 않는 투사 발동!"

> **–투신의 축복!**
> 물러서지 않는 투사.
> 전장에서 오로지 전진만 하는 당신에게는 드래곤의 피부와 같은 단단함
> 이 적용됩니다.

유효기간이 조금 남아 있는 투신의 축복.

도망치지만 않으면 어마어마한 방어력을 발휘할 수 있는
축복이었다.

만약 바드레이를 상대하게 되면 써먹으려고 아껴 둔 거지
만 그냥 지금 써 버리기로 했다.

수많은 변수가 발생하는 전장에서 괜히 아끼다가 결국 누
렁이 주는 일이 생겨서는 안 되기 때문!

'아, 그래도 괜히 썼나. 아깝기는 한데…….'

그 직후에는 정면으로 빠르게 달렸다.

당연하게도 5~6명의 헤르메스 길드 유저들이 있었고, 공
격을 받아야 했다.

이때 위드는 그 누구도 상상하지 못했던 일을 저질렀다.

광역 스킬들이 작렬하며, 눈을 뜨기도 힘든 흙먼지와 섬광
이 피어올랐다. 피하지도 않고 막지도 않고, 몸으로 다 맞아
버린 것이다.

"헤라임 검술."

위드는 검을 휘두르기 시작했다.

헤르메스 길드에서는 이 검술에 대해 여전히 경각심을 갖지 않았다. 몬스터가 아니라 유저를 상대로 한 실전에서는 무용지물이라는 평가가 주류를 이루었다.

'중간에 한 번만 막으면 되잖아? 마나 엄청 쓰더라도 수비 스킬로 때려 막으면 끝이야.'

'회피 스킬로 피해도 되지.'

'바보도 아니고, 어떻게 한 번을 못 피하겠냐.'

연속 공격이 성공해야만 강해지는 기형적인 스킬.

위드가 투쟁의 길에서 절묘하게 쓰긴 했지만 실전에서는 사용하기 힘든 스킬이다.

하물며 자신들을 상대로는 더더욱.

퍼퍼퍼퍽!

위드는 섬광 속에서 가까이 있는 적들을 향해 검을 휘둘렀다.

공격을 뚫고 들어가서 무방비 상태의 유저에게 휘두르는 검!

무자비한 타격이 헤르메스 길드원들에게 쏟아졌다.

-1차 연속 공격이 성공하였습니다.
 민첩이 20% 늘어납니다.

-2차 연속 공격이 성공하였습니다.
힘이 40% 늘어납니다.

-3차 연속 공격이 성공하였습니다.
민첩이 추가로 40% 늘어납니다.

"잡아!"

"이쪽이다!"

위드를 향해 헤르메스 길드원들이 불나방처럼 덤벼 오고 있었다. 저마다 욕심을 내고 있는 상황이었기 때문에 10~20미터가 통째로 불타거나 파괴되는 광역 스킬 같은 건 아무도 쓰지 않았다.

따닥. 퍽. 빡. 꽈광!

쾅쾅! 콰콰콰쾅!

위드는 맞으면서 미친 듯이 검을 휘둘렀다.

10회가 넘어가자 고막을 두들길 정도로 강력한 일격을 날리기 시작하더니 어느 순간부터는 제어되지 않는 폭풍으로 돌변했다.

힘과 속도, 판단력과 과감함까지 겸비되어 덤벼드는 헤르메스 길드원들을 마구잡이로 날려 버렸다.

1초에 4~5명씩!

멀리서 보기에는 헤르메스 길드원들이 기세 좋게 덤볐다가 한순간에 쓸려 나가는 꼴이었다.

오크 카리취의 흉기 같은 근육이 탄력적으로 꿈틀거렸고, 그것은 폭발적인 힘으로 바뀌었다.

눈이 제대로 보이지 않아도 두꺼운 허벅지가 바위처럼 묵직하게 무게중심을 지탱하고 검이 날카롭게 바람을 가른다.

30여 회의 공격이 작렬한 이후부터는 위드를 막을 수 있는 이는 아무도 없었다. 좋은 장비를 갖춰 입은 헤르메스 길드원이라도 제대로 얻어맞으면 목숨을 잃었다.

"으아아아아, 미쳤다!"

"뭐야, 뭐가 저렇게 세!"

절대적인 방어력은 헤라임 검술과 결합되면 최강의 공격력으로 바뀌기도 했다.

위드는 사자후를 터트렸다.

"우으아아아아아아아아아!"

두꺼운 목에서 울려 나오는 포효!

짧은 사이에 30명 이상이 목숨을 잃었다.

수많은 공격을 직접 받은 탓에 위드의 몸도 만신창이가 되어 있었지만, 대지의 갑옷은 크게 파손되지 않았다. 원래 부서지지 않는 옵션을 가지고 있었고, 땅의 기운을 흡수해서 자체적으로 내구력도 복원된다.

위드는 다시 전진하기 시작했다.

오크 카리취!

그가 검을 휘두를 때마다 헤르메스 길드원들이 초보들처

럼 가볍게 박살 났다.

"이렇게 강할 수가……."

"미치게 강하잖아."

"살려고 하지 마! 우린 여길 벗어나지 못해. 기회를 만들면 누군가는 잡는다."

"그래, 놈도 많이 다쳤을 거라고!"

순간의 유혹에 눈이 멀어서 달려온 헤르메스 길드원들이었지만 남아 있는 선택권은 없었다. 이미 주변에는 북부 유저들이 가득해서 되돌아가기는 어려웠다.

그들이 보기에 위드도 상당히 다치긴 했다. 벌써 수십 번은 죽었어야 할 피해를 입은 게 분명한데, 그런 상태로도 어마어마한 전투력을 발휘하고 있었다.

정말로 위드의 별명 중 하나인 전쟁의 신처럼, 나름 강하다고 자부했던 자신들을 힘으로 찍어 눌렀다.

"자존심이 있지, 질 수 없다고!"

"그래. 위드, 여기가 네 무덤이다!"

"끝장을 보자. 혼돈격!"

헤르메스 길드 유저들 또한, 이제 아예 방어를 포기하고 동료들의 안전도 살피지 않았다. 그저 모든 마나를 동원하여 최강의 스킬을 발휘하며 덤벼들었다.

최선의 판단!

위드가 피하면 폭풍 같은 헤라임 검술도 중단되는 것이다.

-칼날 베기!

무자딘의 칼에 옆구리를 베였습니다.
두꺼운 가죽 피부로 인해 피해가 감소합니다.
생명력이 4,281 감소했습니다.

-예리한 꿰뚫음!

날카로운 검이 등을 꿰뚫었습니다.
막지 못하는 출혈 발생!
생명력이 7,381 감소했습니다.
상처 부위를 지혈할 때까지 매초마다 318의 생명력이 줄어듭니다.

-최후의 반격!

기사 더존이 자신이 죽는 순간에 반격했습니다.
이 최후의 반격에는 모든 힘이 실려 있습니다.

중대한 타격을 받아서 생명력이 40,846 감소합니다.
최대 체력이 7% 줄어들었습니다.

-피부 파열!

화염 마법이 작렬하여 몸에 불이 붙었습니다.
불에 대한 저항력으로 극복했지만, 피부의 일부가 터져 나갔습니다.
생명력이 7,466 줄어들었습니다.
맷집이 13% 약화됩니다.

위드는 대지의 갑옷과 투신의 축복 덕에 그리 큰 피해는
입지 않았다.

−생명력이 747 회복되었습니다.

−생명력이 912 회복되었습니다.

−생명력이 481 회복되었습니다.

−방어력 강화!
  암석 피부의 축복이 부여되었습니다.
  피부를 단단하게 만듭니다.

−생명력이 9,928 회복되었습니다.

−생명력이 54 회복되었습니다.

−검의 영광!
  루의 빛이 로아의 명검에서 발산됩니다.
  무기 공격력이 14% 증가합니다······.

다시 한 번, 북부 유저들 중 사제 집단의 일제 치료!

위드의 몸이 온갖 신성력으로 뒤덮이더니 말끔하게 치료
되었다. 최대 생명력의 몇 배나 회복될 정도였다.

"이건 사기야."

"개사기다."

"도저히… 싸울 수 없다."

헤르메스 길드원들은 몸이 얼어붙었다.

전쟁의 신이라는 단어가 떠오르게 만드는 오크 카리취!

그가 무섭게 달려오면서 헤라임 검술로 1명씩 쳐 내고 있다. 초반에는 두세 대쯤은 맞으면서도 버텼지만, 이젠 그냥 스치듯 맞아도 50~100미터씩 날아가면서 사망이었다.

말 그대로 스치듯 안녕!

판단이 빠른 몇몇은 결국 도저히 안 되겠다고 판단하고 자신들만 몸을 빼려고 했다.

그렇지만 북부 유저들 중에서도 실력자들이 나서서 막았다.

1명, 1명 그리고 또 1명!

땅을 울리며 빠르게 달려오는 오크 카리취가 무기를 휘두를 때마다 처참하게 죽어 갔다.

"우와와아아아아아아악!"

위드가 다시 사자후를 터트렸을 때, 4군단과 싸우기 위해 모인 군중이 일제히 환호했다.

누구나 로열 로드를 하면서 영웅이 되기를 꿈꾼다.

멋진 모험도 하고, 보스 몬스터 사냥도 하고.

그러면서도 가장 두렵고 위험한 존재로 여기는 것이 헤르메스 길드원들이었다. 도시, 마을 안에 있더라도 자신들과는 다르게 특별한 강자들로 인식되었으니까.

그들 100여 명이 오크 카리취의 모습을 하고 있는 위드에게 목숨을 잃어버리는 모습은 대단한 명장면이었다.

멀리서 그 광경을 보던 칼쿠스는 혀를 찼다.

"쯧, 욕심을 너무 부렸어. 그래도 저렇게 질 줄은 몰랐다."

뛰어난 실력자들이라고는 하지만 고작해야 100여 명에 불과했다.

70만에 달하는 길드원을 생각하면 큰 피해는 아니지만 그래도 입맛이 썼다. 위드가 결빙 상태에 놓였을 때, 칼쿠스도 뛰어들지 말지를 고민했던 것이다.

"간단히 이기진 못한단 거지. 그래도 그물망은 철저히 완성되고 있다."

수뇌부의 명령에 따라 이 일대를 제국군의 각 군단이 장악해 가고 있었다. 모든 전투와 상황을 제쳐 두고 가르나프 평원 전역의 제국군이 이곳으로 모이는 중이었다.

"너희만큼은 특별히 마지막 1명까지 다 죽여 주마."

마지막 수단

-위드 님, 그쪽으로 병력이 몰려가고 있는 것 같습니다.

 -적 기사들의 움직임이 이상합니다. 기사와 기병대가 전투 중에 빠르게 이탈해서 달려갔습니다.

 -판제롭 유령 기사단이 그쪽으로 달려갔어요. 피하셔야 돼요!

 -거기 위험해요. 어서 나와요.

 -보고입니닷. 지금 풀죽신교의 각 분대장들이 말하기를 상당히 많은 병력이 위드 님을 목표로 움직이고 있다고 합니다. 저희가 막고는 있지만 뚫고 지나갔어요. 어서 빠져나오세요!

 위드에게 마판, 페일, 이리엔, 수르카를 비롯하여 레몬 등 여러 사람의 귓속말이 정신없이 전해져 왔다.

가르나프 평원에서 대대적으로 전투를 펼치던 제국군이 목줄을 끊어 낸 맹수처럼 달려오고 있었다.

"날 잡으려고 하는군, 췻."

오늘 치른 전투가 머릿속을 스쳐 지나갔다.

20군단이 함정을 파고 기다렸고, 불타는 유성 소환까지 거침없이 사용했다. 하벤 제국군의 움직임이 바뀐 것도, 명백히 이번에도 자신을 노리고 있는 것이었다.

"내가 뭘 잘못했다고… 취췩. 등 따뜻하고 배 좀 부르게 살아 보려고 했더니 말이야, 췍!"

위드가 한탄을 하는 사이에 유저들도 소식을 들었다.

"제국군이 온대!"

"모조리 여기로 온다는데?"

어느새 풀죽신교의 비상 통신망에도 공식적으로 제국군의 급격한 움직임이 알려졌다. 뮬의 그리폰 군단이 하늘을 뒤덮고 날아오고 있다는 것도 조인족들에 의해 확인되었다.

"피하세요!"

"여긴 위험합니다, 위드 님."

가까이 있던 유저들이 위드의 안전을 걱정하며 말했다.

북부 유저들도 이곳이 격전지가 될 것임을 깨닫고 몽땅 모여들 것이다. 그럼에도 평원에 넓게 흩어져 있는 유저들은 제국군보다 한두 발 늦을 수밖에 없으리라.

'20개나 되는 군단이 한꺼번에 진격한 것은 전술적인 이점

때문이기도 하지만 날 확실히 죽이려는 것이겠지.'

위드는 상황을 냉정하게 돌이켜 봤다.

사기꾼에게 당해도 정신만 차리면 살아날 길이 있는 세상!

물론 그 사기꾼이 완벽한 계획을 세웠다면 생존이 불가능하겠지만, 세상일에는 변수가 많다. 치킨 1마리를 완벽하게 튀기는 것도 쉽지 않은 법!

"저희가 막겠습니다. 바로 빠져나가세요."

"여기서 죽으시면 안 됩니다."

"우린 괜찮아요. 위드 님이 사셔야 돼요."

유저들이 몰려들어 탈출로를 열겠다는 제안도 선뜻 해 왔다.

"여러분……."

위드의 눈가가 감동으로 씰룩거렸다.

물론 그 이후에 벌어지게 될 일은 불을 보듯 뻔했다. 이곳에 모여 있는 많은 유저들은 전멸할 것이다.

수많은 유저들이 사방에서 공격을 당해서 죽어 간다. 그 모습을 뒤로하고 위드가 도망치는 모습이 방송을 타게 된다면 명성의 하락도 정해진 사실이었다.

도망자.

비겁한 사람.

지금까지 쌓아 올린 인기가 물거품처럼 사라진다.

광고 수입, 출연료!

지금 위드의 인기는 어린아이들의 동심을 파고들어서 코 묻은 돈까지 탈탈 털어 낼 수 있는 상태!

매년 판매량이 늘어나는 캐릭터 사업까지 감안하면 도망치는 건 최악의 수였다.

"위드 님을 피하게 해야 합니다. 모두 협조를 부탁드려요!"

"제국군이 다가오지 못하도록 막아 주세요. 위드 님이 빨리 빠져나가도록요!"

짧은 시간이었지만 간절한 목소리들이 들렸다.

'아냐, 흔들리지 않는다. 내 밥그릇은 내가 지킨다.'

핵폭탄이 떨어지는 와중에도 지켜야 하는 밥그릇!

위드는 사자후를 터트렸다.

"여러분! 하벤 제국군이 이곳으로 모여들고 있습니다! 취췩!"

이 자리에 있는 대부분의 유저들도 알고 있지만 일부러 이야기했다.

"어서 가세요, 위드 님."

"지금은 빠져나갈 수도 있을 거예요. 우리가 막을게요."

유저들은 위드가 떠나리라고 짐작했다. 어쩔 수 없이 간다고 사과라도 할 줄 알았지만, 정반대였다.

"저는 끝까지 싸울 것입니다, 취이이익! 한 발자국도 물러서지 않고 승리할 겁니다! 취췩, 취. 우리의 의지는 지지 않습니다. 여러분에게 기적을 보여 드리겠습니다, 추이이이익!"

위드는 국회의원 선거에 나온 사람처럼 고함을 질렀다.

그리고 기적을 만들기 위해 조각칼을 들었다.

슥슥슥슥.

가까이 있는 바위를 빠르게 깎아 내기 시작했는데, 조금씩 드러나는 형체는 꼬질꼬질하고 수염을 기른 할아버지였다.

'여기서 다른 대책은 없긴 하지만, 어떻게든 해 주겠지.'

위드가 사자후를 터트리고 조각품을 만들자, 가까이 있던 모든 유저들이 주목하고 바라보았다. 잠시 후 조각품의 정체를 알아차린 북부 유저들은 놀라서 입을 크게 벌렸다.

"맙소사!"

"그분이다!"

"누군데?"

"게이하르 폰 아르펜 황제! 베르사 대륙을 최초로 통일한 황제야!"

원래는 챙길 건 챙기면서 좀 더 싸운 후에 되살리려고 했다. 가르나프 평원의 많은 조각품들이 파괴되어, 복원을 위한 시간도 필요했기 때문이다.

'계획 변경이다. 일단 다 떠넘기자.'

위드가 조각칼을 움직이는 광경은 멀리 있던 4군단의 칼쿠스와 헤르메스 길드 유저들도 봤다. 동시에 방송을 통해서도 수많은 유저들이 지켜보고 있었다.

"게이하르 황제!"

"드디어 황제를 되살릴 모양입니다."

"얼마 전에 위드가 아르펜 제국 시절로 돌아가서 바다를 지키는 모험을 했었죠. 그 이유라고 할 수 있는 게이하르 폰 아르펜 황제입니다."

"저 사람이 도대체 누군가요?"

"자료에 따르면… 조각사로서 최초로 전 대륙을 통일한 황제라고 합니다."

각 방송국의 진행자들마다 열기가 흘러넘쳤다.

위드가 출현하면서 가르나프 평원의 전투는 쉴 새가 없었다. 지금 이 순간에도 여러 지역에서 중요한 전투가 벌어지고 있었지만, 위드가 서 있는 장소만큼은 아니었다.

제국군이 결집해 오고 그 뒤를 따라 북부 유저들도 모이고 있었기에 중요도는 더욱 높아지고 있었다.

어쩌면 베르사 대륙의 운명이 이 자리에서 정해진다.

그런데 게이하르 황제 소환이라니!

"놈이 칼을 뽑았다."

위드의 의도를 알아차리자마자 칼쿠스는 방해하고 싶어졌다. 죽은 영웅을 되살리는 광경은 근본적으로 호기심을 자아내기도 했지만, 그게 이루어지면 불리하단 걸 알고 있었기 때문이다.

"저걸 못 만들게 해!"

헤르메스 길드의 마법사들이 마나를 아끼지 않고 강력한

원거리 마법 주문을 외웠다.

"확산력과 피해가 큰 화염 마법으로 간다."

"파이어 블래스터."

"플레임 샤워."

"파이어 버스터!"

수백 개의 화염 마법이 쏘아져 나와 커다란 포물선을 그리며 하늘을 가로질렀다.

목표는 위드!

이번에는 북부 유저들도 철저히 대비를 했다.

"우리 마법사님들도 받아쳐요!"

"무슨 수를 써서라도 막읍시다."

"몸이라도 던져요!"

정령술과 마법 화살, 얼음 마법 수만 개가 하늘로 발동되었다.

파파파팡!

화염 마법들이 온갖 종류의 대응 마법들과 부딪치며 폭발이 일어났다.

온 세상의 폭죽을 한꺼번에 터트린 것만 같은 화려한 불꽃들이 어두운 밤하늘에 퍼진다. 화염 마법들은 대기권을 관통하는 유성우처럼 타오르고 부서지면서도 다가왔다.

"막을 수 있어요!"

"조금만 더 힘을!"

마법사들이 다시 얼음 마법을 쏘고, 사제들은 위드를 중심으로 보호 마법을 펼쳤다. 게다가 유저들은 뭉쳐서 성벽처럼 몸을 쌓아 방어벽 역할을 했다.

위드가 그들을 지켜 주겠다고 선언하였기에, 자신들도 몸을 던질 수 있었던 것이다.

"으아… 안 되는데."

"막자. 우리가 할 일은 이것이야."

기꺼이 벽이 된 유저들은 눈을 부릅뜨고 가까워져 오는 화염 마법을 바라봤다.

무수한 화염 마법이 어두운 밤하늘에서 온갖 종류의 불꽃이 되어 부서지고 흩어진다. 더 이상 다가오지 못하고 조금씩 사라지는 광경에, 유저들은 두 팔을 번쩍 들었다.

"만세!"

"우리가 또 해냈다."

화염 마법을 막기 위해 썼던 얼음과 물의 마법의 여파로 뜨거운 빗줄기가 일부 내렸다.

쏴아아아아.

그리고 위드는 비를 맞으면서도 조각칼을 잠시도 쉬지 않았다.

빠르게 형태를 갖춰 나가는 게이하르 황제의 조각품!

눈가의 주름이나 턱 주름, 삐죽하게 튀어나온 이빨까지 고스란히 재현되고 있었다.

'머리에 땜빵도 크게 있던데… 이런 걸 빠뜨릴 수는 없지.'

자세히 보면 게이하르 황제가 그렇게 영웅의 인상은 아니다.

하지만 사회생활을 하다 보면 알게 되는 게 있다.

평범하게 생긴 사람이 정말로 무서울 수 있다는 것을!

악독하게 생긴 집주인이 때때로 월세를 올릴 때 조금은 미안해하는 표정을 짓기도 한다. 반면에 평범하게 생긴 사람은 당당하게 말했다.

"이번 달부터 월세 3만 원 올리지."

"영감님, 어르신! 지금도 겨우 맞춰서 내고 있는데요. 주변 시세도 안 올랐고요."

"아쉬우면 나가든가. 세입자가 없어서 못 구하는 줄 아나? 불쌍해서 길거리에 나앉을 놈들 살게 해 줬더니!"

"저희 입장에서는 매달 3만 원은 부담이 큽니다. 고장 난 보일러도 안 고쳐 주셨잖아요."

"누군 땅 파서 이 집 지은 줄 알아? 내가 집 지을 때 삽질이라도 해 줬어? 어? 해 줬냐고!"

위드는 지독했던 집주인을 떠올리면서 게이하르 황제의 조각품을 만들어 갔다. 지극히 평범하지만, 그렇기에 무슨 짓을 하더라도 이상하지 않다.

예술성이나 정교함보다는, 그저 빠른 손놀림으로 완성되어 가는 조각품!

꾀죄죄한 옷차림에 수염을 기른 할아버지!

대륙을 통일한 영웅이라기보다는 삼겹살에 막걸리 한 잔 마시고 잠든 것처럼 나른한 표정이었다. 어쩌면 오래전에 봤던 노인을 닮은 구석도 조금은 있었다.

'그 할아버지도 코코아를 사 마셨을까.'

잠깐 만났던 할아버지이기는 하지만 어깨가 좁고 처량하게 보였다. 흔히 보는, 겉으로는 꼬장꼬장하지만 알수록 불쌍한 유형.

'나이 먹고 당 떨어지면 힘들 텐데. 밥은 챙겨 먹고 다니는지 모르겠네.'

어찌나 안타깝게 생겼던지, 인색한 위드가 기꺼이 200원을 꺼내서 코코아를 마시라고 건넬 정도였다.

"벌써 조각품이 만들어졌어!"

"우와아! 5분도 안 되었는데 사람을 하나 만들어 내다니, 복사기 수준 아닌가?"

"3D 프린터야. 완전히 게이하르 황제랑 똑같잖아."

위드가 조각품을 만드는 것만 지켜보던 유저들에게는 실로 경악스러운 속도였다.

그냥 슥슥 움직이면 정교한 묘사가 이루어진다. 몸과 얼굴 선이 생겨나고 가닥가닥 주름이 잡힌다.

감각이나 독창적인 표현력에 있어서는 다른 예술가들보다 모자랄 수 있다. 하지만 이것저것 짜 붙이는 것과 작업 속도에 있어서만큼은 거장이라고 부를 만했다.

노가다계의 신화!

위드는 바로 스킬을 시전했다.

"조각 부활술!"

―조각 부활술 스킬을 사용하셨습니다.

드넓은 대륙의 지배자.

예술을 널리 퍼뜨린, 모든 생명체들의 아버지.

조각술의 마스터이며 아르펜 제국의 황제 게이하르 폰 아르펜.

예술의 부름을 받아 이 땅에서 다시 움직이게 될 것입니다.

예술 스텟 45가 영구적으로 사라집니다.

신앙 스텟 10이 영구적으로 줄어듭니다.

레벨이 3 하락합니다.

생명력과 마나가 18,000씩 소모됩니다.

조각 부활술에 의하여 되살아나는 인물은 생전의 지식과 능력을 가지고

있습니다.

정해진 짧은 시간이나마 세상을 다시 볼 수 있고 움직일 수 있게 해 준

것에 고마워할 수도 있고, 그렇지 않을 수도 있습니다.

―조각 부활술 스킬의 숙련도가 향상되었습니다.

게이하르 황제의 조각품!

그것은 몇 초 동안 아무 반응이 없었다.

지켜보는 위드가 숨이 막혀 올 지경이 되었을 때, 게이하르 황제가 오랜 잠에서 깨어난 듯 기지개를 펴며 하품을 했다.

"으하아아암! 여기는… 제자로구나."

"예, 스승님."

위드는 넙죽 고개를 숙여서 인사를 했다.

되살린다고 해서 무조건 도와주는 것이 아니다. 조각 부활술로 살아난 이들은 자신이 하고 싶은 대로 했다.

'대륙을 구하는 일이라고 사기도 좀 쳤고, 술도 사 줬고, 고기도 구워 줬지. 하라는 대로 다 했었다.'

그렇지만 최악의 경우 먹튀도 감안해야 하는 상황!

베르사 대륙을 최초로 통일한 영웅 게이하르 황제였지만 위드는 일말의 불안감을 갖고 있었다.

게이하르 황제는 주위를 둘러보다가 4군단과 유저들이 치열하게 싸우고 있는 것을 확인했다.

"여긴 전쟁터구나. 네 말대로 지금이 그 순간인 것이냐."

"그렇습니다."

"저들이 그 못된 놈들이고?"

"맞습니다. 완전 인간 망종들이죠!"

위드는 과거에 하벤 제국과 전쟁을 치를 것이라고 설명하면서 조미료를 듬뿍 뿌렸다. 대륙의 평화를 위협하며, 예술을 경시하고 조각품을 파괴할 거라는 악의 제국!

위드가 비장한 목소리로 말했다.

"저들이 이 땅을 차지하고 나면 스승님의 위업은 사라지고 말 겁니다. 이미 누렁이가……."

"뭣이! 누렁이가 죽었느냐!"

게이하르 황제의 조각 생명체에 대한 애정은 각별했다.

누렁이를 보자마자 멋진 소라고 애착을 갖고 등에 올라타기도 했다. 물론 누렁이는 매우 귀찮아하며 억지로 태워 준 것이지만.

"아직 죽진 않았습니다. 그런데 놈들이 누렁이를 보면서 입맛을 다셨습니다. 소금도 가지러 갔습니다."

"소고기에는 역시 소금이지."

"맞습니다. 이것저것 필요 없고 좋은 소금에 찍어 먹으면 딱이죠."

"누렁이의 갈빗살은 그야말로 훌륭하지. 떠올리기만 해도 입안에 침이 고이는구나."

"스승님께서 목을 좀 축이시라고 좋은 막걸리도 담가 놨습니다."

위드는 나무로 된 술병까지 슬며시 내밀었다.

뇌물로 바치는 최상의 막걸리!

게이하르 황제의 취향을 완벽히 저격한 것이었다.

"2군단 도착 1분 전!"

"3군단도 합류하고 있습니다."

"가르나프 평원 곳곳에서 제국군이 모입니다. 그들은 북부 유저들을 학살하며 위드가 있는 지역으로 진격합니다!"

제국군의 급작스러운 전술 변화에 방송국마다 뒤집어질

정도로 난리가 났다.

자정부터 벌어져 어둠 속에서 이루어지던 전투, 이제 새벽이 지나 조금씩 밝아져 오는 세상에 무수히 많은 제국군 병력이 사방에서 모여드는 장면이 적나라하게 드러나자 실로 충격적이었다.

"동쪽에서 판제롭 유령 기사단의 쾌속 진격입니다."

"서쪽에서 9군단, 북쪽에서 14군단도 도착할 것으로 보입니다."

"제국군의 움직임이 경이적입니다. 뒤늦게나마 자료를 찾아보니 위드가 등장했을 때부터 제국군의 위치와 이동 경로가 조금씩 바뀌었습니다. 이 순간만을 노렸던 것으로 보입니다."

"맹수가 어슬렁거리다가 단숨에 먹잇감의 목덜미를 물어뜯는 그런 광경이 떠오릅니다."

하벤 제국군에 의해 위드와 그를 따르는 유저들이 위험에 빠진 것으로 보였다. 북부 유저들이 허겁지겁 집결하고 있지만 그들을 방해하는 부대가 또 따로 있었다.

영락없이 죽거나 도망치거나 양자택일해야 하는 절체절명의 순간, 위드는 조각 부활술을 사용하고야 말았다.

게이하르 폰 아르펜 황제의 등장!

"놀랍습니다. 조각품이 살아났습니다."

"게이하르 황제. 아르펜 제국의 이름으로 대륙을 통일시킨 역사적인 인물의 출현입니다."

"위드에게는 사용이 예정된 카드나 마찬가지였는데요, 실제 효과는 어느 정도라고 보십니까?"

"가르나프 평원에 수많은 유저들이 조각품을 만든 이유가 이 순간을 위해서라고 보입니다. 그렇지만 분명히 고려해 두어야 할 것이 조각품의 파괴입니다."

"파괴요?"

"불타는 유성 소환이 많은 조각품들을 파괴해 버렸습니다. 유저들이 복구에 나서고 있긴 하지만 피해가 클 겁니다."

"당장 그곳까지 가는 것도 문제가 될 것으로 보이네요."

방송 영상에서 제국군은 굶주린 승냥이 떼처럼 사방에서 달려오고 있었다. 위드와 함께한 유저들이 외곽에서부터 급속도로 죽어 나가는 광경이 이어졌다.

"이대로라면 위드나 게이하르 황제도 버티지 못합니다."

"도망치는 것도 쉽지 않아 보입니다."

"하늘은 2군단에 의해 막혔습니다! 지상에서는 어느 방향으로 움직이더라도 제국군에 막힐 겁니다. 완전히 포위되었습니다."

"크으, 죽이는군. 이 맛에 되살아나는가."

게이하르 황제는 막걸리 세 병을 차례로 들이켰다.

그사이 위드는 여러 가지 경로로 전황을 확인하고 있었는데, 마판의 정보가 가장 정확했다.

-위드 님이 있는 곳으로 집결하고 있는 제국군 병력이 너무 많습니다. 2군단과 3군단, 6군단, 7군단이 가장 빨리 도착할 겁니다! 정보의 출처는 CTS미디어입니다.

위드는 이 자리에 남기로 했지만, 아무 근거 없는 자신감 때문은 아니었다.

게이하르 폰 아르펜!

대륙을 통일한 영웅인 그가 뭐라도 해 주리라!

"딸꾹, 꺼어어어억! 취한다. 좋구나, 얼쑤!"

게이하르 황제가 두 팔을 휘저으면서 춤을 추었다.

-포위망이 취약한 방향은 없습니다. 그리고 3군단의 병력 중에 마법 스크롤을 보유한 이들을 대량으로 발견! 그들의 광역 마법이 하늘에서 떨어지면 위드 님을 지키는 유저들은 급속도로 줄어들 것입니다.

희망적인 보고란 없었다.

의리보다는 끈끈한 이해관계로 맺어진 마판이라서 지금 당장 헤르메스 길드로 전향하더라도 이상하지는 않았다.

마판이 성실하게 보고하고 있는 이유는 위드에 대한 기대 때문이었다.

경험과 감!

위드가 절대로 그냥 죽지는 않으리란 믿음이 있었다.

"이대로라면 다 죽을 판입니다, 스승님! 어서 뭐라도 해 보세요."

"막걸리 한 병 더 없나? 딱 좋은 기분이 들 때까지 조금 부족한데."

"좀 전에 그게 마지막입니다."

"아쉬워. 아주 큰 흥이 일어나려고 했는데 말이야."

위드는 되살려 낸 황제가 못 본 사이 알코올중독이 된 건 아닌지 상당히 의심스러웠다.

'역사적으로는 안 이랬는데, 설마 알코올중독으로 죽었던 건 아니겠지.'

시간 조각술의 드러나지 않은 폐해.

나비 1마리가 태풍을 일으키듯이, 어쩌면 위드가 권했던 술이 말년의 게이하르 황제를 알코올중독으로 만들어 버렸을지도 모른다.

공짜 술을 좋아하는 게이하르 황제가 슬픈 눈빛으로 말했다.

"많은 시간이 흘렀다. 이 시대에는 내가 직접 생명을 부여한 친구들은 거의 대부분 죽었겠지."

"아마도 그럴 것입니다."

철혈의 워리어 바하모르그는 되살아났다. 수명이 긴 해양 생명체들을 비롯해서 여러 종족들이 살아 있긴 할 테지만,

게이하르 황제가 직접 생명을 부여한 이들은 대부분 목숨을 잃었다.

"내 친구들, 나의 아이들의 죽음을 애도하려고 하는데… 한 잔의 술이 부족하구나."

게이하르 황제는 슬퍼했다.

"스승님, 제가 미처 생각하지 못했습니다."

위드는 기분을 맞춰 주기 위해 어쩔 수 없이 아껴 놓았던 비싼 포도주까지 꺼내야 했다.

한 병에 3,000골드가 훨씬 넘는 고급술이었다.

"꼴깍꼴깍. 끄윽, 취한다."

게이하르 황제는 병을 따더니 막걸리를 마시듯이 들이켰다.

"위드 님! 외곽이 무너지고 있어요."

"남쪽에서 대규모 병력이 출현했습니다. 눈으로도 보여요."

"꺄아아아악! 그리폰 부대가 하늘을 돌아다녀요! 당장이라도 공격해 올 것 같아요!"

유저들이 쓰러져 죽어 갔다.

그사이에 뮬의 2군단은 하늘을 돌면서 지상을 관찰하고 있었다. 위드를 만만하게 여기지 않았기에 즉시 공격하지 않았지만 기회가 보인다면 망설이지 않고 활동을 시작하리라.

사상 초유의 위기!

게이하르 황제는 포도주를 마시다가 그대로 눈을 감았다.

"스승님?"

"쿨……."

"스승님, 혹시 잠드신 겁니까? 일어나시죠. 지금 이럴 때가 아니에요."

"드르렁드르렁!"

"……."

위드는 깊게 잠든 게이하르 황제를 확인하고 로아의 명검을 뽑아 들었다.

달면 삼키고 쓰면 뱉는 인간관계에서, 이건 있을 수 없는 일이었다. 흔해 빠진 먹튀랑 뭐가 다르단 말인가.

"헤스티거의 반만이라도 해 주었으면… 역시 조각사들은 게을러 터지고 자기 멋대로 사는 인간들이야."

게이하르 황제의 목을 치려던 손길이 순간 멈칫했다.

'그래도 투자한 게 있는데… 아니야, 당장 베어 버리자. 지금이라도 도망치는 게 나아… 하지만 아직 끝난 건 아니잖아.'

위기가 닥칠수록 빠르게 돌아가는 머리였지만 게이하르 황제에 대한 아쉬움 때문에 결정을 내리기 어려웠다.

3.2초 후!

드디어 위드는 판단을 내렸다.

"이렇게 된 이상 어쩔 수 없이 내가 나서야겠군."

오크 카리취의 모습으로 알맹이들만 골라서 사냥하려던

계획이 틀어졌다. 공짜 밥을 먹고 싶었지만, 어쩔 수 없이 밥 값을 지불해야 하는 상황이 와 버렸다.

전쟁의 신으로서의 진면목을 드러내야 할 시간.

위드는 배낭에서 하나둘 금괴를 꺼내 높게 쌓았다.

돈 없다고, 가난하다고, 모든 걸 아르펜 왕국을 위해 투자했다고 말하고 다녔지만 실상은 알부자!

모험과 사냥으로 얻은 누런 금은 뭉쳐서 따로 모아 두었다.

"신성한 불!"

위드는 헤스티아의 불꽃을 일으켜서 황금을 녹여 커다란 하나의 덩어리로 만들었다.

샤샤샤샥!

물의 정령 물방울을 불러서 뜨거운 금덩어리들을 식히면서 동시에 깎아 냈다.

"앗뜨뜨뜨드."

-화염 피해를 입습니다.
　생명력이 31 감소하셨습니다.

화염 저항과 맷집으로 덜하긴 했지만 그래도 피해는 발생한다.

위드는 무시한 채로 굉장히 빠르게 조각술을 펼쳤다. 지금까지 했던 그 어떤 조각품보다도 빨리 만들어 갔다.

"우와앗, 이렇게 많은 황금은 처음 봐."

"위드 님 대단하구나."

주변 유저들의 시선이 모이고 있었기 때문이다.

'세상에 믿을 놈은 없지만, 도둑놈은 많지.'

다행히 과거에도 여러 번 조각해 본 존재였다.

살점 하나 붙어 있지 않은 해골!

삶과 죽음의 경계를 넘어서 끔찍한 전투를 지휘하며, 몇 배나 되는 적을 상대로도 당당하게 싸울 수 있는 존재.

'리치다.'

찬란하게 빛나는 황금 해골 조각상!

어울리지 않는 조합인 것 같지만 일단 멋은 있었다. 황금을 통째로 쏟아서 만들고 있으니 당연히 멋있는 것이 정상이었다.

금인이도 황금의 후광으로 만들지 않았다면 좀 평범했을 것이다. 피부 미인이라는 말처럼 조각술 역시 재료발이었다.

'음, 재료가 좀 부족하군.'

위드는 상체를 조각하다가 황금이 약간 모자란 것을 느꼈다.

4군단의 공세가 계속되고 있었고, 사방에서 조여드는 헤르메스 길드 유저들에 대한 보고도 잇따른다. 하늘에서는 뮬의 그리폰 군단이 슬슬 지상으로 가까이 내려오고 있었다.

위드가 안전한 것은 게이하르 황제가 소환되면서 경계하고 있기 때문이었다.

'그냥 대충 하자. 다리 하나가 좀 짧아도 마법을 쓰는 데는 괜찮겠지.'

—만드신 조각품의 이름을 정해 주십시오.

"황금 리치로 해."

—황금 리치가 맞습니까?

"아니, 잠깐만… 어린아이들의 꿈과 동심을 무시하면 안 되지. 귀여운 이름으로 해야 캐릭터가… 뽀로로나 타요를 봐도 말이야. 흠, 꼬롱이로 하자."

—꼬롱이가 맞습니까?

"맞아."

명작! 꼬롱이상을 완성하셨습니다!
세상을 구한 영웅이며 광대한 북쪽 대륙의 왕!
널리 명성을 떨치고 있는 조각사 위드의 새로운 작품.
오로지 순수한 황금으로 만들어 낸 리치의 조각상입니다.
미묘한 공포를 일으키는 해골!
인체 내부에 있는 뼈들이 놀랍도록 정교하고 아름답게 표현되었습니다.
한쪽 다리가 짧은 이유는 알 수 없지만, 다른 부분들의 완성도를 감안할 때에 조각사의 깊은 의도가 있을 거라고 짐작됩니다.
예술적 가치 : 12,381.
특수 옵션 : 꼬롱이상을 바라본 언데드들은 생명력과 마나 흡수율이 24% 증가한다.

아군의 사기가 저하됨.
적에게 괴로움과 공포를 심어 줌.
행운 55% 감소.
흑마법 저항력 10% 감소.
언데드 소환 스킬의 효과가 강화됨.
언데드들이 시전하는 고유 스킬의 사용 시간이 감소
아군이 죽음을 두려워하지 않게 되고, 생명력이 감소할 때마다
공격력이 최대 3배까지 비례하여 상승.
전 스텟 33 상승.
영구적으로 지식 1 증가.
이 지역의 전리품 획득률을 늘려 줌.
다른 조각품과 중복 적용되지 않음.
지금까지 완성한 명작의 숫자 : 36

-명성이 5,321 올랐습니다.

-예술 스텟이 44 상승하셨습니다.

-인내가 1 상승하셨습니다.

-통솔력이 3 상승하셨습니다.

-지혜가 2 상승하셨습니다.

-신앙심이 2 감소하였습니다.

-조각상으로부터 깨달음을 얻어 통찰력이 2 상승하셨습니다.

명작의 완성!

급해서 바쁘게 한 것임에도 불구하고 명작이 나왔다. 위드가 조각술 스킬의 마스터이기 때문이기도 하지만 어느 정도 운도 따라 준 것이었다.

"역시 예술 작품은 돈과 디테일인가. 조각 변신술!"

오크 카리취의 형태이던 위드의 키가 서서히 줄어들었다.

어깨가 좁아지고 통나무 같던 팔다리가 가늘어진다. 풍성하던 머리카락은 바람이 불면서 우수수 땅으로 떨어졌다.

앙상하게 말라 가던 몸은 가죽까지 벗겨지면서 마침내 뼈다귀만 남았다.

해골! 그것도 리치였다.

생명력과 마나가 대폭 늘어납니다.
체력의 한계가 사라집니다.
조각품에 대한 이해 스킬이 마스터라서 완전한 리치가 되었습니다.
리치 특유의 특성이 부여됩니다.
생명 보관!
병을 만들어 자신의 생명을 보관합니다. 병이 파괴되지 않는 이상 매우
강력한 마법이나 신성력에 당하지 않는 한 죽지 않습니다.
언데드를 통한 생명력 흡수와 마나 흡수의 효율이 45%입니다.
햇빛을 보면 생명력과 마나의 회복이 이루어지지 않습니다.
신성력이 더욱 치명적으로 나쁘게 적용됩니다.
조각 변신술이 풀릴 때까지 유효합니다.

─명작의 조각품으로 변신했습니다!
불완전한 형태의 조각품에 의해 악독함의 특성이 부여되었습니다.
살아 있는 인간을 죽일 때마다 일정 확률로 스텟을 얻을 수 있습니다.
저주와 공포의 주문 위력이 200%로 강화됩니다.
악명이 42% 많이 증가합니다.
죽은 자의 힘이 26% 더 많이 쌓입니다.

이름은 꼬룽이!

그렇지만 무시무시하기 짝이 없는 리치로 변신한 위드였
다.

차차차착!

바르칸의 풀 세트를 모조리 착용하고 타락한 성자의 지팡
이도 들었다.

"너희가 살아서 움직이던 땅으로 돌아오라. 이곳은 어두

운 곳, 검고 부패한 땅. 영영 사라지지 않을 암흑의 율법을, 모든 이들에게 새길 수 있도록 하라. 언데드 라이즈!"

곧바로 사용한 언데드 소환 마법.

데스 나이트는 기본이었으며 스켈레톤은 군단이 통째로 일어났다. 유령 기사단이 소환되었고, 헤르메스 길드 유저들의 시체들로 대장 격인 둠 나이트까지 출현했다.

"콜 데스 나이트 반 호크. 콜 뱀파이어 로드 토리도!"

시커먼 연기와 함께 부하들까지 불러들였다.

"끄오오오로로로오오오오옹!"

위드는 이어서 사자후를 터트렸다.

스켈레톤을 중심으로 언데드 군단이 턱뼈를 달그락거리며 소리 질렀다.

"크케케케켓!"

"캬카캇!"

"으헤헤헤헤헤헤헤."

"피를! 죽음을!"

"놈이 리치로 변신했다."

칼쿠스는 4군단에 명령했다.

"언데드는 철저히 파괴하라. 다시는 되살아나지 못하도록!"

위드가 일으킨 대규모 언데드 군단은 헤르메스 길드에도 충격이었다. 언데드 소환 마법 한 번에 수천 마리의 스켈레톤이 일어나는 것을 보며 경계했다.

"귀찮아지는 일이 없도록 빨리 길을 열어야 하는데… 빌어먹을! 시간이 우리 편인 것은 맞지만 일이 복잡해지겠군."

칼쿠스를 비롯한 헤르메스 길드원들은 원망스럽게 하늘을 올려다봤다. 뮬과 그리폰 군단은 하늘을 배회하고만 있을 뿐 쉽게 지상으로 내려오지 않았던 것이다.

"도대체 왜… 설마 병력을 보존하면서 자기들이 위드를 잡을 기회를 노리는 것인가."

"역시 그 목적 아니겠습니까."

"이 전투가 끝나면 분명히 항의해야 한다."

뮬과 2군단이 참여했다면 위드를 더 빨리 노릴 수 있었으리라.

칼쿠스는 분노를 감추지 않았지만, 상황은 갈수록 좋아졌다.

"3군단이 보인다!"

"멀리 6군단도 나타났습니다."

"7군단도 등장!"

제국군이 오고 있었다.

6군단은 엘프와 농부 미레타스에 의해, 7군단은 팔단 왕국의 유령에 의해 크게 고역을 치렀다. 처음 가르나프 평원에

왔던 병력의 3~4할 정도만 겨우 도착했지만, 그것도 무시하지 못할 강한 전력이었다.

"됐다. 어쨌든 이 자리에서 확실히 위드는 잡는다."

칼쿠스는 군단장들끼리의 통신 채널을 열었다.

칼쿠스 : 위드 사냥에 참여하신 분들을 환영합니다. 늦지 않게 오셨군요.

하일러 : 반갑습니다. 이곳의 지휘권은 누가 갖습니까?

칼쿠스 : 3군단장님이 서열이 높다고 하지만, 그래도 각 군단별로 독립 작전을 추진하는 것이 좋지 않겠습니까?

하일러 : 뭐, 그것도 방법이겠죠.

칼쿠스는 지휘권을 놓고 싶지 않았다.

3군단의 하일러는 전력을 고스란히 보유하고 있는 만큼, 따로 싸우더라도 자신이 위드를 잡을 가능성이 높다고 생각해서 동의해 주었다.

하일러 : 3군단이 북쪽을 맡습니다. 적진을 완전히 부숴 버릴 겁니다.

그로스 : 6군단은 그러면 서쪽을 맡겠습니다.

크레볼타 : 우린 동쪽을 맡죠. 모두 잘해 봅시다. 최고의 먹잇감을 두고 벌이는 경쟁이니 말입니다.

칼쿠스 : 크크, 4군단은 경쟁에 질 자신이 없죠. 지금까지 위드를 묶어 놓은 건 우리 공입니다.

하일러 : 3군단, 전투 돌입합니다.

막강한 제국군 4개 군단이 쳐들어오기 시작했다.

외곽에서부터 북부 유저를 제거하고 언데드를 소탕했다.

마법이 대규모로 작렬하며 전장 전체에 불길이 타올랐다.

위드도 반 호크와 스켈레톤을 지휘했다.

"전부 죽여라. 놈들을 막아!"

"알겠다, 주인!"

스켈레톤들이 무리를 지어 달려가서 7군단과 싸웠다.

일반적인 전투력으로는 제국군 병사들보다 좀 더 약하다. 그렇지만 많은 생명력을 보유하고 있었기에 꽤나 잘 싸웠다.

더구나 하체가 날아가도 움직이는 스켈레톤들이라 악착같이 병사들을 물고 늘어졌다.

"으어어어! 안 돼! 저들은 시체야. 싸울 수가 없다고!"

"죽을 거야. 우린 다 죽는다고."

언데드에게 공포를 느끼는 병사들!

기사들과 헤르메스 길드 유저들이 고함을 지르며 진정시켰다.

"공포에 도망치지 말고 싸워라. 우린 제국군이다!"

"하벤 제국은 무적이다!"

언데드와 싸우면서 사기가 하락하는 것이 제국군의 큰 문제점이었다.

위드와 싸우기 위해 만약에 대비해 은을 바른 무기를 준비하고 축복받은 갑옷도 갖춰 왔다. 그럼에도 실제로 맞닥뜨린 언데드는 꽤나 귀찮은 존재였다.

"지옥의 검을 보여 주어라."

"피의 행진을!"

30기의 둠 나이트들도 돌진하면서 무서운 위력을 발휘했다.

둠 나이트 영웅 네튜러스!

그가 소환되어 둠 나이트들을 이끌었다.

어둠과 독을 내뿜는 지옥마를 탄 둠 나이트들이 제국군 기사들과 부딪쳤다.

콰콰쾅!

단번에 수십 미터씩 날아가 버리는 제국군 기사들.

위드는 그 광경을 보며 아쉬워했다.

"조각 파괴술을 써서 스텟을 지혜로 몰아주었으면 더 강력했을 텐데."

조각 변신술은 그 종족의 기술이나 특성을 활용할 수 있게 해 준다. 전직을 해서 여러 스킬을 익히고 네크로맨서의 특성을 깨친 덕에 언데드들은 더욱 강력해져 있었다.

위드의 몸은 때때로 불길에 휩싸였다.

전투를 지켜보기만 하고 있음에도 불구하고 새하얀 불길에 휩싸이는 위드!

리치로 변신한 탓에 여신 헤스티아가 부여한 신성한 불이 부작용을 일으키는 것이었다.

때때로 피해가 생기긴 하지만, 전투에 참여한 언데드들로부터 흡수하는 생명력과 마나로 금방 회복했다.

번쩍번쩍!

빛을 발하는 황금 해골의 광채가 어둠을 밝혔다.

"우왓, 위드 님 좀 봐."

"엄청 멋지다."

별게 다 유저들의 관심을 끌었다.

그만큼 위치를 뚜렷하게 드러내는 것이라서 제국군 4개 군단이 공격할 방향을 정해 주기도 했다. 북부 유저들과 중앙 대륙 출신의 유저들이 그래도 잘 싸우고 있었지만, 추가적으로 제국군이 합류한다면 금세 열세에 처하게 될 것이다.

-제국군 1군단도 이동 중. 5분 정도 뒤면 도착하리라고 봅니다.

-달려가고 있습니다. 저뿐만 아니라 이곳의 모든 유저들이 뛰고 있어요. 조금만 버티십시오. 어떻게든요!

　-조인족들이 모두 집결했습니다. 천공의 섬 라비아스에 있는 병아리들까지 전투태세에 돌입했어요. 그렇지만 그곳으로 가는 길에 문제가 발생했습니다. 헤르메스 길드에서 마법으로 하늘에 돌풍을 일으켜서 방해하고 있는 것 같습니다.

　-바라그들을 이끌고 마법병단을 막고 있어요. 유성 소환은 절대로 못 쓰도록 할게요. 그렇지만 일부 마법사들은 빠져나간 것 같아요.

　-기억하실지 모르겠는데 건축가 마블로스입니다. 위드 님에게 가는 제국군을 방해하려고 준비하고 있습니다. 지반 전체를 붕괴시켜서 막으려고 하는데… 그래 봐야 끌 수 있는 시간은 최대 10분입니다.

　여러 동료들이 상황이 심상치 않음을 보고하고 있었다.

　위드는 가까이 있던 유저이며 실력이 뛰어나서 분대장으로 임명하기도 했던 루블을 불렀다.

　"당장 해 주셔야 할 일이 있습니다."

　"뭐예요? 뭐든 할게요. 죽음으로써 탈출로를 뚫으라면 뚫을 거예요."

　금발의 여전사.

　루블은 높은 레벨을 가진 호전적인 전사였다.

　위드는 그녀에게 술 취한 게이하르 황제를 넘겨주었다.

"이분을 좀 맡아 주세요."

"예?"

"헤르메스 길드에서 집중적으로 노릴 텐데, 무사히 지켜야만 합니다."

"……."

루블은 쉬운 임무라는 생각이 들지 않았다.

전투가 벌어지기 전에 수많은 유저들이 조각상을 만들었던 이유가 게이하르 황제를 기다리기 위해서였다. 이 술 취한 노인이 죽고 나면 아르펜 왕국의 기둥 하나가 쓰러지는 것이다.

그 사실을 헤르메스 길드에서도 알아차린다면 맹공을 퍼부을 게 분명했다.

"어떻게든 지켜 볼게요."

위드는 게이하르 황제까지 떠넘기고 홀가분하게 전장에 나서기로 했다.

'어차피 싸워야 했다. 이건 내 전투야.'

비장의 카드가 무용지물이 되었지만, 언제나 믿는 건 자기 자신이었다.

-마나가 26 흡수되었습니다.

-마나가 31 흡수되었습니다.

−마나가 55 흡수되었습니다.

−마나가 12 흡수되었습니다.

−마나가 7 흡수되었습니다.

−마나가 83 흡수되었습니다…….

전투에 참여한 언데드들로부터 높은 비율로 생명력과 마나가 흡수되고 있었다.

"라이프 베슬 생성."

위드는 리치의 생명력을 보관할 병을 만드는 주문을 썼다. 흙이 뭉쳐져서 단단한 병이 만들어졌다.

라이프 베슬
매우 강력한 리치 꼬롱이의 생명이 보관되어 있다.

리치는 생명력이 보관된 병이 파괴되지 않는 이상은 죽지 않는다. 그렇지만 이 병이 파괴되면 마력이 감소하고, 생명력과 마나 흡수율도 낮아진다.

무조건 지켜야 하는 병!

이런 건 땅을 깊게 파고 묻어 놓아도 불안한 법이었다.

위드는 콜라병 크기의 병을 향해 턱뼈를 쩍 벌렸다. 그러고는 단숨에 삼켜 버렸다.

꿀꺽!

목을 지나서 갈비뼈 안쪽에 딱 떨어진다.

"누구한테도 못 맡기니 몸 안에 보관하는 게 낫겠지."

주위 유저들이 들을 수 있도록 일부러 큰 소리로 중얼거렸다.

근접 공격만 당하지 않으면 안전한 위치.

위드가 성큼성큼 걸어 옆에 있던 유저를 스쳐 지나갔다.

샤샤샥!

고급 전리품을 획득할 때처럼 손들이 바쁘게 오고 갔다.

낡은 로브를 뒤집어쓰고 있던 여동생 유린!

-잘 받았어. 그럼…….

유린의 임무는 라이프 베슬을 가지고 이곳을 벗어나는 것이었다.

비전투 계열 유저는 헤르메스 길드의 우선 척결 순위에서 멀기도 하고, 유린은 그림 이동술을 비롯해 몇 가지 탈출 방법도 가지고 있었다.

로열 로드를 하면서 유린은 한 번도 죽어 본 적이 없었다. 생존 능력만큼은 위드마저도 접어주어야 할 정도의 능력자.

"모두 엎드려라!"

"케케켈."

위드는 지옥 망토를 펄럭이며 스켈레톤들이 자신들의 몸

을 쌓아 만든 산에 올랐다.

30미터 정도 되는 높이에, 해골들이 조금씩 꿈틀거린다.

그 정상에 서서 아래를 내려다보는 황금 리치!

이 순간에도 위드에게는 생명력과 마나가 흡수되고 있었다.

-죽은 자의 힘이 3 쌓였습니다.

죽은 자의 힘으로 인한 페널티도 있었지만 단기적으로는 이 또한 마법력이 강해지는 원동력이 된다.

'나중 일은 나중에 생각하고… 이번에는 그냥 모조리 다 질러 보자.'

뒷감당 따위는 그때 알아서 하면 되리라.

지금 이 순간만큼은 오늘만 사는 남자가 되기로 했다.

위드는 타락한 성자의 지팡이를 들고 소리쳤다.

"빛에 의해 흩어지지 않는 칙칙한 어둠이여, 이곳에 내려와 죽음을 일깨우는 자들에게 깃들라. 데스 오라!"

바르칸의 3대 마법 중 하나.

언데드를 강화하는 데스 오라 발동!

위드가 해골로 이루어진 산에 타락한 성자의 지팡이를 내리쳤다. 그러자 흑색의 오라가 사방으로 퍼져 나가면서 언데드를 변화시켰다.

새하얗고, 어딘가 익숙하기까지 한 스켈레톤들.

뼈마디가 굵어지고 날카로워지면서 덩치도 조금씩 커진다.

"크우와아아악!"

"이 거침없는 힘! 이것이야말로 우리가 죽음마저도 이겨 냈다는 증거다!"

언데드 중에서도 좀비와 더불어 최하급에 속하는 것이 스켈레톤이다. 그들이 변화하면서, 중간 보스급 스켈레톤 지휘관까지 알아서 등장했다.

하늘을 날아다니던 유령들은 비명을 지르면서 악귀로 변환되었다. 흑마법을 쓰고, 생명력을 빼앗고, 땅과 사람들에게 저주를 내리는 악귀!

둠 나이트들의 변화는 더욱 극적이었다.

"우리의 힘이 돌아왔다. 지옥의 수문장마저 이길 수 있을 것 같다."

"강대한 네크로맨서가 우릴 소환한 것이다. 절대복종을!"

30기의 둠 나이트들이 위드를 향해 고개를 숙였다.

정중한 예를 취한 후에는 지금까지 호각으로 싸우던 헤르메스 길드 유저들의 목을 단숨에 베어 버렸다.

둠 나이트는 싸울수록 강해지는 것을 비롯하여 단거리 비행 등 몇 가지 고유 특성이 있다. 데스 오라에 의해 모든 특성이 깨어나서 본연의 전투력을 발휘할 수 있게 된 것이다.

반 호크도 마치 허물을 벗듯이 변화했다.

암흑 군대의 총사령관이라는 지위를 가지고 있으면서도 데스 나이트에 머물러 있었는데, 둠 나이트 대장으로 승급했다.

뱀파이어 로드 토리도 역시 어둠 속에 스며들었다.

위드의 부하가 된 이후로 뱀파이어로서의 능력을 많이 잃었다. 적들을 상대로 간신히 싸워 오던 그의 모든 봉인이 풀려나간 것이다.

"이걸로 끝나서는 섭섭하지."

위드는 마나를 흡수하여 다시 스킬을 사용했다.

"미개한 인간들이여, 어리석은 저항이구나. 이 땅은 내 암흑의 율법이 지배한다. 영원한 불사의 힘이 장악하리라. 다크 룰!"

한 지역의 법칙을 바꿔 놓는 마법!

모든 시체들이 강제로 언데드가 되어 일어나게 한다.

위드의 다크 룰이 대지의 깊은 곳까지 어둡게 물들였다.

들썩들썩.

땅이 뒤집어지고 갈라지면서 수많은 스켈레톤과 좀비, 데스 나이트, 듀라한, 유령이 일어나기 시작했다.

위드를 죽이려다가 실패한 헤르메스 길드 유저들의 시체는 좋은 제물이 되었다. 둠 나이트가 35명이나 늘어났으며, 일부 고급 시체들은 뒤엉킨 채로 어둠을 발산했다.

ㅡ끄우아아아아아아아아악!

뼈들이 녹아서 뭉쳐지고, 기괴하게 형태가 바뀌어 간다. 부서지고 깨지는 소리가 들렸다.

긴 척추가 생성되더니 날개가 돋아나고, 무언가가 커져 갔다.

－콰아아아아아!

그러더니 울부짖으면서 하늘로 날아오르는 본 드래곤 2마리!

과거에는 명문 길드가 모든 전력을 쏟아부어도 본 드래곤 1마리 사냥하기가 힘들었다. 지금은 그 정도는 아니고, 최상위권 유저들이 힘을 합치면 하늘을 나는 본 드래곤도 사냥할 수 있었다.

그럼에도 본 드래곤의 탄생이 주는 위압감은 이만저만이 아니었다.

땅이 움직임을 멈추지 않는다. 이곳에서 죽음을 맞이했던 모든 생명체들이 다시 일어나면서, 수백만의 언데드 군단이 생성되고 있었다.

TO BE CONTINUED

꿈의 도약, 로크에서 하십시오
(주)로크미디어에서 신인 작가를 모십니다

즐거운 세상, 로크미디어는 꿈을 사랑하고 도전을 두려워하지 않는 작가 분들의 참신한 작품을 기다리고 있습니다. 21세기 장르 문학계를 이끌어 갈 차세대 선두 주자 (주)로크미디어에서 여러분의 나래를 활짝 펴 보시길 바랍니다.

모집 분야 판타지와 무협을 포함한 장르 문학
모집 대상 아마추어 작가, 인터넷 작가
모집 기한 수시 모집
작품 접수 시 유의 사항
　1. 파일명은 작가명_작품명.hwp형식을 갖춰 주십시오.
　1. 파일에 들어갈 내용은 다음과 같습니다.
　　ー 성명(필명인 경우 실명을 밝혀 주세요), 연락처, 이메일 주소.
　　ー 제목, 기획 의도.
　　ー A4 용지 1장 분량의 등장인물 소개.
　　ー A4 용지 2장 분량의 전체 줄거리.
　　ー 본문.
　1. 작품이 인터넷에 연재되고 있다면, 게시판명과 사이트의 구체적이고 정확한 주소를 기재해 주십시오.

선택된 작품은 정식 계약 후 출판물로 간행되어 전국 서점에 유통됩니다.
작가분은 (주)로크미디어의 전폭적인 지원하에 전속 작가로 활동하시게 됩니다.
※ 자세한 내용은 로크미디어 홈페이지(rokmedia.com)를 참조하세요.

(03920) 서울시 마포구 성암로 330 DMC첨단산업센터 3층 314호
(주)로크미디어 편집부 신간 기획 담당자 앞
전화 : 02 − 3273 − 5135
www.rokmedia.com　　이메일 : rokmedia@empas.com

One for all
원 포 올

일라잇 스포츠 장편소설

작렬하는 슛, 대지를 가르는 패스
한계를 모르는 도전이 시작된다!

축구 선수의 꿈을 품은 이강연
냉혹한 현실에 부딪혀 방황하던 중
운명과도 같은 소리가 귓가에 들어오는데……

당신의 재능을 발굴하겠습니다!
세계로 뻗어 나갈 최고의 축구 선수를 키우는
'One For All' 프로젝트에, 지금 바로 참가하세요!

단 한 번의 기회를 잡기 위해
피지컬 만렙, 넘치는 재능을 가진 경쟁자들과
최고의 자리를 두고 한판 승부를 벌인다!

실력만이 모든 것을 증명하는
거친 그라운드에서 당당히 살아남아라!

기갑천마

거짓이슬 퓨전 판타지 장편소설

종말을 막지 못한 절대자
복수의 기회를 얻다!

무림을 침략한 마수와의 운명을 건 쟁투
그 마지막 싸움에서 눈감은 무림의 천하제일인, 천휘
종말을 앞둔 중원이 아닌 새로운 세상에서 눈을 뜨는데……

"천휘든 단테든, 본좌는 본좌이니라."

이제는 백월신교의 마지막 교주가 아닌 평민 훈련병, 단테
그럼에도 오로지 마수의 숨통을 끊기 위해
절대자의 일 보를 다시금 내딛다!

에이스 기갑 파일럿 단테
마도 공학의 결정체, 나이트 프레임에 올라
마수들을 처단하고 세상을 구원하라!